dtv

Eigentlich hat Marie alles, was das Frauenherz begehrt: einen lieben Mann, zwei reizende Kinder, eine Villa am See, ein Klavier und eine Traumfigur. Aber eines hat sie nicht: Freude am Leben. Ihre Schwermut ertränkt sie allabendlich in Cocktails, was Ehemann Martin für keine gute Lösung hält. Er schickt Marie zu einer Psychotherapeutin.
Helene kann sich mit dem Gedanken, dass dieses aufgetakelte wasserstoffblonde Persönchen ihre neue Patientin sein soll, gar nicht anfreunden. Auch Marie findet wenig Gefallen an der ungeschminkten Frau in dem wallenden braunen Gewand und den praktischen Schuhen. Ungeachtet der tief empfundenen Antipathie auf beiden Seiten nimmt die Therapie ihren Lauf. Bald stellen sich bemerkenswerte Veränderungen ein. Und zwar auf beiden Seiten ...

Anna-Maria Prinz, geboren 1973, ist Berlinerin, ausgebildete Sonntagspilotin und liebt Rosen über alles. Nach Zwischenstationen in Narsarsuaq, Goose Bay und Fernwald-Steinbach lebt sie mit ihren beiden Kindern als freie Autorin wieder in Berlin. ›Rosenpsychosen‹ ist ihr Debüt als Romanautorin.

Anna-Maria Prinz

Rosenpsychosen

Roman

Deutscher Taschenbuch Verlag

**Ausführliche Informationen über
unsere Autoren und Bücher
finden Sie auf unserer Website
www.dtv.de**

FSC
www.fsc.org
MIX
Papier aus verantwortungsvollen Quellen
FSC® C019821

Originalausgabe 2013
2. Auflage 2013

Umschlagkonzept: Balk & Brumshagen
Umschlaggestaltung: Wildes Blut, Atelier für Gestaltung, Stephanie Weischer unter Verwendung eines Fotos von gettyimages/JoyHey
Satz: Greiner & Reichel, Köln
Gesetzt aus der Scala 9,45/12,45˙
Druck und Bindung: Druckerei C. H. Beck, Nördlingen
Gedruckt auf säurefreiem, chlorfrei gebleichtem Papier
Printed in Germany · ISBN 978-3-423-21457-5

1

Marie unternimmt wirklich alles, um
a) zu Geld zu kommen und
b) Bücher wieder von vorne nach hinten zu lesen

Die alte Lungenklinik taugte nur noch als Filmkulisse. Um Punkt acht Uhr saß Marie in weißem Kittel, weißen Hosen, mit weißen Lederimitatschuhen, weißen Socken und – man hatte das ausdrücklich verlangt – in weißer Unterwäsche auf einer der für die Komparsen bestimmten Holzbänke. Die Agentur hatte sie als Kinderärztin gebucht. Sie sah sich in dem verkommenen alten Krankenzimmer um. Der letzte Lungenkranke mochte hier vor zwanzig Jahren gestorben sein, trotzdem roch es noch danach, fand Marie. Seit Dekaden träumte Marie heimlich vom Tod, heftete ihren Blick gen Himmel, als sei er der Garant für Ruhe. Aber ihren, nun ja, letzten Atem ausgerechnet in einer Lungenklinik auszuhauchen, nein, das erschien ihr charakterlos.

Sie belauschte die Gespräche der anderen fünfundzwanzig Komparsen. Es gab außer ihr noch zwei Ärztinnen und drei Ärzte. Der Rest musste sich damit begnügen, als Pflegepersonal oder Besucher kranker Kinder Karriere zu machen. Mit welchen von ihnen, überlegte sie, könnte man wohl ein Gespräch anfangen, wenn einem danach war (was bei ihr definitiv nicht der Fall war). Zehn schieden gleich aus, weil sie Hühner unter dreiundzwanzig waren. Weitere zehn hatten Probleme mit der Grammatik. Blieben fünf. Die nervöse, magersüchtige Ärztin neben ihr war mit ihrem Handy beschäftigt und führte Selbstgespräche. Das Nervenwrack war sehr erleichtert darüber, dass die Tochter der Freundin einer Bekannten gestern erfolgreich am Gehirn operiert worden war, und verlieh der Erkenntnis, das sei doch wohl das wahre Leben, laut Ausdruck. Marie wog selbst nur gute fünfundvierzig Kilo, aber die da wiegt nicht mehr als dreiundvierzig, dachte sie, und da hat die Tochter der Freundin der Bekannten der Anorexen ja noch Glück, wenigstens über ein Gehirn zu verfügen. Blieben vier, mit denen zu beschäftigen sich gerade nicht anbot, da frischer Kaffee und belegte Baguettes gebracht wurden.

Jetzt hieß es schnell sein. Marie hatte einen Kater und noch nicht gefrühstückt. Sie wollte sich ein Baguette beschaffen, das noch frei war von Kleindarstellerbazillen, blieb aber erfolglos, weil ihr ihre Contenance wichtiger war. Die etikettefreien Hühner standen schon zusammen mit den Grammattos über dem Tablett und pickten, quasselten, niesten und husteten. Marie trug das obere Drittel des Kaffeebecherstapels ab, fingerte sich einen noch eingeschweißten Becher heraus und betätigte den Go!-Knopf der großen Thermoskanne. Sie setzte sich mit ihrem Kaffee wieder auf die Holzbank und fischte hochnäsig ihren Fontane aus der Handtasche, konnte sich aber nicht auf Cécile und St. Arnaud konzentrieren. Abgestürzt war sie, abgestiegen in ein zugiges Lungenklinikerdgeschoss, gefühltes Untergeschoss, wo man sich an einem Tag den Wochenendeinkauf verdienen konnte, wenn man nur verroht genug war.

Heute würde sie fasten müssen, das zeichnete sich ab. Es gab Profis, die unter ihren Sitzen große Umhängetaschen mit Verpflegung verbargen, aus denen es verführerisch nach Vollkornbrot, Bananen und Gummibärchen roch. Man lebt eben doch vom Brot allein, dachte sie, und kein Geld zu haben ist scheiße. Hart war die Holzbank, aber fair, genau wie ihre Bank. Die grauhaarige ältere Dame gegenüber, eine

Krankenbesucherin, machte einen kultivierten Eindruck, sprach aber ein zu breites Sächsisch, um als ernstzunehmende Gesprächspartnerin infrage zu kommen. Da war es ein Glück, wenn man sowieso nicht das Bedürfnis hatte, sich zu unterhalten. Blieben drei. Der Hunger wurde allmählich quälend.

Jetzt gab es Arbeit. Die unglaublich junge, hübsche und auch noch schlaue Komparsendompteurin, die Hoffnungsträgerin schlechthin, brauchte für die erste Einstellung, eine Außenaufnahme, eine Ärztin und zwei Pfleger.

Trotz der Sommerhitze war es kalt, grau und feucht draußen, wie immer, wenn man abgestürzt war. Marie musste zwölfmal von draußen auf den Klinikeingang zusteuern und bekam vom Regisseur die Anweisung, sich dabei nicht von dem vorfahrenden Krankenwagen überrollen zu lassen. Gekonnt steckte sie die Hände in die Kitteltaschen und ließ die Daumen herausstaksen, so wie alle Ärzte im Film. Zügig ging sie auf die Automatiktür zu – auf der Station wartete schließlich ihr kleiner Patient (der mit der für sein Alter ungewöhnlichen Herzinsuffizienz). Jetzt nur nicht laut auflachen, dachte sie, sonst ist die Szene im Eimer.

Als sie zurück in die Komparsenhöhle kam, schliefen einige. Die verbliebene Nummer drei, ein Arzt, schickte sich an, nach draußen zu gehen, um zu rauchen. Sie schloss sich ihm an und führte vor der Kliniktür das Gespräch, das sie vielleicht doch noch aus der heutigen Isolation herausholte. Ein alter Hase in Sachen Film. Wüsste man es nicht besser, hielte man ihn für den Produzenten, mindestens aber für den Regisseur. Dann doch lieber die Holzbank und wieder Fontane.

Marie las sehr konzentriert fünfzig Seiten und fragte sich, wann sie zuletzt so viel am Stück gelesen hatte, noch dazu in der vom Autor vorgegebenen Reihenfolge. Es musste an die fünfundzwanzig Jahre her sein. Das letzte Buch, das sie auf Seite 1 begonnen hatte und nicht auf der letzten Seite des letzten Kapitels, war die Geschichte um Holden Caulfield. Älter als dreizehn, vierzehn konnte sie da nicht gewesen sein. Jetzt ging sie stramm auf die vierzig zu und begann zum ersten Mal wieder ein Buch ganz vorne. Sie kannte den Inhalt, denn irgendwann hatte sie es schon mal rückwärts gelesen.

Martin hatte es ihr verordnet, das Vorwärtslesen. Sie hatte ihm versprechen müssen, zu diesem Komparsenjob ein ganz normales Buch mitzunehmen – nicht den ›Pschyrembel‹ oder das ›Köchelverzeichnis‹ – und es wie ein normaler Mensch zu lesen. Sie sollte sehen, dass das gehe, wenn sie sich nur wirklich Mühe gebe. Und es ging, ihr Mann hatte recht. Schwierig an der Sache war nur, dass Cécile jetzt nicht mehr an ihrem Platz im Bücherregal stand, sondern auf Reisen war. Eine Unordentlichkeit, die Marie ins Schwitzen brachte. Sie fand dennoch, der Tag habe sein Gutes, wenn er einem fünfzig Seiten Fontane am Stück und vorwärts gelesen abzuringen vermochte.

Ihre Laune stieg angesichts dieses Erfolges, was sie offenbar sogleich ausstrahlte, denn Nummer zwei, eigentlich gerade gut gelaunt abgehakt, sprach sie an und stellte sich vor. Monika war im richtigen Leben Krankenschwester, weshalb sie von der Agentur auch gerne als solche gebucht wurde. Jetzt war sie im fünften Monat schwanger und durfte nicht mehr im Krankenhaus arbeiten. Bestimmt fehlt ihr die Krankenhausatmosphäre, dachte Marie. Sie wurde gefragt, was sie denn so mache. Die Antwort wollte gut überlegt sein. Sagte sie jetzt, sie gebe Klavierunterricht, käme Monika garantiert mit ihren musikalischen Erlebnissen aus der Kindergartenzeit, und Marie würde minutenlang anerkennend nicken müssen. Vielleicht würde sie Marie sogar darum bitten, ihrem Fötus Musikunterricht zu geben, man könne ja nicht früh genug anfangen. Um dem Gespräch gleich den Garaus zu machen, sagte Marie: nichts. Sie mache nichts und müsse jetzt mal zur Toilette.

Es gab wieder Arbeit. Marie sollte sich auf dem Flur pantomimisch mit einem Arzt unterhalten. Diesmal also nur eine Hand im Kittel, die andere gestikulierend, nur ganz leicht, nicht so aufgesetzt. Ein Traumjob. Vor zwanzig Jahren war sie bei der Aufnahmeprüfung an der renommiertesten Schauspielschule des Landes mit Pauken und Trompeten durchgefallen und hatte nie mehr die Energie gehabt, es wieder zu versuchen. Jetzt konnte sie der Welt doch noch zeigen, was in ihr steckte. Sollte erst einmal jemand so professionell wie sie den Daumen aus dem Kittel gucken lassen und dabei die Rettung des kleinen Jungen mit der Herzinsuffizienz im Kopf haben. Ihr Vater, ein gefragter Theaterschauspieler mit Biss und Charakter, sah ohne Frage in diesem Augenblick, eine Flasche Rotwein in der Hand, von seiner Wolke herab und war entweder sehr stolz oder wurde, was wahrscheinlicher war, sehr rot.

Es wurde zum Mittagessen gerufen. Die Komparsen sollten sich ihre Holzbänke heranholen. Die Schlepperei überließ Marie den anderen. Noch wohnte sie in einem repräsentativen, teuren Haus. Noch benutzte sie jeden Morgen Chanel N°5. Nicht mehr lange, dann würde der Flakon leer sein, aber heute noch nicht. Noch spuckte ihr überdimensionaler Kleiderschrank jeden Morgen eine Garnitur frischer Wolford-Unterwäsche aus, und es gab keinen Grund, sich für den Fall, dass sie auf dem Heimweg den Folgen eines Verkehrsunfalls erläge, in der Pathologie zu schämen. Noch konnte sie bei ALDI, pelzgewandet und mit drei Kreditkarten in der Tasche, so tun, als habe sie sich im Laden geirrt. Noch sah man, wenn auch mit der Lupe, eine Pfütze auf dem Grund des Glases. Und noch schleppte sie, bitteschön, keine Holzbänke.

Es gab Gammel ohne Fleisch – Gnocchi (»Knotschi« nannte man sie in Sachsen, wie sich herausstellte) und Nudeln mit Pesto. Eine Farce, dieses Essen. Wie sollte man auf dieser Basis als engagierte Kinderärztin den ganzen Tag Leben retten? Nur für Hühner geeignet, die immer reinhauten, als ginge es um Sein oder Nichtsein, und Magersüchtige, die beim Essen wichtige Telefonate führten und sowieso keine Geschmacksnerven hatten. Sie hatte noch nie so versalzene Nudeln gegessen und ging nach drei Gabeln hinaus, um der alten Lungenklinik vielleicht zu einem Comeback zu verhelfen. Die Maskenbildnerin, der man ansah, dass Rauchen in Verbindung mit Maskenbilden die Haut altern lässt, leistete ihr Gesellschaft. Sie sah aus wie sechzig, machte auf fünfzig und war wahrscheinlich vierzig. Marie warf die Zigarette weg und trottete wieder in ihr Komparsenkabuff.

Guten Tag, Tristesse, dachte sie und kauerte sich an die kalte Heizung, entschlossen, das Gute an diesem Tag wieder aufflackern zu lassen. Vierzig Seiten am Stück, wieder vorwärts. Wirklich ein guter Tag, zumal er sich anschickte, zur Neige zu gehen. Es wurde langsam dunkel, auch in der Höhle, denn für Komparsen war kein Strom vorgesehen. Nur auf dem Flur flackerte die Notbeleuchtung. Die einzige Holzbank auf dem Flur war jedoch mit Grammattos und Hühnern besetzt, obwohl sie auch im Dunkeln auf ihrer Stange hätten bleiben können, denn sie lasen nicht. Marie wollte keinen Streit über die ungebührliche Inbesitznahme von Leseplätzen vom Zaun brechen und hockte sich auf den Flurboden unter eine Flackerlampe.

Inzwischen waren die kranken Kinder eingetroffen, die in ihren Bademänteln und Hausschuhen auf dem Flur auf und ab rannten oder ihre Nintendos stressten. Einige pennten auf den Schößen ihrer Eltern. Marie fror und hatte Hunger.

Fünfunddreißig Leute tanzten, sabbelten oder schliefen

um sie herum. Es fühlte sich an, als hätten sie alle den Flieger verpasst, säßen nun hier auf dem Linoleum herum und würden alle zwei Stunden über einen Lautsprecher zur Information gerufen. Na toll, dachte sie, flog sie also seit Neuestem Holzklasse. Spaß machte das überhaupt nicht. Wie ihr die Leute zum Halse heraushingen, die immer betonten, Geld allein mache nicht glücklich, wozu brauche man schon ein dickes Auto und so weiter. Bezeichnenderweise behaupteten das immer die Leute, die kein Geld für ein dickes Auto hatten und jedes Wochenende unter ihrer alten Möhre lagen, um etwas daran zu reparieren. Die sich jeden Tag in einem beschissenen Büro oder einer Werkstatt herumdrückten, wo sie für jemanden, der Geld hatte, Akten oder Schraubenschlüssel hin und her trugen, um danach bei Wind und Wetter mit der Straßenbahn die Kinder einzusammeln, die sich viel zu enge Zimmer teilen mussten – die Leute, die mit schöner Regelmäßigkeit konstatierten, es gehe ihnen blendend. Warum spielten die dann eigentlich alle Lotto? Einige dieser Komparsen hier waren doch bestimmt Familienväter, und Marie fragte sich, welche Frau wohl noch zu ihnen aufsah respektive mit ihnen ins Bett ging.

Bei Martin war das etwas anderes. Er war einfach nach zwanzig Jahren Erfolg Knall auf Fall die Treppe runtergerasselt. Das hatte mit den Gepflogenheiten in der Branche zu tun und war wenigstens mit ordentlicher Lautstärke vonstattengegangen. Jawohl, wenn schon arm, dann schallend! Und sie war einfach zu verwöhnt gewesen, sich zur rechten Zeit um etwas Eigenes zu kümmern – warum auch, es war wirklich nicht nötig gewesen.

Marie bekam Sehnsucht nach ihren Kindern und gab den Plan auf, sie bei einer Komparsenagentur anzumelden, damit sie sich in Zukunft ihre Wochenendeinkäufe selbst verdienen konnten. Viel zu kostbar waren sie und ihre Bademäntel.

Wieder dreißig Seiten. Immer ruhiger wurde es. Viele waren schon nach Hause geschickt worden, darunter Nummer eins, die nun gar nicht zum Zuge gekommen war. Aber Marie musste bleiben, denn für die letzte Aufnahme wurde sie noch gebraucht. Auch Knotschi war weg. Knotschi hatte sich so höflich bei ihr persönlich verabschiedet, dass sie bereute, sich nicht mit ihr unterhalten zu haben. Sie hätte ja Sächsisch mit ihr sprechen können – das konnte sie eins a –, und das wäre sogar sehr höflich gewesen, hätte sie Knotschi doch ihre schließlich nicht selbst verschuldete Fehlprägung für einen Augenblick vergessen lassen. Eine gute Tat wäre es gewesen, von der sie Martin hätte berichten können. Das hatte er angeregt: ab und zu eine gute Tat zu vollbringen, auch wenn es schwerfiel. Marie sollte sehen, wie viel Spaß das brachte und wie hilfreich es für das Selbstwertgefühl war. Tja, nun war Knotschi weg.

Wieder kam frischer Kaffee, das wurde auch Zeit, und wieder frische Baguettes. Marie hatte Glück, denn dank ihrer exponierten Position direkt an der Wand vor dem Holzschanktisch war sie dieses Mal diejenige, die die Folie vom Tablett entfernen konnte. Sie überblickte es konzentriert und entschied sich für ein halbes Käsebaguette. Doch als sie sich vor dem Hineinbeißen den Brötchenbeleger vom Dienst vorstellte und die Wahrscheinlichkeit, dass er sich nach jedem Toilettengang die Hände wusch, legte sie es wieder aufs Tablett.

Nur noch neun Komparsen lungerten herum. Es waren Leseplätze frei, Lesen war aber mittlerweile abwegig geworden, denn um diese Stunde wurden Intimitäten ausgetauscht, die Marie sich gerne anhörte, solange sie sich nicht selbst in dieses nutzlose Geseiere einbringen musste. Selbst die Grammattos und Hühner wurden mit einemmal menschlich. Ein fünfzigjähriger Pfleger erzählte, er besuche normalerweise mittwochs seinen Töpferkurs. Den habe er als Therapie verschrieben bekommen. Eine Russin sagte indes, ihr helfe immer Putzen. Wobei denn helfen?, dachte Marie. Gehen die hier alle zu einer Therapie? Am Ende ist es normal, sich therapieren zu lassen!

Ein Arzt, der aussah wie ein entlaufener Kinderschänder, fragte in die Runde, in welchem Takt die S-Bahn fahre, und bekam verschiedene Antworten. Kann man nur hoffen, dass alle Kinder schon zu Hause sind, wenn der zur S-Bahn geht, dachte Marie. Sie bekam große Lust, jetzt sofort mit einer Freundin in eine verrauchte Cocktailbar zu gehen und Zwanzig-Euro-Cocktails zu trinken.

Letzte Einstellung. Der Regisseur erklärte ihr, sie sei unheimlich sauer auf die Hauptdarstellerin, die hier vier Jahre lang hochgestapelt habe. Marie war fünfzehn Mal sauer auf die Hochstaplerin. Ihr Kitteltaschendaumen war schon so professionell, dass er automatisch nonchalant und stinksauer nach unten zeigte. Frau Dr. Mager-Wichtig, die Anorexe, hatte beleidigt ihr Handy ausgestellt und gab dem Regisseur einige Regieanweisungen, zum Beispiel dass es sicher besser sei, sie laufe von rechts nach links statt umgekehrt und insgesamt etwas langsamer. Der Regisseur, ein untersetzter Mann mit Brille, nicht geneigt loszubrüllen, machte weiter seine Arbeit. Marie hätte schwören können, dass die Anorexe beinahe gesagt hätte, so könne sie nicht arbeiten und überhaupt sei sie hier nur von Schwachmaten umgeben.

Das Team dankte den Komparsen, die wieder einmal Großes geleistet hätten. Da hat es recht, das Team, dachte sie.

Marie betrat die Garderobe und stieg in ihre Jeans. Gott, sah es hier aus – nicht auf einer einzigen Kleiderstange waren die Sachen nach Farben sortiert. In einer Kiste lagen kreuz und quer mindestens einhundert Paar weiße Socken. Marie war froh, diesen Schlampenpfuhl in Kürze verlassen zu dürfen. Sie bedankte sich bei der liederlichen Garderobiere für die nette Betreuung, was sie sogleich bereute, weil nette Betreuung seitens der Garderobiere ja wohl das Mindeste war, und ging zu dem hoffnungsvollen Mädchen, das für die Komparserie zuständig war. Der Gagenzettel musste noch ausgefüllt und unterschrieben werden.

Eine kleine Schlange hatte sich gebildet, und sie kam noch einmal mit Schwester Monika ins Gespräch. Monika gab, da sie nicht mehr arbeiten durfte, seit ein paar Monaten Gitarrenunterricht und war außerdem im Begriff, mit ihrem Mann zusammen eine kleine Galerie aufzubauen. Ah, dachte Marie, noch so eine bescheuerte, sinnlos vor sich hin dümpelnde kleine Galerie mit Kindergekrakel von Erwachsenen und begleitendem Aromakaffee-Ausschank. Sie wünschte Monika alles Gute für die Entbindung, die Galerie und überhaupt alles und wimmerte ein bisschen, weil jetzt alle nach Hause gingen, vorbei an der Pathologie, die vielleicht nur heute wegen des Feiertags geschlossen war.

Übermorgen würde Marie zu ihrer ersten Psychotherapiesitzung gehen – Martin hatte das ungefragt für sie organisiert. Und obwohl Marie fand, das sei eigentlich zu viel Einmischung vonseiten eines Ehemannes in die inneren Angelegenheiten seiner Frau, wollte sie es versuchen. Sie glaubte zwar nicht, dass ihr das irgendwie helfen könne, und wünschte im Grunde auch nicht, dass jemand ihr ihre beständige Todessehnsucht nahm, aber schließlich war es für Martin und besonders die Kinder eine Zumutung, dass Marie nicht unter eineinhalb Flaschen Wein ins Bett und morgens nie aus selbigem herauskam. Da konnte sie auch beim besten Willen wenig Rechtfertigendes vorbringen. Sie wollte wenigstens so tun, als bemühe sie sich.

Vierzehn Stunden, davon vier Überstunden, Grundgage

fünfundfünfzig Euro, jede Überstunde fünf Euro. Fünfundsiebzig Euro für vierzehn Stunden. Ihr fiel Günter Wallraff ein. Der Wochenendeinkauf war gesichert. Oder 3,75 Cocktails, aber dann müssten die Kinder aufs Essen verzichten, was, dachte Marie, nun auch nicht so dramatisch wäre, da sie unterernährt gerade nicht waren. Die Entscheidung würde sie auf dem Heimweg im Taxi fällen, wenn klar war, wie viel von den fünfundsiebzig Euro der halsabschneiderische Taxifahrer ihr ließe.

2

Marie geht zu ihrer ersten und ein für allemal letzten Psychotherapiesitzung

Hastig kramte Marie den Autoschlüssel aus ihrer Handtasche, während Martin ihr bereits die Tür zum Einsteigen aufhielt.

»Adieu, meine Geliebte, mach's Beste draus«, sagte er und strich ihr über die Hüfte.

»Du hast gut reden. Du bist ja nicht irre. Seh ich gut aus?«

»Ich glaube nicht, dass das deine Psychotherapeutin beeindrucken wird, aber wenn es dich beruhigt: du siehst formidabel aus.«

»Nicht irgendwie zu sexy? Vielleicht sollte ich doch lieber die schwarzen Hosen und flache Schuhe ...«

»In schwarzen Hosen siehst du noch schärfer aus. Es ist zehn vor.«

»Du bist ein Schwein, du denkst immer nur an Sex. Das werde ich alles erzählen.«

»Mach das. Du musst los.«

»Und seid ja pünktlich beim Klavierunterricht. Ach so, Pasi soll heute Grieg mitbringen. Vergesst das nicht. Oh, Gott, ich hab die falsche Kette um! Das gibt's ja nicht!«

Nach zwei Minuten war Marie wieder da. »Und wenn du Brütti vom Kindergarten abholst, frag die Weibsen noch mal wegen der neuen Gruppe. Und wehe, der hat heute wieder einen Sonnenbrand. Dann töte ich sie. Den Freibrief hole ich mir jetzt. Halb vier, denk dran, die machen heute früher Schluss.«

»Fahr jetzt.« Martin stand immer noch am Wagen und hielt die Tür auf, während seine Frau sich in der Auffahrt umsah, als ginge sie auf eine lange Reise.

»Kannst du den Sandkasten abdecken?«, fiel ihr noch ein. »Die Saukatze, das ekelhafte Ding, kackt da sonst wieder rein. War das widerlich gestern mit Brütti und seinem Sandkuchen!«

»Schatz, ich werde die Katze erschießen und teeren und federn, wenn es dir hilft. Aber bitte fahre jetzt los.«

Marie machte keine Anstalten, ins Auto zu steigen. »Weißt du was, ich bleibe hier. Das war eine Scheißidee von dir mit der Psychotherapie. Ich bin ja nicht geistesgestört.«

»Doch, bist du, was man allein schon daran erkennt, dass du glaubst, es nicht zu sein. Jetzt startest du den Wagen, sonst lasse ich mich scheiden.«

»Das würdest du tun, ja? Dich von einer Geistesgestörten scheiden lassen, obwohl sie doch auf deine Hilfe angewiesen ist?«

»Nein.«

»Schlappschwanz!« Sie lachte, stieg ein und startete den Wagen.

Das da ist hoffentlich nicht meine neue Patientin, dachte Helene, das gut gelaunte Püppchen musternd, das vor ihr stand. Sie war von einer befreundeten Ärztin, die nicht mehr therapierte, überwiesen worden. Das Ganze war über Beziehungen gelaufen – normalerweise hätte Helene überhaupt keine Vakanzen mehr gehabt. Wollte die Kollegin sie auf den Arm nehmen? Helene konnte sich in jedermann hineinversetzen und tat dies auch gerne. Alte, Junge, Vergewaltiger, Vergewaltigte, Mörder, Pädophile, abtrünnig gewordene Hell's Angels, Nutten, aber auch ganz normale Frauen und Männer, die Schmerzen zu bewältigen hatten: Für alle hatte sie mehr als nur ein Ohr, sie verstand, sie grub und fand, bog zurecht, räumte auf, therapierte, und alle fraßen ihr aus der Hand. Sie waren alle nur Menschen, und dieses Verständnis strahlte Helene aus. Waren ihre Taten manchmal schlimm und widerwärtig – sie selbst waren es oft nicht.

Aber es gab einen Typus, den Helene meiden musste, mit dem sie einfach nicht zurechtkommen wollte. Es war der Typ Frau, der immer Geld hatte, auch ohne zu arbeiten, Liebhaber, keine Figurprobleme und dreißig Freundinnen zum Tratschen. Der Typ Frau, dem es immer glänzend ging und der trotzdem immer was zu jammern fand. Zum Abendessen eine Weintraube, sonst nichts. Ungebildet, ohne Interessen, talentfrei, egozentrisch und stets leuchtend. Es kam so gut wie nie vor, dass ihr Innerstes die Therapeutin in ihr beiseiteschob und sich gegen einen Menschen auflehnte, der schließlich zu ihr kam, um Hilfe zu finden. Zwei, drei Mal war es ihr mit Borderlinern so gegangen, öfter nicht.

Normalerweise lächelte sie ihre Patienten, wenn sie sie zum ersten Mal sah, verbindlich an. Sie war interessiert an ihnen und ihren Problemen, sie therapierte gerne. Aber die hier, die konnte sie einfach nicht anlächeln. Sie hatte nicht das Bedürfnis, hinter die Probleme dieser Person zu steigen.

Die kommt direkt aus einer Bar oder ist auf dem Weg dorthin. Wie kann man sich dermaßen auftakeln, um zur Psychotherapie zu gehen?, dachte Helene. Größe 34, vielleicht 32. Ob sie diese Sonnenbrille jemals von der Stirn nimmt? Aber keine langen Fingernägel, wenigstens etwas. Wahrscheinlich gerade heute alle abgebrochen. Oder sie kaut darauf herum, während sie beim Friseur sitzt ... Ganz ruhig, redete Helene sich zu, durchatmen! Wer bin ich, dass ich mich so von Äußerlichkeiten beeindrucken lasse? Aber ich habe auch meine Grenzen. Das ist genau der Typ Frau, mit dem Männer ihre Frauen betrügen. Herrmann hat sich auch an so was delektiert, bestimmt. Dieser Typ Frau ist es. Nein, danke. Nicht bei mir. Was mag sie für ein Problem haben? Kann doch gar nicht sein.

Helene forderte sich abermals streng auf, sich zusammenzureißen, und widmete sich nunmehr auch offiziell Marie. Nach einer sehr steifen, förmlichen Begrüßung, die sofort das auf Gegenseitigkeit beruhende Misstrauen und Missfallen erkennen ließ, zögerte Helene nicht lange, die Weichen für eine baldige Verabschiedung zu stellen. Auf die erste, vielleicht etwas zu forsch und zu übereilt gestellte Frage, warum sie hier sei, hatte die neue Patientin nur mit »Ähm …« geantwortet und dann den Blick zum Fenster gewandt. Sie schwieg.

Etwas musste Helene nun aber doch sagen. Dass in der Psychotherapie geschwiegen wurde, war nicht ungewöhnlich, jedoch nicht gleich in den ersten fünf Minuten. »Wir werden herausfinden, warum Sie hier sind. Möglicherweise sind Sie hier gar nicht richtig. Es gibt ja so viele verschiedene Therapiearten. Eventuell benötigen Sie eine Familienberatung, eine Eheberatung, eine Gruppentherapie. Das wird sich sicher schnell herausstellen.«

Minuten vergingen, in denen Marie mit eingefrorenem Gesicht das Fenster betrachtete, vielleicht auch den Ahorn im Hof. Die will mich nicht, dachte sie. Das war klar. Niemand will mich. Nur die Scheißkatze. Sie schaut mich an und glaubt, bereits Bescheid zu wissen. Ich hab's geahnt. Zur Psychotherapie geht man ganz anders angezogen. Sie ist neidisch, weil ich so schlank bin und sie nicht. Und weil ich hohe Schuhe anhabe und sie nicht. Wenn sie wüsste, wie ich sie in Nullkommanichts gecheckt habe. Sie ist eine böse Hexe mit unrasierten Beinen. Ich gehe wieder. Nein. Ich muss Luft holen. Vielleicht hat sie das ja gar nicht so gemeint, sie ist immerhin ein Profi. Doch, hat sie. Sie denkt, ich bräuchte einen Töpferkurs. Und dass ich »Bunte« lese.

»Na ja, dann – kann ich ja wieder gehen. Vielleicht bin hier wirklich nicht richtig.«

Marie wollte schon aufstehen, doch eine klitzekleine Regung im Gesicht dieser Psychotherapeutin ließ sie sitzen bleiben und weiter aus dem Fenster sehen.

Na, na, nun mal nicht so hastig, dachte Helene, das festzustellen überlass mal schön mir. Dieses Kunstblond ...

»Vielleicht erzählen Sie mir, wie Sie im Moment leben. Was Sie machen. Von Ihrer Familie. Wo wohnen Sie? Was arbeiten Sie?«

Sie arbeitet nicht. Hat Kosmetikerin gelernt und faulenzt jetzt. Sieht aus dem Fenster. Na, soll sie. So kriegt man die Zeit auch herum. Herrgott, Helene, jetzt mach mal halblang. Nimm sie wie jeden anderen, der hierherkommt. Wenn ich mir nur vorstelle, wie Herrmann mit so einem Gerät ... während ich zu Hause den Kindern Schlaflieder vorgesungen habe.

Marie bockte. Sie hatte sich auf etwas eingelassen, das nicht ihre Idee gewesen war. Und nun war sie hier und sollte sich rechtfertigen. Warum fragen einen die Leute immer gleich, was man arbeitet? Immer das Gleiche, als ob es im Leben nichts anderes als Arbeit gäbe. Ist denn das alles entscheidende Kriterium, was ein Mensch arbeitet? Was, wenn ich jetzt ›nichts‹ antworte. Oder sage, ich sei Atomphysikerin, Kükensortiererin oder Politesse oder Kindergartenleiterin. Was dann wohl? Von mir erfährt sie nichts. Ich lasse sie auflaufen. Ich sehe einfach aus dem Fenster und tue so, als ob ich sie ernst nehme. Sie ist nur neidisch, weil ich so schlank bin und sie nicht. So ist das nämlich.

»Na ja, also ich habe zwei Kinder. Das eine Kind ist fünf, das andere neun. Ich bin verheiratet. Wir wohnen in der Vorstadt, in der Villengegend.«

Boff. Das hat gesessen. Jetzt kannst du mich hassen, weil ich in einer Villa am See wohne und du nicht. Bestimmt hast du dir ein Leben lang Kinder gewünscht und keinen gefunden, der sie dir macht. Und jetzt ist der Zug abgefahren. Ich werde schwanger, wenn man mich nur anhaucht. Aber warum musst du mich dafür gleich hassen? Ich habe dir doch gar nichts getan! Dass alle Leute immer gleich so aggressiv werden.

Helene nickte leicht. Sag ich ja – sie arbeitet nicht. Braucht sie wohl auch nicht. In der Villengegend! Warum dieser Nachsatz? In der Villengegend ... Will sie klarstellen, dass sie nichts nötig hat, mich am allerwenigsten? Was wohl ihr Mann macht? Na, der ist Fitnessstudiobetreiber, Autohändler, hat eine Metzgereikette, irgend so was. Sie strahlt, aber sie hat kein Gesicht. Was sie wohl sieht, wenn sie aus dem Fenster guckt? So hartnäckig hat hier noch niemand aus dem Fenster gestarrt. Alle starren aus dem Fenster, aber so ... und gleich in der ersten Sitzung ...

»Was arbeitet denn Ihr Mann?«

So eine verdammte Scheiße. Ich gehe wieder. Was sage ich denn jetzt? Er arbeitet nicht? Seit einem halben Jahr arbeitslos? Kommt nicht infrage. Nichts sage ich. Was interessiert sie das! Außerdem ist er gar nicht arbeitslos. Er hat eine Firma, und er arbeitet. Nur, dass er kein Geld mehr damit verdient. Aber wenn ich das sage, dann denkt sie, ich sei deswegen hier gelandet und ganz traurig, weil meine Freundinnen immer noch prassen können und ich nicht mehr. Phh, wenn du wüsstest, wie egal mir das alles schon immer gewesen ist. Da hast du dich geschnitten, du stutenbissige, kinderlose Hexe. Von mir erfährst du nichts. Vergiss das mal ganz schnell, dass ich mich hier vor dir mit deinen flachen Tretern ausziehe. Mit solchen Dingern würde ich nicht mal dem Mann von UPS entgegentreten.

»Er hat eine Filmproduktionsfirma.«

Produziert vielleicht Pornos.

»Und Ihre Kinder? Wie heißen die?«

Vanessa, Kevin, Jason, Jennifer …?

Jetzt kommt das. Na bitteschön, hier, nimm das.

»Also, der Junge heißt Brutus – das ist der Kleine, er ist fünf, und die Große heißt Aspasia, also das Mädchen. Sie ist neun. Mit anderen Worten, das kleine Kind ist ein Junge und das größere ein Mädchen.«

Keine Sau weiß, wer Aspasia war, du auch nicht. Und es ist ein schöner Name, also muss ich mich dafür überhaupt nicht rechtfertigen, dass das mal klar ist. Ich weiß selbst, dass ich eine schlechte Mutter bin. Aber du hast ja keine Kinder. Du weißt ja nicht, was es bedeutet, vierundzwanzig Stunden am Tag Gewissensbisse zu haben. Außerdem bin ich keine schlechte Mutter. Du kannst mir gar nichts. Ich tue einfach so, als sähe ich aus dem Fenster. Mal sehen, wer das hier länger durchhält.

Aspasia? Helene wusste, wer Aspasia war. Seltsamer Name für ein Kind. Und Brutus, ein Mörder! Klingt aber auch fast nach etwas Bildung. Vielleicht hat ihr Mann, bevor er Pornos produzierte, ja das eine oder andere Buch gelesen. Wie angespannt sie da sitzt. Als hätte sie ihre Haarbürste verschluckt. Dieser Schmuck. Ob der echt ist? Sie friert. 32 Grad im Schatten, ich bekomme kaum Luft vor Hitze, und die friert.

»Oh, das sind aber sehr seltene Namen. Wer kam denn auf die, Sie oder Ihr Mann?«

Warum fragst du das? Jetzt glaubst du wohl, dass ich mit meinen blonden Haaren und mit Größe 34 nicht in der Lage bin, meinen Kindern gute Namen auszusuchen. Klar, wenn man hohe Schuhe trägt und seine Bücher bei Amazon bestellt, hat man ja auch nichts in der Birne, oder? Kalt hier. Und wenn man lange braune Röcke und flache Schuhe trägt und sich in Antiquariaten herumdrückt, dann ist man richtig gut, was? Wie ihr mich alle ankotzt mit euren stinkenden kleinen Scheißbuchläden, die sich zu fein sind, sich »Buchhandlung« zu nennen. Ich habe keine Zeit dazu, mir in diesen Schmierbuden von einem Vollbart mein Ego streicheln zu lassen. Ich habe nämlich im Gegensatz zu dir zwei Kinder, ja. Weißt du, du alte Hexe, ich spiele Klavier und Geige und Gitarre, und ich habe einen Pilotenschein, und mit zehn hatte ich schon mehr gelesen als du bis jetzt. Gott, ist die gemein. Richtig fies ist die. Und eingebildet ... Was hat sie noch gleich gefragt. Ach ja, die Namen. Und was, wenn ich sie ausgesucht habe? Steige ich dann auf deiner erbärmlichen Skala?

»Na ja, ich.«

Sie hat die Namen ausgesucht. Wo sie die wohl herhat. Internet vielleicht. Irgendwie tut sie mir fast leid in ihrer Einfalt. Gleich wird es klingeln, und dann sind die Kinder hier. Hat Moritz eigentlich seine Trompete heute mit zur Schule genommen? Ich muss Schluss machen, wird auch Zeit, diese Fensterglotzerei zu beenden. Einen guten Schlusssatz finden, damit sie nicht wiederkommt. Soll zu Hause weiter ihre Tupperware sortieren und meine Termine denen lassen, die was zu verarbeiten haben. – Heli, ganz ruhig, reiß dich zusammen und lass dich nicht von Vorurteilen leiten.

»Auf jeden Fall ist es gut, dass Sie den Weg hierher gefunden haben. Auch wenn ich noch nicht genau weiß, was der Auslöser war. Wir werden es langsam angehen und sehen.«

Für Marie stand es fest: Ich war heute zum letzten Mal hier. Aber das sage ich ihr nicht. Martin kann sie anrufen. Wir passen nicht zueinander. Aber wenn ich mich nun umbringe? Vielleicht ist sie mit ihrem Kartoffelsackkleid der letzte Bahnhof vor der Endstation. Ich könnte ihr sagen, dass sie sich ein bisschen hübsch machen und hohe Schuhe tragen soll, wenn ich komme. Und dass sie mich gefälligst nicht beleidigen soll, nur weil ich Kinder habe und sie nicht.

»Na ja, also dann bis nächste Woche. Vielen Dank.«

Der Schlusssatz war dumm, jetzt kommt sie wieder, befürchtete Helene.

3

Marie setzt einen mutmaßlichen Perversling und Mörder vor die Tür, der frech vorgibt, lediglich das Klavierspiel bei ihr erlernen zu wollen

»Na, Schnuckelpuppe, wie war's?«

»Gut. Ja, richtig gut eben.«

»Ich habe die Katze erschossen.«

»Sehr gut.«

»Na, nicht heulen, komm her. War doch nur die Katze.«

»Sie will mich nicht. Sie hasst mich, weil ich Kinder habe und sie nicht.«

»Hat sie gesagt, dass sie keine Kinder hat und dich dafür hasst, dass du welche hast?«

»Ja. Also ... nicht direkt. Aber angedeutet hat sie es. Mehrmals.«

»Ach ja? Hör mal, sie ist ein Profi. Nimm dir Zeit, und lass sie ihre Arbeit machen.«

»Ich hab Hunger.«

»Es gibt Katzenhaschee. Übrigens sitzt Herr Herzog im Wohnzimmer und wartet auf seine Klavierstunde. Danach essen wir, okay?«

»Sie war richtig fies zu mir.«

»Ja, glaube ich sofort. Aber jetzt klimpere erst mal eine Runde.«

»Na gut. Bleib bloß in der Nähe! Ich habe gar keinen Hunger.«

»Jaja, ist gut. Ich bleibe in der Nähe.«

Ruckzuck schaltete Marie um auf Klavierschüler und strahlte. Manchmal war es ihr selbst unheimlich, wie schnell ihr das gelang. »Tach, Herrzog, Sie haben aber schönes Wetter mitgebracht!«

»Hallöchen, störe ich?«

Wenn es nach Herrn Herzog ging, störte er immer, sogar in seinen eigenen vier Wänden.

»Wenn ich störe, also, dann ... Ich könnte auch später oder ein andermal wiederkommen, wenn es gerade nicht passt.«

Es war gar nicht so leicht, nicht auch noch Herrn Herzogs Restselbstbewusstsein mit einem Fingerschnipp über den Jordan gehen zu lassen. Marie hatte das Bedürfnis, diesem Mann, der so wenig von einem Mann hatte, etwas Gutes zu tun, ihn zu festigen. Aber er machte sie auch wahnsinnig mit seiner aufdringlichen Sorge, zu stören. Außerdem hatte er etwas an sich, das ihr Angst machte, etwas Nettes, Unauffälliges, etwas, das den schlimmsten Mördern offenbar zu eigen war, wenn man an das klassische Täterprofil dachte.

»Wieso? Natürlich passt es – Sie haben doch jetzt Ihren Termin. Ich muss mich entschuldigen, weil ich zu spät bin. Aber Sie doch nicht!«

»Ich meine ja nur, ist wirklich kein Problem für mich, später ...«

»Herr Herzog, Sie fahren doch mit dem Rad eineinhalb Stunden, um hierherzukommen. Und zurück auch wieder, oder?«

»Ach, das macht doch nichts, ist ja schön draußen. Außerdem gehe ich hier gerne auf den Friedhof.«

»Was? Auf den Friedhof? Einfach so spazieren?«

»Ja, das finde ich sehr schön. Sehr schön. Meine Mutti liegt auch auf diesem Friedhof.«

»Ach so.« Diese Pfeife, dachte Marie, geht jede Woche Mutti auf dem Friedhof besuchen. Über vierzig und keinerlei Bartwuchs, aber Rasierwasser benutzen wie die Großen. Wenn er Mutti auf dem Friedhof besucht hat, fährt er bestimmt nach Hause zu seiner Natascha Kampusch, und dann bringt er ihr was Schönes zu essen in ihr Verlies und fängt an zu heulen, wenn sie sich nicht freut. Sie sah, wie er nachts in seinem Keller, nur mit einer gestreiften Schlafanzugjacke bekleidet, Bilder von ihr mit einem stumpfen Skalpell bearbeitete und danach mit Bepanthensalbe beschmierte. Mann, dass sie jetzt erst draufkam! Sie überlegte, was schon alles hätte passieren können und ob sie Herrn Herzog nicht vorsichtshalber bei der Polizei anzeigen sollte.

Herr Herzog packte seine Anfängernoten aus und setzte sich erst auf die Klavierbank, als Marie ihn ausdrücklich dazu aufforderte.

»Wie sind Sie denn vorangekommen?«, fragte sie, einen voll eingerichteten Sado-Maso-Keller vor sich sehend, der darauf wartete, in knapp drei Stunden wieder von Herrn Herzog in Betrieb genommen zu werden.

»Oh, sehr gut, an manchen Stellen hapert es noch, aber insgesamt bin ich sehr zufrieden.«

»Na, dann lassen Sie mal hören. Was war denn eigentlich dran?«

»Die Etüde mit dem Kreuz und das Vierhändige.«

»Ach, die Etüde in G-Dur meinen Sie. Dann sagen Sie mir doch gleich mal, was das für ein seltsames Kreuz ist.«

»Hm ... G-Dur sagen Sie. Ich meine: ein Gis.«

»Und ich meine: ein Fis, wie letzte Woche besprochen. Aber egal, fangen Sie an.«

Oh, Gott, wie ist es möglich, dachte Marie, ein zweizeiliges, leichtes Stückchen derart zu verhunzen? Sie fühlte sich von Gott arg geprüft, da er ihr den einzigen talentfreien Perversling weit und breit in ihr schönes Haus schickte, ihn an ihren

Steinway setzte und ihn mit seinem Rasierwassergestank das Wohnzimmer verpesten ließ.

»Fis, dritter Finger bitte.«

»Ah ja – war mein Fehler.«

Ach was, dachte Marie.

»Dritter auf Fis bitte, nicht Gis. Es gibt kein Gis in diesem Stück. Nur Fis.«

»Fis, nicht Gis!«

»Mensch, da komme ich immer durcheinander.«

»Macht ja nichts, passiert mir auch laufend. Sie kriegen das schon hin, konzentrieren Sie sich.«

»Das war doch schon ganz prima. Ein paar klitzekleine Anmerkungen hätte ich da noch, nur ganz kleine. Also: Wir hatten ja bereits letzte Woche und in der Woche davor und ... egal, jedenfalls besprochen, was diese Bögen über den Noten bedeuten. Das sind Bindebögen. Genau wie in den letzten drei Etüden, die wir bearbeitet haben. Nicht, dass sie lebenswichtig wären, aber sie tragen schon erheblich dazu bei, diese Noten zu einem Stück Musik werden zu lassen. Nehmen wir uns mal zwei Takte heraus. Die hier. Spielen Sie nur die, nur mit der rechten Hand, und versuchen Sie, die zu bindenden Töne aneinanderzukleben. Ich spiele es Ihnen kurz vor, ja?

Gut. Jetzt Sie.«

»Hm.«

»Nein, nicht mit der Linken – da sind ja gar keine Bindebögen über den Noten. Mit der Rechten bitte. Nur die Melodie.«

»Ach so.«

Marie hörte mit einem Viertelohr zu und stierte auf die Kontra-Oktave. Ob diese Psychotherapeutin sie nicht leiden konnte? Es wäre kein Wunder. Andererseits wusste Marie genau, wie empfindlich, geradezu zimperlich sie war und dass sie sich vieles nur einbildete.

»Gut. Das waren fast perfekt gespielte Staccati, was auch nicht schlecht ist, aber heute wollen wir Töne binden. Noch mal die beiden Takte.«

»Nur die beiden Takte bitte, nicht immer gleich das ganze Stück. Und nicht staccato, sondern legato.«

»Was?«

»Legato, gebunden.«

»Ja, besser, sehr gut. Gleich noch mal.«

»Nein, nicht von vorn, nur die zwei Takte. Wenn Sie in drei Monaten die ›Pathétique‹ spielen, können Sie auch nicht immer das ganze Stück spielen, um zwei Takte zu üben. Stellen Sie sich mal vor, die beiden Takte sind auf der vorletzten Seite!«

»Rechts ist da, wo der Daumen links ist, Herrzog.«

»Oh, Mann, irgendwie ist heute der Wurm drin. Entschuldigung, mein Fehler.«

»Ja nun. Wir machen alle mal Fehler.« Marie ergriff ein körperliches Unwohlsein. Sie musste alle Kraft zusammennehmen, um Herrn Herzog nicht zu ohrfeigen.

»Na, sehen Sie, die waren so gut wie perfekt. Und jetzt das ganze Stück – von vorn bis hinten.«

»Oh, Mann.«

»Ja, das schaffen Sie. Bitte.«

»Toll, aber jetzt müssen Sie natürlich alle Töne binden, nicht nur die in den beiden Takten, die wir gerade geübt haben. Die Bindebögen sind ja überall. Es wimmelt nur so von Bindebögen in diesem Stück. Also alle binden, ja? Und los.«

Da es nicht nötig war, sich diesem zersetzenden Krampf mit voller Konzentration zu widmen, schweifte Marie wieder ab zu ihrer Therapiesitzung und fand: Es ist immer gut, wenn man Sachen abgeschlossen hat, wenn man mit etwas durch ist. Fertig. Erledigt. Ich habe es versucht. Kann ja nichts dafür, wenn die ihren Job nicht beherrscht und sich dann auch noch benimmt wie eine offene Hose. Frauen sollten doch nett zueinander sein, solidarisch. Dann wäre alles viel besser. Aber nein. Immer diese Stutenbissigkeit. Ja, ich kann sagen, ich habe es versucht. Für mich ist das eben nichts. Gibt eben solche und solche Menschen. Dem einen bringt eine Psychotherapie etwas, dem anderen halt nicht. Eine reine Typfrage ist das. Und dann muss man sich ja auch noch halbwegs leiden können. Und die ist nun echt der Typ Frau, der mich mal kann. Wenn meine Freundinnen mich bei der gesehen hätten ... puh. Spricht wirklich alles dagegen. Gut, dass das Thema durch ist. Herrzog – der sollte mal in eine Therapie. Obwohl ... macht er ja, kommt zu mir und lässt sich quasi behandeln. Ausgerechnet zu mir!

»Na, das klappt doch schon hervorragend. Und nun versuchen Sie, alle acht Takte in der Lautstärke zu spielen, die verlangt wird. Sie werden überrascht sein, wie gut es dann klingt.«

»Herr Herzog, sagen Sie mir, was da steht. Was ist das für ein Zeichen?«

»Forte!«, rief Herr Herzog, aufgeregt den Zeigefinger in die Höhe stoßend.

»Richtig! Und jetzt geben Sie mal ordentlich Gas. Tun Sie einfach so, als würden Sie in Ihrem Hobbykeller einen Hammer schmieden.«

»Ich muss sagen, das ist so eine Sache mit dem Lautspielen. Zu Hause kann ich das nicht. Ich will ja keinen stören. Ich habe deswegen schon mein Klavier dämpfen lassen.«

»Üben Sie denn nachts?«

»Nein, nein, am späten Nachmittag, aber trotzdem. Wer weiß denn schon, ob das allen Leuten gefällt.«

Marie war hin und her gerissen zwischen Abscheu und dem aufrichtigen Wunsch, dieser in ihren Augen armen Sau ihre Ängstlichkeit und Komplexe auszutreiben. Sie wusste selbst sehr gut, wie er sich fühlte, nur war sie gegenüber Herrn Herzog entschieden im Vorteil: Sie sah besser aus, konnte Selbstbewusstsein vortäuschen und beherrschte das Instrument bereits. Am liebsten hätte sie ihn hinausgeworfen. Nichts war für sie so uninteressant, wie Anfängern den Unterschied zwischen C-Dur und a-moll nahezubringen. Allerdings ließ Herr Herzog nach dem Unterricht das auf dem Küchentisch zurück, was sie im Moment dringend brauchte: Geld.

War es redlich, allein für Geld etwas zu tun, das man so hasste? Sie könnte Geld auch ganz anders verdienen, viel leichter eigentlich und vielleicht sogar mit viel mehr Spaß dabei. Ganz davon abgesehen, dass die Ausbeute wesentlich höher wäre. Dann würde es jedoch nicht mehr lange dauern, bis sie endgültig in der Klapsmühle landete. Marie flehte das Schicksal an, ihrem Mann einen lukrativen Auftrag zu senden, damit sie wieder für sich allein Musik machen durfte. Jetzt aber war Herr Herzog hier, und es schickte sich nicht, weiterhin auf die Tastatur zu starren.

»Ach was. Musizieren in Wohnungen gehört zum Leben, Herr Herzog. Niemand hat etwas dagegen. Machen Sie sich frei davon. Haben Sie mit Ihren Nachbarn mal darüber gesprochen? Ist vielleicht nicht verkehrt und gibt Ihnen Sicherheit. Wenn die zum Beispiel gerade ein krankes Kind haben, das endlich schlafen soll, oder wenn sie Schicht arbeiten und tagsüber schlafen müssen, könnte man sich ja verständigen. Was für Leute wohnen denn in dem Haus?«

Herrn Herzog war diese Frage sichtlich unangenehm. Er rutschte auf der Klavierbank hin und her und sah auf seine Uhr. »Ich habe eigentlich gar keine Nachbarn. Nur in der Wohnung schräg unter mir lebt eine alte Dame. Aber die hört praktisch gar nichts mehr.«

Marie bekam plötzlich unendliches Mitleid. Sie hätte Herrn Herzog gern einen Zauberstab geschenkt, mit dem er sich eine neue Persönlichkeit zulegen könnte. Oder eine Tarnkappe, damit er wenigstens ab und zu sicher gehen konnte, niemanden zu stören. »Ja, und warum spielen Sie dann nicht laut?«

»Na, ich denke immer: Vielleicht hört sie ja doch noch was oder hat gerade Besuch.«

»Hm, das könnte natürlich sein. Gehen Sie doch auf Nummer sicher, und verkleiden Sie die Wände mit so schwarzem Dämmzeug, wie man es in Studios verwendet!« Marie wurde auf einmal wütend.

»Hab ich schon, teilweise.«

Das reichte. »Ach. Sagen Sie mal, Herrzog, warum tun Sie sich das hier eigentlich an? Ich meine, ich will Ihnen ja nicht zu nahe treten, aber Sie sind die größte musikalische Niete, die mir je begegnet ist. Seit drei Wochen arbeiten wir jetzt an diesen zwei Zeilen. Zwei Zeilen, ja!« Marie verfiel ins Brüllen. »Und Sie schaffen es nicht, Ihre paar Finger dazu zu bewegen, die richtigen Tasten anzuschlagen. Und wenn Sie es zufällig einmal schaffen, dann binden Sie nicht, und wenn Sie es doch tun, dann an der falschen Stelle. Und immer schön pianissimo! Da steht forte, Herr Herzog, forte! Und

Sie trauen sich nicht mal, piano zu spielen! Und mit diesem Gestümper sind Sie auch noch zufrieden! Ich meine ... Warum das alles? Das bringt doch nichts! Nichts! Wissen Sie, was? Ich kann das nicht. Ich bin nicht dazu geschaffen, hier eine Dreiviertelstunde lang die Kindergärtnerin zu spielen. Einem dressierten Affen bringt man eher Klavierspielen bei als Ihnen! Und Ihre Angst, zu stören oder Lärm zu machen, ertrage ich auch nicht. Wofür schämen Sie sich eigentlich ständig? Gehen Sie zu Hause immer barfuß, um Ihre taube Nachbarin nicht aus dem Schlaf zu reißen? Und Mutti? Ja, Mutti! Einmal die Woche Mutti auf dem Friedhof besuchen, ja? Tut mir leid, Herrzog, ich kann das nicht. Nein!«

Marie schlug den Klavierdeckel zu, und Herr Herzog hatte großes Glück, seine erstarrten Finger mit einer für ihn erstaunlichen Schnelligkeit rechtzeitig weggezogen zu haben. Während Marie stumm neben dem Klavier sitzen blieb, packte Herr Herzog mit hochrotem Kopf seine Noten zusammen, legte noch die übliche Summe auf den Tisch, nahm seine Outdoor-Fahrradjacke und verschwand, »Auf Wiedersehen« murmelnd, auf leisen Sohlen.

Nach einer geschlagenen Minute bereute Marie ihre unmenschliche, gemeine Entladung bereits. Trotzdem fand sie, dass sie im Recht gewesen war, und erhob sich von ihrem Stuhl neben der verlassenen Klavierbank.

Martin kam herein und wollte fragen, was los gewesen sei, als es Sturm klingelte.

»Entweder«, sagte Marie, »ist das jetzt Herr Herzog, der weint, oder Herr Herzog mit einer Wumme in der Hand.«

»Na, dann werde ich ihm wohl besser aufmachen, nicht wahr, Schnuckelpuppe«, sagte Martin und ging zur Tür.

Dieses Vorgehen leuchtete Marie sofort ein. Selbstlos befand sie, es sei im Allgemeinen für Kinder viel wichtiger, eine Mutter zu haben als einen Vater. Außerdem verdiente

Martin kein Geld mehr, und wenn er nun im Kampf gegen Herrn Herzog fallen würde, hätte sie ihm sogar zu einem ehrenhaften Tod verholfen, was er nach ihrem Ermessen sehr gutheißen müsste. Schließlich hatte er ihr die Vollbringung guter Taten empfohlen. »Ja, gut, geh du vor«, sagte sie und schlich wie ein mutiges, dreibeiniges, taubstummes Lämmchen unauffällig hinter ihm her.

Marie blinzelte hinter Martins Rücken hervor und sah, dass Herrn Herzogs Kopf immer noch tomatenrot war. Sein Atem ging schnell, als er stotternd und bereits mit wildem Blick auf Marie fragte, ob er selbige sprechen könne. Er wirkte entschlossen. Martin schien es für ratsam zu halten, ihn nicht ins Haus zu bitten, sondern Marie lediglich freizugeben und selbst an Ort und Stelle zu bleiben.

»Sie!«, rief Herr Herzog echauffiert.

»Ich?«, fragte Marie.

Seinen neonfarbenen Fahrradhelm auf dem Kopf, den blauen Funktionsrucksack auf dem Rücken, stand Herr Herzog da wie ein Marathonläufer kurz vor dem Startschuss. Er formte aus Zeigefinger und Daumen eine Pistole, richtete diese auf Marie und hob an: »Ja, Sie! Sie ... Sie h-haben ja überhaupt keine Ahnung! Sie ... W-wissen Sie was? Ich w-wollte Klavier spielen, weil in m-meiner Straße in zwei Wochen w-wieder das B-Bürgerfest stattfindet. Und da ... dada ... da ist immer einer von drei Häusern weiter, der Flöte spielt. Und ich dachte, vielleicht könnte ich mal m-mit ihm ins Gespräch k-kommen ... über das Klavier, zusammen spielen sogar. Ich w-wüsste nicht, wie ich ihn sonst ansch-schprechen sollte. Aber das kann Ihnen ja egal ... egal sein! Sie haben bestimmt k-keine Probleme, jemanden anzusprechen! Sie sind ja auch keine N-Niete! Und deshalb d-dürfen Sie mich n-natürlich s-so nennen! Ja, ich b-bin untalentiert, m-meinen Sie, das ... das wüsste ich nicht?«

Herr Herzog hielt inne.

Martin näherte sich ihm mit Bedacht, legte seine Hand auf die Fingerpistole und senkte sie vorsichtig nach unten, sodass sie jetzt auf Herrn Herzogs Fuß zielte.

Doch der blickte friedlich auf den See, atmete ganz ruhig aus und setzte, ohne zu stottern, zur Coda an: »Und meine Mutter, die besuche ich, so oft ich will. Meine Mutter war mit mir auf dem Jakobsweg, wissen Sie. Haben Sie so etwas schon mal gehört? Eine Mutter, die mit ihrem Sohn den Jakobsweg geht, damit er lernt, seine Persönlichkeit anzunehmen. Was meinen Sie, wie lange ich mich dagegen gesträubt habe, schwul zu sein? Ich habe mich verabscheut deswegen. Aber meine Mutter, die wollte, dass ich dazu stehe, zu mir stehe und mich entwickle, hat sich sogar von meinem Vater getrennt, der es auch nicht wahrhaben wollte, dass ich eine Niete bin. Mutti auf dem Friedhof, da können Sie nur lachen, ja. Ich nicht. Sie war nämlich die Einzige, die mich nie eine Niete genannt hat, und deswegen bekommt sie jede Woche frische Gerbera. Und auf Sie – auf Sie und Ihr Klavier«, hier begann Herr Herzog abermals zu stottern, »sch-scheiße ich! Auf W-Wiedersehen.«

Marie stand noch mit halb geöffnetem Mund in der Tür, als Herr Herzog längst auf und davon war. »Wow«, stammelte sie, »hast du das gehört? Das ist ja ... das ist doch ... unglaublich! Er sch-scheißt auf meinen Steinway ... und auf mich. So eine Frechheit. Diese Niete, oder?«

Martin antwortete nicht.

Marie drehte sich zu ihm um, aber da, wo er gestanden hatte, war niemand mehr.

4

Helene und Marie finden in den Schlaf

Als Helene spät abends ihre Tasse mit heißem Wiesenkräutertee auf dem Nachttisch abstellte und das Licht löschte, war ihr nicht gut. Sie sank auf ihr Kissen und ließ den Tag Revue passieren.

Moritz hatte in der Schule »La Montanara« vorgespielt, und sie war nicht dabei gewesen. Alle anderen Eltern hatten ihrem Sohn dabei zugesehen, wie er seiner Behinderung trotzte und trompetete wie ein kleiner Gott. Entzückt und gerührt werden sie gewesen sein, auch danach, als Fabian ihm die Trompete und den Ranzen abnahm, um mit ihm nach Hause zu schlendern. Ach, wie süß, werden sie gesagt haben. Guck mal, wie der große Bruder sich um den kleinen Behinderten kümmert. Toll. Der arme Kleine. Solche muss man unterstützen, wo es nur geht.

Helene hatte Moritz heute nicht unterstützen können. Sie hatte den Vorspieltermin für eine Woche später in ihrem Kalender notiert und hätte gestern Abend, als sie den Irrtum bemerkte, fünf Termine absagen müssen. Den Fascho, die Krebskranke, die Studentin, den Schriftsteller und die Neue. Moritz hatte es, wenn auch enttäuscht, hingenommen, und Fabian hatte maulend sein Fußballtraining abgeschrieben.

Fabian brauchte neue Fußballschuhe. Am Samstag würden sie einkaufen gehen. Für Moritz das größte Eis, das in der Stadt zu haben war, für Fabian weißblaue Fußballschuhe.

Herrmann hatte sich für das Wochenende angesagt. Er wollte mit seinen Söhnen etwas unternehmen. Diese Termine notierte Helene nicht mehr. Sie wurden nie eingehalten.

Die Neue. Fehlte ihr etwas? Sonnenbrille, Villa, enge Jeans. Das hieß alles gar nichts. Aber was störte sie an ihr? Vielleicht das Blond. Sie war heute keine gute Therapeutin gewesen. Wie hatte sie sich hinreißen lassen können, so negativ und so unprofessionell zu sein. Dünne Blonde haben es gut, jaja, was für ein Quatsch! Heli, das war keine reife Leistung. Aber sie ist nun einmal dieser Typ Frau. Und dieses Strahlen. Gefroren hat sie ...

Während irgendwo jemand leise »La Montanara« sang, verflüchtigte sich ein letzter warmer Gedanke an ihre Mutter, die sie im vergangenen Herbst auf der Intensivstation in den Tod gestreichelt hatte.

Es war vier Uhr morgens, als Marie endlich, nach einer Flasche Pinot Grigio, ins Bett fiel. Martin schlief wie ein Stein. Seit einiger Zeit fiel Marie auf, dass das Schlafzimmer einen unangenehm männlichen Geruch angenommen hatte. Männer über fünfzig konnten wohl zwei- oder dreimal täglich duschen – die Bettwäsche roch trotzdem ein bisschen nach Verwesung. Wir brauchen getrennte Schlafzimmer, entschied sie.

Sie fragte sich, ob man Psychotherapeuten nachts um vier anrufen und um ein weiteres Gespräch bitten könne. Wenn diese Frau jetzt über ihrem Bett schwebte, würde sie ihr alles sagen. In zwei Minuten hätte sie alles herausgelassen. Sie würde ihr sagen, dass sie nicht von ihr gehasst werden wollte und dass sie es ernst meinte mit dieser Therapie. Wenn man es sagte, wurde es eventuell auch wahr. Aber vielleicht meinte diese Psychofrau es gar nicht ernst. Schließlich war es nur ihr Job. Sie machte einfach ihre Arbeit – wie ein Maurer oder eine Friseuse. Warum sollte Marie jemandem, der gerade bei der Arbeit war, etwas über sich erzählen und ihn womöglich damit bei seiner Arbeit stören? Nein, sie wollte niemanden von der Arbeit abhalten. Sie wollte nicht schuld sein an irgendetwas.

Während sie diesen Tag verließ und ihre Augenlider endlich zu schwer zum Wachbleiben wurden, umzingelten sie etliche pechschwarze Hunsrücker Engel mit Pistolen und Telefonhörern in den Händen und riefen in den Äther, was Marie ihnen schon vor langer Zeit gewollt oder ungewollt aufgetragen hatte: Schlampe.

5

Helene und ihre Patientin verstehen sich gut, haben aber leider keine Ahnung davon

Diese Blumen waren toll, fand Marie. Letzte Woche rosa Rosen, heute weiße. Großartig, diese Köpfe. Sie hat kein Grün dazugenommen, was eigentlich von Geschmack zeugt. Rosen brauchen kein Extra-Grün. Woher sie das wohl weiß? Wissen ja nicht viele. Martin hat Jahre gebraucht, um das zu kapieren. Ich sehe heute nicht aus dem Fenster, nicht eine Minute. Ich werde mit Smalltalk beginnen, vielleicht geht das als guter Wille durch.

»Also, diese Blumen sind toll. Woher sind die?«

Sie kann schöne Blumen nicht ansehen, ohne sich zu fragen, von welchem Floristen sie kommen und wie teuer sie waren. Passt ins Bild. Helene hatte sich für heute vorgenommen, unvoreingenommen zu bleiben. Doch schon jetzt misslang der Versuch, kroch ihre Urabneigung gegen diesen Frauentypus in ihr hoch.

»Ja, sie sind wirklich sehr schön. Ich habe sie vom Markt. Dort ist ein sehr netter, alter Blumenhändler, bei dem ich schon seit Jahren jede Woche einkaufe.«

Ist ja gut, ereiferte sich Marie. Musst ja nicht gleich wieder so aggressiv werden. Hab ja nur gefragt, woher diese Scheißblumen kommen. Ja nun, vom Markt, typisch. Bestimmt nimmst du einen Korb mit zum Markt. Und wenn alle Einkäufe erledigt sind und du mit den netten, verschrumpelten Verkäufern übers Wetter gequatscht hast, gucken zwei Porreestangen und die Blumen aus dem Korb. Geh doch mal in ein ordentliches Blumengeschäft, parke davor im absoluten Halteverbot und lade den riesigen Strauß dann vor den Augen der Politesse in den Kofferraum. Würdest du nie tun, was! Ich hasse diese Leute, die sich im Sommer auf Märkten mit Verkäufern und Nachbarn verbrüdern.

»Das ist ja schön. Ist immer noch die netteste Art einzukaufen.«

»Ja, da haben Sie recht. Aber lassen Sie uns doch von Ihnen reden. Mich interessiert, was Sie zu mir geführt hat.«

Dieses Strahlen ist grauenhaft. Schöne Augen könnten das sein, aber was man sieht, ist eine Fratze.

»Na ja.«

Das kann sie mich doch nicht im Ernst fragen. Was das hier für hohe Wände sind, und kalt ist es. Ich werde auch mal auf den Markt gehen. Heute ist Elternversammlung. Wenn ich Geld hätte, würde ich mal wieder ins KaDeWe fahren. Obwohl – schlechte Luft im KaDeWe. Man bekommt gar keine Luft hier. Ich stehe auf und gehe. Überhaupt eine Frechheit von Martin, mich hierherzuschleppen. Guck ich eben aufs Parkett. Da ist ja Nagellack von meinem großen Zeh abgeblättert. Jetzt denkt sie, ich sei so eine, die mit abgeblättertem Nagellack herumläuft. Soll sie sich doch selber mal ansehen! Ich sage nichts. Sie denkt, sie kann mich für ihre Arbeit missbrauchen. Aber nicht mit mir.

»Also.«

Jaja – das Zimmer hier ist ganz schön interessant, nicht wahr? Muss man sich genau ansehen, die weißen Wände und den

Fußboden und alles. Und dabei immer schön strahlen! Gott, manchmal verfluche ich diesen Job. Wäre ich doch auf Station geblieben. Nette Kollegen und wenigstens richtige Kranke.

»Wissen Sie, Sie müssen diese Frage ja nicht sofort und auch nicht in einem Satz beantworten. Aber damit wir uns herantasten können ...«

»Welche Frage? Sie haben mich nichts gefragt.«

»Ich habe Sie gefragt, weshalb Sie hier sind.«

»Nein, Sie haben etwas über Ihre Interessen gesagt. Sie sagten wörtlich: Mich interessiert, was Sie zu mir geführt hat. Das ist keine Frage. Eine Frage endet trotz Reform immer noch mit einem Fragezeichen.«

Diese elende Person, dieser scheiß Hunsrück, brodelte es in Maries Kopf. Es war, als brächte allein die Anwesenheit dieser doch überhaupt nicht gemochten Psychotherapeutin Gedanken, Hass und Ängste an die Oberfläche, die Marie sich normalerweise nur nachts leistete.

Wenn ich Geld hätte, würde ich ein paar Armbrecher in den Hunsrück schicken. Oder jemanden, der gleich alles gründlich erledigt. Eine Gasexplosion käme infrage. Peng! Drei Kinder, die Schlampe und er. Bauz, weg wären sie. Die bläst ihm jeden Tag einen, anders kann es nicht sein. Ekelhaft. Wenn ich mir überlege, dass ich sieben ganze Jahre mit dem Mann verheiratet war! Ob er diesem Weib jetzt auch das Fliegen beibringt und ihr jede Woche einen dicken Schein hinlegt, so zum Amüsieren? Und ihr eine kleine Cessna und einen Porsche schenkt? Unwahrscheinlich. Die muss dankbar dafür sein, dass er sie aus der Gosse geholt hat und jetzt ihre drei Kinder durchfüttert. Er schämt sich ihrer sogar und leidet unter ihr. So ein Idiot. Aber warum hat er sie nicht längst zum Teufel gejagt? Sie muss irgendein Kunststück beherrschen. Er ist nie darüber hinweggekommen, dass ich ihn verlassen habe. Logisch. Hat so viel Geld in mich investiert, und dann das! Das schmerzt, jaja.

In die Schweiz könnte ich gehen, überlegte Helene, in eine Privatklinik. Ordentlich Geld verdienen. Gut, ich werde hier und jetzt meinen Job machen. Ich mache ihn gerne, meinen Job.

»Ich werde Ihnen jetzt eine Frage stellen, und Sie versuchen, sie mir zu beantworten. Lassen Sie sich Zeit damit. – Sind Sie traurig?«

Was soll das denn? Du in deinem braunen Kleid hast doch überhaupt keinen blassen Schimmer. Wann hattest du das letzte Mal Sex, und wann hat zuletzt jemand zu dir gesagt, dass du schuld an allem Elend dieser Welt bist? Gar nichts weißt du, und du willst auch nichts wissen. Du hast studiert, bist promoviert, bist so clean und gehst mit einem Korb auf den Markt. Und bestimmt hast du einen Freund, der zwar kein Geld hat, aber unglaublich verständnisvoll ist. Nicht verheiratet, denn du bist ja eine ganz moderne Frau, wow! Keine Kinder, keine Exmänner, keine Konflikte. »Sind Sie traurig?« Das ist ja mal ein grandioser Einfall. Da hast du's mir aber so richtig gegeben. Und ich sage dir, auch dein Pseudointellektueller würde es am liebsten im Puff so richtig krachen lassen. Traut sich nur nicht, weil er ein elender Laschi ist mit seinem schwarzen Rolli. Und abends trinkt ihr gemütlich zusammen ein gutes Glas Rotwein und lutscht japanische Biocracker. Aber nur ein Glas Rotwein, klar, man will ja schließlich genießen. Und dann macht ihr afrikanische Duftkerzen an. Aber was kann ich dafür? Ist doch nicht meine Schuld, dass du so eine impotente Flasche am Hals hast. »Sind Sie traurig?« Bist du denn traurig? Jedenfalls siehst du ganz schön traurig aus! Und jetzt willst du, dass ich traurig bin. Das kannst du dir abschminken, mir geht's gold. Ich gucke aus dem Fenster, und dabei bleibt es.

Ich halte dieses Strahlen nicht aus. Gleich schlage ich sie. Halt, Heli, komm zu dir! Du bist vollkommen überlastet und übermüdet. Herrmann ist so ein Versager. Warum heiraten bloß alle Männer am liebsten ihre Mütter? Und wenn sich dann herausstellt, dass man etwas anderes als Mutti zu bieten hat, fangen sie an zu weinen und fühlen sich nicht mehr geborgen. Geborgenheit und Flüsterton im Bett. Unerträglich. Will mal wissen, wie es mit seiner Neuen ist. Ich sollte sie warnen. Dass sie bloß nicht seinen Hasen aus dem Bett verbannt, sonst weint Herrmann und fühlt sich nicht angenommen. Vielleicht brauche ich ja eine Psychotherapie, ha! Was hatte ich noch gefragt? Ach so, ob sie traurig ist. Standardfrage. Gute Frage. Klar ist sie traurig, aber sie wird es nicht zugeben. Womit wir schon mal geklärt hätten, dass sie traurig ist.

»Sind Sie traurig?«

Ja doch, ich habe die Frage verstanden, bin ja nicht taub!

»Na ja – nein, ich glaube nicht. Warum? Ich meine, mir geht's ja nicht schlecht. Nö, traurig, also wissen Sie, eigentlich geht es mir bestens. Außer dass der Nagellack von meinem großen Zeh abgeblättert ist. Das stört mich. Ich würde normalerweise nie so aus dem Haus gehen. Dass mir das erst jetzt auffällt ... Roter Nagellack, der abblättert, ist das Schlimmste. Sehen Sie einfach nicht hin. Aber, nun ja, es ist auch nicht so schlimm. Gibt sicher Schlimmeres auf der Welt. Ich werde das sofort ausbessern, wenn ich zu Hause bin.«

Ja, das wirst du.

»Eigentlich? Es geht Ihnen eigentlich bestens?«

Das geht jetzt schon seit Wochen so mit dieser Hitze. Waldbrandstufe drei. Wie sie wohl diese Stufen festlegen? Dieser Kloß im Hals. Ich muss nur schlucken und die Augen aufreißen, dann geht er wieder weg. Man darf die Kippen nicht mehr aus dem Autofenster werfen bei Waldbrandstufe drei. Ja, eigentlich. Und jetzt weißt du auch nicht weiter. Ich muss ihr irgendetwas hinwerfen, mit dem sie was anfangen kann. Sie macht hier ihre Arbeit. Eine Viertelstunde noch, dann setze ich mich in die Sonne und trinke einen Cocktail. Ich könnte sie ja fragen, ob sie mitkommt. Ich glaube, sie ist total nett.

»Ich bin manchmal nervös, wenn das das richtige Wort ist. Ich weiß nicht so genau. Ich möchte auch nichts Falsches sagen. Also, vielleicht ist es auch keine Nervosität, sondern eher so eine Art ... Ich weiß nicht. Ich schlafe schlecht.«

Ich schlafe schlecht. Das habe ich gut gesagt. Schlaf ist wichtig. Ausreichend Schlaf ist nicht zu unterschätzen, hat Oma schon immer gesagt.

Na bitte. Sie schläft schlecht. Wenn das kein Grund ist, hier zu sein. Olaf ist auch in der Schweiz und verdient sich dumm und dusselig.

»Und haben Sie eine Ahnung, warum Sie so schlecht schlafen? Schlafen Sie schlecht ein, oder wachen Sie nachts auf?«

Jetzt reicht es. Will sie mir etwa Baldrian verschreiben? Es interessiert sie doch einen Dreck, wie ich schlafe. Wie kann man nur so oberflächlich sein.

»Also, vielleicht ist das ja auch gar nicht so schlimm ... Ich gehe halt spät schlafen, weil ich einfach nicht einschlafe, meistens nicht vor drei. Aber ich mache dann am nächsten Tag einen Mittagsschlaf, wenn es geht. Sie wissen ja, ich habe zwei Kinder, die beiden, von denen ich Ihnen erzählt habe, neun und fünf, Mädchen und Junge, wobei das Mädchen die

Ältere von beiden ist, aber das sagte ich ja bereits, und manchmal wird aus dem Mittagsschlaf natürlich nichts. Ich weiß ja nicht, ob Sie wissen, wie das ist mit Kindern. Meine Mutter hatte vier. Vier Kinder. Aber man schafft das schon, wenn man sich ein bisschen zusammenreißt. Jedenfalls ist das mit dem Schlafen kein Problem. Ich könnte das ändern, wenn es mir wirklich was ausmachen würde. Liegt ja in meiner Hand, sozusagen. – Aber die Blumen sind echt schön.«

Ach, das ist ja ein hartes Los. Sie kommt manchmal nicht zu ihrem Mittagsschlaf. Und die Blumen sind echt schön. Na dann. Womöglich gibt es auch nichts anderes zu erzählen. Nein, das kann nicht sein. Sie hat etwas, aber sie kann nicht heraus damit. Sonst wäre sie ja nicht hier. Aber sie ist eigentlich nicht hier. Nur ihre strahlende Fratze. Wie sie an der dicken Kette herumknibbelt. Nervös ist sie wirklich, nicht zu übersehen.

»Ja, ja, ich weiß, wie das ist. Ich habe auch zwei Kinder und mich einfach daran gewöhnt, wenig Schlaf zu bekommen. Ich denke, wir werden uns langsam auf die Suche danach machen, woher Ihre Nervosität, wie Sie es nennen, kommt. Vorerst probieren Sie es abends mal mit heißem Tee. Heißer Tee bringt einen zur Ruhe. Und versuchen Sie, früher ins Bett zu gehen.«

Klar. Danke für diesen fachmännischen Rat. Ich werde gleich auf den Markt rennen und mir losen Kräutertee kaufen. Du hast ja echt gut aufgepasst in deinem Studium. Tee und um zehn Uhr Licht aus. Zwei Kinder. Das glaube ich nicht. Sie lügt wie gedruckt, weil sie mich fertigmachen will. Alle wollen mich nur fertigmachen.

Wumm! Einfach in die Luft würden sie fliegen – und aus die Maus. Lieben kann er dieses ordinäre Stück nicht. Er kann sowieso niemanden lieben. Nicht einmal sich selbst. Aber die schon gar nicht. Bald ist er weg, und ich bin schuld. Das könnte ich ihr jetzt sagen, aber was denkt sie dann von mir? Dann sagt sie, ja natürlich sind Sie daran schuld, wer denn sonst. Und an allem anderen auch. So was passiert nicht einfach so, irgendjemand muss doch schuld sein. Und wer mit abgeblättertem Nagellack herumläuft, ist sowieso schuld.

Ich weiß genau, was du denkst. Zwei Kinder, sagst du, ja. Dann können wir ja über Kinder reden, wenn das stimmt. Stimmt aber nicht. Na ja – ich trinke jetzt abends immer Tee, klar. Super Therapie ist das.

»Gute Idee mit dem Tee. Ich werde es gleich heute ausprobieren.«

Die Zeit ist um. Jetzt kann sie nach Hause gehen und sich um ihre Füße kümmern. Aha, sie zieht die Schultern hoch.

»Ja, versuchen Sie es. Ich wünsche Ihnen viel Erfolg. Und, bitte, kommen Sie nächste Woche wieder. Vielleicht haben Sie das Gefühl, dass hier gar nicht so viel passiert. Aber ich sage Ihnen, dieses Gefühl trügt.«

Warum sage ich das? Ich will sie doch hier überhaupt nicht haben, dieses ... Gerät.

Aber nein. Ist doch ganz prima, eine Tee-Empfehlung zu erhalten, wenn man dreimal täglich kurz davor ist, sich an den nächsten Laternenpfahl zu knüpfen.

»Nein, nein, das Gefühl hatte ich überhaupt nicht. Ganz im Gegenteil. Vielen Dank. Und bis nächste Woche.«

Wenn ich nichts Besseres vorhabe.

»Gern. Bis nächste Woche.«

Und immer lächeln!

6

Martin und Marie können eigentlich ganz gut miteinander, Helene duldet im Bett keine Plüschtiere mehr, und Pasi döst vom Hunsrück

Marie saß auf der Treppe, die von der Terrasse in den Garten führte, und sah ihren Kindern beim Plantschen zu. Neben ihr lag aufgeschlagen der ›Faust‹, den sie jeden Sommer las. Nicht von vorn bis hinten, eher stückweise und von hinten nach vorn, aber so, dass sie über den Sommer wieder den ganzen ›Faust‹ gelesen hatte. Sie kannte ihn auswendig. Es beruhigte sie, mit diesem Heftchen die Mitte des Jahres, die so etwas Freundliches und Ordentliches hatte, einzuleiten. Nach dem ›Faust‹ war vor dem ›Faust‹ und umgekehrt. Dazwischen war sie noch immer am Leben, das erstaunlicher- wie letztendlich auch erfreulicherweise immer weiterging. Gegen das Leben verlor man haushoch, wie manch einer gegen den Tod. Man konnte es verwünschen und beschimpfen, das Leben, doch zäh und unbeirrbar führte es einen immer wieder in seichte Gewässer. Der ›Faust‹ war ihr nicht zu nehmen. Er war verlässlich, jedes Jahr unverändert gut. Verlässlich auch auf Seite null die große, ausgeschriebene Handschrift des Mannes, der »Berlin, Oktober 1963« hineingeschrieben hatte.

»Caipirinha?«, fragte Martin. »Nur hütet euch, dass ihr mir nichts vergießt!« Martin rollte mit den Augen.

Es war erst Anfang Juli, doch der Garten war schon trocken wie Ende August. Seit sechs Wochen hatte es nicht geregnet, und Martin hatte grundsätzlich etwas dagegen einzuwenden, eintausend deutsche Quadratmeter Natur künstlich zu bewässern, während man anderenorts kilometerweit laufen musste, um an nur zehn Liter Wasser zu kommen.

Die Hortensien aber, die Hortensien gönnte er Marie von Herzen. Mit Hortensien hatte alles angefangen. Marie hatte ihren neuen Nachbarn gebeten, ihre Hortensien zu gießen, während sie zusammen mit ihrem damaligen Freund, dem staatlich geprüften Bereiter, die Sommerfrische aufsuchte. Martin hatte Maries Hortensien ertrinken lassen. Sie habe schließlich gesagt, Hortensien könnten gar nicht genug Wasser bekommen. Er habe sein Bestes gegeben, hatte er ihr launig bedeutet, als sie wieder zu Hause angekommen war, braun gebrannt und blond und blauäugig, woraufhin Marie ihn gefragt hatte, ob das immer so ausgehe, wenn er sein Bestes gebe. Dann hatte sie sich, um ganz sicherzugehen, dass ihrem nicht im herkömmlichen Sinne schönen, aber durchaus attraktiven Nachbarn nichts entging, beiläufig umgedreht und sich zu einer ehemals blauen Hortensie hinuntergebeugt. Die Pirouette sei zwar schön, aber nicht nötig gewesen, hatte Martin sie Jahre später wissen lassen, als es für beide längst entbehrlich geworden war, Pirouetten zu drehen.

Zwei Wochen nach dem Hortensienexitus hatte sie Martin aus dem Bett geklingelt und erwähnt, sie habe heute ihren Eisprung, und wenn er sein Bestes gebe, könnten sie rasch ein Kind machen.

Ein schöner Anfang, dachte Marie und war gespannt, welches Ende die Sache einmal nehmen würde.

Helene ging die Post durch. Mit versierter Hand flogen die Rechnungen auf den Schreibtisch, die Werbung in den Müll oder knapp daneben und die privaten Sendungen auf das antike kleine Sofa, das keinem anderen Zweck mehr als dem Auffangen der Privatpost diente.

Olaf hatte eine Postkarte geschickt. Der Bodensee glänzte wie ein Versprechen, das niemals zu halten war. Und wenn er es doch hielt? Helene und die Jungs sollten im Sommer Olafs Gäste sein. Fünf Wochen mit Olaf in einer Villa am Bodensee. Personal, das kochte, hinter den Jungs herputzte und Olaf mit »Herr Professor« anredete. Ab und zu würde Herr Professor Olaf arbeiten müssen, aber in seiner Freizeit wollte er mit ihnen segeln gehen und Sonnenuntergänge beobachten, die kitschigsten ihres Lebens, das hatte er bereits zugesagt. Am Telefon hatte etwas sehr Verheißungsvolles in seiner Stimme gelegen. Wenn Helene wollte, konnte sie außerdem allein ins Landesinnere wandern, während er sich zusammen mit Trudi, seiner Haushälterin, um die Jungs kümmerte. Tagelang Fahrrad fahren würden sie. Und nachts, wenn Moritz und Fabian den Schlaf der Unschuldigen schliefen, würde sie mit Olaf schlafen. Und wie sie das würde! Kein Stoffhase würde mit ihr konkurrieren. Olaf war ein Mann, der kein Plüschtier im Bett brauchte, ein gut aussehender noch dazu. Ihre Neue würde solch ein Angebot sofort annehmen, auch wenn sie ihn nicht liebte. Aber bei ihr, Helene, war es ohnehin etwas anderes. Sie liebte Olaf ja. Doch, das konnte man so sagen. Nichts gegen eine Villa am Bodensee und Personal. Aber Olaf, der Mann, der Mensch, war allein schon der Grund für ihre Freude. Nur wusste er von alldem noch nichts. Und Helene wusste ebensowenig, ob er sie liebte.

Während Brütti tonnenweise Sand zum Plantschbecken schleppte, um einen Damm zu bauen, lag Pasi im Wasser und sah in den Himmel. Sie trug eine überdimensionierte Sonnenbrille von Dior, die Marie ausrangiert hatte, weil ihr der goldene Schriftzug doch zu golden gewesen war. In dem Bozener Geschäft hatte er dezent gewirkt, vielleicht weil die Italienerinnen um sie herum vor lauter glänzenden Schriftzügen nicht mehr zu erkennen gewesen waren – auch ein Grund, weshalb man nur in der Stadt einkaufen sollte, in der man lebte. Marie hatte einen ganzen Kleiderschrank voll mit bunten italienischen Pelzwesten und Accessoires, die sie nur in Italien tragen konnte. In Berlin musste man schon einen starken russischen Akzent pflegen, um damit durchzukommen, weshalb das meiste von dem Krempel jetzt Pasis Verkleidungsdrang zur Verfügung stand. »Hey, ihr da unten, setzt mal eure Hüte wieder auf, ihr seid knallrot!«, rief Marie ebenso mechanisch wie vergebens.

Pasi würde in diesem Sommer nicht zu ihrem Vater gehen. Der Hunsrück hatte wegen Dummheit geschlossen. Es würde kein Flugzeug geben, das in Richtung Westen flog und Scheidungskinder zu ihren Vätern brachte. Vor drei Monaten hatten sie noch miteinander gesprochen, kühl zwar, aber immerhin gesprochen. Er hatte ihr erzählt, dass die Leber nun doch befallen sei. Er komme da durch, in Amerika gebe es neues Zeug, das hier noch nicht zugelassen sei. Dreitausend Dollar monatlich, aber das leiste er sich. Ja, hatte Marie da gedacht, leiste dir das. Hast dir nie etwas geleistet außer mir, und mich konntest du dir nicht leisten, weil du nur Geld und Flugzeuge zu bieten hattest. Einmal noch war Pasi nach dem letzten vernünftigen Gespräch für eine Woche bei ihm gewesen, inklusive seiner neuen Frau und drei neuen Kindern. Sie war zurückgekommen, hatte sich heulend in Omas Arme geworfen und sie gefragt, ob es stimme, dass Mama schuld an Papas Krankheit sei. Ja, wahrlich ein All-inclusive-Urlaub für ein Kind!

Als Marie das zugetragen worden war, hatte sie im Hunsrück angerufen und erfahren, es sei nur richtig und notwendig, dass Pasi erfasse, wer die Urheberin des ganzen Unglückes war. Die Stimmen waren laut gewesen, schrill, die Sprache fremd, immer noch. Eine Woche lang hatte Marie vor Wut und Ohnmacht nicht gesprochen. Bis das mächtige Gewitter gekommen war und Marie beschlossen hatte, mit Aspasia die längst überfällige Unterhaltung zu führen.

Pasi hatte nur geweint und sich endlich Luft gemacht. Seit Jahren fürchtete sie sich vor der neuen Frau, die sie voller Hass und Eifersucht schamlos anbrüllte. Pasi hatte, wenn sie dort gewesen war, nachts im Bett geweint – das alles kam jetzt heraus –, und Adam, Papa, hatte aus Furcht vor der Frau immer klein beigegeben. Nun, nach dem klärenden Gespräch, in dessen Verlauf es Marie schwergefallen war, nicht ebenso wie das Kind steinerweichend zu schluchzen, war Pasi sicher befreit. Sie musste nicht mehr dorthin.

Wenn Marie das alles doch nur früher gewusst hätte! Warum hatte sie es eigentlich nicht geahnt? Hatte sie es am Ende gespürt, es nur vor lauter schlechtem Gewissen nicht wahrhaben wollen, dass Pasi dort litt? Und, dachte Marie, Pasi, meine Güte, warum hat sie nichts gesagt? Ja, wie soll denn ein Kind zwischen den Stühlen etwas sagen ... Nein, Marie hätte es wissen müssen. Aber nun war es heraus. Beiderseitig ausgekotzt. Keiner musste sich mehr die Zunge blutig beißen. Die ganze Nacht hatte sie neben Pasi gelegen und ihr, gerührt und fassungslos angesichts solch unnötiger Stärke, den Kopf gestreichelt.

Als Marie später versucht hatte, mit Adam die Nöte seines Kindes zu besprechen und einen Weg zu finden, mit dem alle leben konnten, hatte er den Hunsrück für abgebrannt erklärt. Beleidigt hatte er mitgeteilt, Pasi könne ihn mal. Bittere Funkstille seitdem. Weihnachten, Geburtstag, Ostern – verraten und verkauft an verletzte Eitelkeiten. Ja, nun ist es frei, das Kind, dachte Marie. Pasi kann jetzt frei ihrer Illusion nachhängen. Was für eine beschissene Freiheit, wenn man da, wo einen die Sehnsucht hinträgt, nicht gewollt wird.

Pasi hatte sich inzwischen auf den Bauch gedreht und

blubberte in das Plantschbecken. Die Dior-Brille lag im Gras. Ein beleidigter Mann ist kein Mann, dachte Marie. Sie überlegte, ob sie eigentlich irgendwelche Körbe im Keller hatten.

»Warst du schon mal auf dem Markt?«, fragte sie Martin, der zwei eisige, vielversprechende Caipirinhas brachte, für sich einen ohne Strohhalm, für sie einen mit zwei. Martin sah sie an, als sei sie debil. Er setzte sich zu ihr auf die Treppe und nahm einen Schluck.

»Ob ich schon mal auf dem Markt war? So ist das, Schnuckelpuppe, du siehst manchmal viel mehr als hundert andere Leute zusammen, und dann bist du auf einmal blind wie ein Maulwurf. Ich bin seit Jahren zweimal wöchentlich auf dem Markt und kaufe Rosen und frischen Thymian für dich.«

»Ist nicht wahr. Das hast du mir ja nie erzählt! Aber wieso denn auf dem Markt? Haben die denn keinen Thymian im Supermarkt? Und ich dachte, die Rosen kaufst du immer bei Elouise.«

»Nein, auf dem Markt, seit Jahren. Elouise ist diese Blumenhändlerin, die lieber ein Blumenmädchen wäre, aber leider gar nicht das Gesicht dafür hat. Sie grinst immer nur und will sich selbst verwirklichen, indem sie Blumenkunst macht, und kriegt den Hintern nicht hoch, wenn man den Laden betritt. Auf dem Markt ist Fredi, und Fredi ist ein alter Sack, der weiß, dass eine Rose eine Rose ist, nicht weniger, aber auch nicht mehr. Wir duzen uns und besprechen manchmal bei einem Bier die Tagespolitik.«

»Ist ja eklig. Nimmst du auch einen Korb mit auf den Markt und ein Männerhandtäschchen?«

»Nein, Schatz, ich trage das Geld wie immer in der Hosentasche. Du brauchst also nicht gleich deinen Scheidungsanwalt anzurufen. Und deine Rosen trage ich über der Schulter nach Hause, wie es sich für einen Arbeitslosen gehört.«

»Da ist eine fette Spinne. Ich hole das Insektengift.«

»Das ist Lotti, lass sie in Ruhe.«

»Dann sorge gefälligst dafür, dass Lotti und ihre schwarze Mörderbande sich nicht in unserem Garten breitmachen.«

»Ich spreche mit ihr. Willst du knallen? Wir könnten die Terrassentür von innen verriegeln, dann können die Kinder nicht rein.«

»Ja, weiß nur noch nicht, wann. Hast du Brütti auch ordentlich eingeschmiert?«

»Nein, das mache ich doch nie. Ein richtiger Kerl muss lernen, fünf Stunden ohne Schutz in der Sonne auszuharren. – Der WDR hat übrigens auch abgesagt.«

»Oh. Mit welcher Begründung?«

»Sie finden, der Holocaust sei langsam inflationär und ich mit einem Kriegsepos über die Rosenberg-Familie nicht innovativ genug. Nun ja. Das Interessanteste war aber, was der Redakteur sagte: dass Sinti und Roma Holocaust-Trittbrettfahrer seien und sich mal nicht so aufspielen sollten. Wörtlich!«

»Nicht schlecht. Das dumme Schwein. Vielleicht sollten wir einen Film über diesen Redakteur und seinen Vorgarten machen!«

Brütti trug den Damm ab und bewarf Pasi mit Sand.

7

Marie und Helene bauen endlich das für eine erfolgreiche Psychotherapie nötige Vertrauensverhältnis auf – mit winzigen Abstrichen

Wenn sie heute wieder nichts erzählt, sage ich ihr ab. Das muss ich, versicherte sich Helene, deren Abneigung gegenüber ihrer neuen Patientin zugunsten des professionellen Arbeitens zwar ein kleines bisschen nachgelassen hatte, aber keinesfalls verschwunden war.

»Es ist so: Ich möchte Sie natürlich auf keinen Fall unter Druck setzen. Aber wir müssen – das heißt, ich muss – langsam entscheiden, wie es weitergeht. Dazu ist es notwendig, dass ich mir ein ungefähres Bild von Ihren Problemen mache, vielleicht von Ihren Ängsten, von Ihrer Trauer – ich weiß es nicht. Sie werden ja einen Grund haben, aus dem Sie hier sind. Den ich immer noch nicht kenne. Sind Sie eigentlich selbst auf die Idee gekommen, zur Psychotherapie zu gehen, oder hat es Ihnen jemand geraten? Vielleicht fangen wir hier an.«

Auch Marie hatte sich in den letzten Tagen gedanklich ein winziges Stück in Richtung Kooperation bewegt, doch hier, jetzt, sozusagen auf Bestellung dieser fremden Person mit den flachen Schuhen zu erzählen, wie es ihr wirklich ging – das kam ihr immer noch närrisch vor. Sie stand unter Druck, fühlte sich grundlos angegriffen. Ja, vielleicht, eventuell, dachte sie. ›Vielleicht fangen wir hier an‹, hatte sie gerade gesagt. Was für eine dumme Art, einer Absichtsbekundung ein »vielleicht« voranzusetzen.

»Eventuell bekommst du Eis. Heißt, dass man es noch nicht weiß. Eventuell ist überall besser als auf keinen Fall. Kennen Sie das?«

Das kennst du natürlich nicht, die Frage war rein rhetorisch.

»Nein, ich kenne das nicht«, du Ziege, fügte Helene gedanklich hinzu. Wenn du mir nicht einmal anvertrauen willst, warum du überhaupt hier bist, dann sollten wir uns wirklich ganz schnell wieder trennen.

»Sie kennen nicht das Alphabet für Kinder von Brecht? Das X geht so: ›Xanthippe sprach zu Sokrates: Du bist schon wieder blau! Er sprach: Bist du auch sicher des? Er gilt noch heut als Philosoph und sie als böse Frau.‹ Originell, oder? Und komisch – oder auch nicht, kommt darauf an, wie man gestrickt ist. Man möchte wissen, wie Alice Schwarzer dazu stünde. Oder? Interessiert Sie das nicht? Na, egal.«

»Nun ja, mich interessiert eine Menge, aber im Moment interessieren Sie mich mehr als Brecht und Alice Schwarzer. Wie geht es Ihnen heute, jetzt in diesem Augenblick? Sagen Sie es mir! Was fühlen Sie?«

Ja, das willst du gerne wissen. Die Frage ist, was du hören möchtest. Dass ich mich unheimlich geborgen hier fühle und sehr gern über meine restlichen Gefühle sprechen möchte. Das ist ein Trick, du fiese Schnalle. Aber dafür musst du dir schon andere Kundschaft suchen.

»Och, gut, danke.«

Gut, auf Anfang.

»Sind Sie eigentlich selbst auf die Idee gekommen, zur

Psychotherapie zu gehen, oder hat es Ihnen jemand geraten?«

Fünf Wochen Bodensee, ich mach das. Richtig gut gehen lasse ich es mir. Und Moritz wird aufblühen.

Worauf zielt denn diese Frage ab? Ist doch vollkommen belanglos, wer mich auf die Idee gebracht hat. Na bitte, hier hast du was:

»Ich bin selbst auf die Idee gekommen. Das heißt, mein Mann hat sie zuerst geäußert. Aber ich habe diese Idee natürlich schon lange vorher mit mir herumgetragen, nur eben ohne sie zu verbalisieren oder gar in die Tat umzusetzen. Wenn man kleinlich wäre, könnte man jetzt also sagen, mein Mann hatte die Idee. Aber ich bin nicht kleinlich. Um Ihre Frage abschließend zu beantworten: Es war meine Idee.«

»Ihr Mann, wie heißt er eigentlich? Und dann wäre es schön, wenn Sie hier namentlich von ihm sprächen und ihn nicht mit ›mein Mann‹ betiteln würden.«

»Martin heißt er, mein Mann. Also, es war nicht die Idee meines ... Martins.«

Eigentlich könnten wir uns auch ein paar Witze erzählen, um die Sache aufzulockern. Aber meine versauten Witze willst du bestimmt nicht hören, obwohl ich ein paar richtig gute kenne. Du bist ja eine Heilige, du mit deinem Müslifresserfreund. Bestimmt habt ihr einmal im Monat Sex, der von Zuneigung und Verständnis getragen wird. Oder ihr habt am besten gar keinen, damit ihr nicht abgelenkt werdet von euren Kirschkernkissen und eurer Lektüre. Ihr lest gemeinsam Freud oder Heidegger oder so ’n Mist, garantiert. Wenn ich dir den Witz von der Stewardessenhölle erzählen würde, dann wärst du platt. Ach, du würdest ihn gar nicht verstehen, mit mindestens drei Wörtern könntest du überhaupt nichts anfangen. So was von gar nichts. Und genau deswegen bist du auch so ein Aggressor.

»Und warum hat Martin diesen Gedanken geäußert?«

»Welchen Gedanken?«

»Sie zur Psychotherapie zu schicken.«

»Na, warum wohl. Bestimmt nicht, weil er dachte, ich bräuchte keine Psychotherapie. Er wird sich wohl überlegt haben, dass mir das irgendwie helfen könnte.«

Aha, werden wir langsam frech. Na gut.

»Helfen – wobei?«

Du sagst mir heute, warum du hier bist. Starre ruhig aus dem Fenster, das halte ich lange aus.

»Na – beim Leben?«

Gott, ist das lächerlich. Beim Leben helfen. Den Zwergindianern in Kolumbien hilft auch keiner beim Leben. Ich bin so ein Waschlappen, kann nicht mal ohne Hilfe leben. Oder bin ich eine Waschläppin? Was Alice Schwarzer jetzt wohl sagen würde? Liebe Waschläppinnen, wir haben uns heute hier zusammengefunden, um ...

»Brauchen Sie Hilfe beim Leben? Warum?«

Sie friert schon wieder wie ein nacktes Huhn.

»Ich dachte, Sie wüssten, warum Leute zur Psychotherapie gehen. Ich meine, wenn Sie das nicht wissen, wer dann? Fredi vielleicht, ja, Fredi vom Markt?«

Na, das bringt uns doch ein ganzes Stück weiter.

»So. Ich glaube, wir drehen uns im Kreis, wenn wir so weitermachen. Selbstverständlich weiß ich, warum Menschen zur Psychotherapie gehen. In der Regel sind es Ängste, die dazu führen, dass Menschen keine Luft mehr bekommen und dann Probleme haben, ein ganz normales Leben zu führen.«

Wenigstens sehen wir uns jetzt mal an.

»Aber sehen Sie, es gibt die verschiedensten Ursachen für diese Ängste. In der Psychotherapie versuchen wir, den Kern des Problems Schritt für Schritt einzukreisen. Diese schrittweise Einkreisung kann allerdings nur funktionieren, wenn die Patientin oder der Patient dies auch wirklich will. Sie können sich das in etwa vorstellen wie den Querschnitt eines Baumsta-«

»Schrittweise ist ein Adverb, und Adverbien können auch von Ihnen nicht gebeugt werden.«

»Stopp! Sie mögen recht haben, aber ich habe keine Lust, da mitzuhalten und mit Ihnen in einen Wettkampf zu treten. Wollen Sie hier sein und sich auf sich konzentrieren?«

»Ich weiß nicht.«

»Erzählen Sie mir von Martin. Wie ist er so? Wie alt ist er?«

»Wieso nennen Sie ihn Martin? Ich meine, er ist mein Mann, aber nicht Ihrer. Und Sie kennen ihn doch gar nicht.«

»Wir sollten alle Personen in Ihrem Leben so nennen, wie Sie sie nennen. Das wird Ihnen im weiteren Verlauf helfen, überhaupt zu reden. Glauben und vertrauen Sie mir. Also – wie ist Ihr Verhältnis? Wie ist Ihre Ehe? Wie lange sind Sie schon verheiratet? Erzählen Sie einfach, was Ihnen so einfällt.«

Na, das ist doch wohl ganz allein meine Sache. Du bist ja gut, ›erzählen Sie einfach‹!

»Wir sind seit sieben Jahren verheiratet. Martin ist Mitte

fünfzig, ein richtig guter Ehemann und super Vater. Tja, das war's eigentlich schon. Wollten Sie noch was wissen?«

»Mitte fünfzig? Ein großer Altersunterschied.«

»Und?«

»Nichts und. Was ist das für Sie: ein guter Ehemann?«

Jetzt bin ich aber mal gespannt.

Einer, der gut bumst, laut lacht und viel Kohle hat. Das wäre doch was, hm, wenn ich dir das jetzt hinwerfen würde, was?

»Also, na ja – halt einer, der sich um seine Familie kümmert, verständnisvoll ist, auch mal die Spülmaschine ausräumt und so.«

»Ja, so steht es in allen Frauenzeitschriften. Das war nicht meine Frage. Und die Antwort, die Sie gerade gegeben haben, war natürlich alles andere als Ihre tatsächliche Antwort. Probieren Sie Folgendes: Tun Sie so, als wäre ich nicht hier, und sagen Sie ehrlich, was Sie denken. Das bringt uns hier weiter – und vor allem Sie.«

Gar nicht dumm gekontert. Ich könnte es ja mal versuchen. Obwohl.

»Sind Sie sicher, dass ich, wenn ich versuche, ganz ehrlich zu sein, auch ganz ehrlich bin? Ich glaube, ganz ehrlich, dass mich allein dieser krampfhafte Versuch um die Möglichkeit bringen wird, tatsächlich ehrlich zu sein. Und dass Sie noch viel präsenter werden, wenn ich versuche, Sie mir wegzudenken.«

Was allerdings verlockend klingt, haha.

Eins zu null für sie, das muss man ihr lassen. Mächtig auf dumm machen und in letzter Sekunde mit einem vernünftigen Gedanken herausrücken, das kann sie ganz gut. Ein Kind. Sie spielt. Helene nickte.

»Ich glaube, dass Sie die Kraft haben, ehrlich zu sein, ohne sich mich wegdenken zu müssen. Versuchen Sie es.«

Nö. – Na gut, ich versuche es, aber ganz unverbindlich.

»Hm. Ich finde, ein guter Ehemann muss zunächst einmal ein gutes Gesicht haben, eines, das verrät, dass er klug ist. Er muss zuhören, quatsch, zuhauen können, es aber auf jeden Fall als unter seiner Würde erachten, Schwächere zu verprügeln. Dann muss er natürlich gut im Bett sein und dort alles so machen, wie ich es will, und zwar ohne sich erst groß darüber zu informieren. Außerdem darf er nichts Süßes essen, es sei denn, er ist vollkommen unterzuckert. Schwammig darf er auch nicht werden. Dick ja, aber nicht schwammig. Schwammig ist man im Geiste, und dem Körper sieht man es dann an. Korpulent zu werden hat dagegen etwas mit Genussfähigkeit zu tun. Finde ich. Okay, wollen wir mal weitersehen. Ein guter Ehemann liegt seiner Frau mit seiner gesamten Habe zu Füßen, und zwar aufrecht – das ist wichtig, aufrecht! –, so, dass man ihn nicht treten muss. Nichts ist schlimmer als ein Mann, der sich vor einer Frau in den Schmutz wirft und um gute Behandlung bettelt. Sie ist dann ja geradezu gezwungen zuzutreten, oder? Ich meine, bei dieser Bettelei! Er darf keine Schwächen zeigen, optimalerweise gar keine haben. Er muss sich auch um die Kinder kümmern, aber so, dass er dabei ein Mann bleibt und nicht zu einem dieser Weicheiväter verkommt, die am liebsten noch stillen würden. Er darf sich niemals von einer Frau zum Essen einladen lassen – er hat gefälligst zu bezahlen. Ja, absolut. Und er muss abends etwas Gutes zum Gespräch beitragen. Seine Augen müssen lachen können. Sie müssen glänzen. Und kurzärmelige Hemden sind natürlich ausgeschlossen, ebenso kurze Hosen, gefärbte Haare und Solarium. Tja, sonst noch was? Ja, er darf mich um nichts bitten und sich natürlich über nichts beklagen. Das wäre ja noch schöner.«

»Ist Ihr Mann ... ist Martin so?«

»Ja.«

»Dann scheint er der große Beschützer zu sein.«

»Ist er.«

»Sie sagten, er darf keine Schwächen zeigen beziehungsweise haben. Was ist, wenn zum Beispiel seine Mutter stirbt? Darf er dann weinen?«

»Ausgeschlossen. Dann bin ich weg.«

»Für manch einen klingt das, was Sie sagen, wahrscheinlich sehr hartherzig, stellenweise unerträglich konservativ und egoistisch. Wie empfindet denn Martin das alles? Hat er sich nie beklagt?«

»Sagen Sie mal, haben Sie nicht zugehört? Wenn er sich beklagt hätte, wären wir nicht mehr zusammen, oder?«

»Sind Sie schon mal fremdgegangen?«

»Was bin ich?«

»Fremdgegangen. Betrogen. Haben Sie Ihren Mann schon mal betrogen?«

»Betrogen. Betrogen?«

»Also. Sie werden doch wohl wissen, was ich meine! Hatten Sie schon mal Sex mit einem anderen Mann während Ihrer Ehe?«

»Ja natürlich, mehrmals.« Ich muss sagen, das mit der Ehrlichkeit ist eigentlich ganz lustig.

»Ist es natürlich, fremdzugehen?«

»Fremdgehen ist ja wirklich ein blödes Wort. Aber gut, ich weiß ja, was Sie meinen. Was war die Frage? Ach so, ob es natürlich ist. Absolut! Man muss ja nicht in trostloser Monogamie leben, um jemanden zu lieben. Die Hörner sind nur die natürliche Folge jeder gesetzlichen Ehe, sozusagen ihre Korrektur, ein Protest. Der sogenannte Betrug ist lediglich die niederträchtige Folge einer niederträchtigen Tatsache, bei der beide Teile entwürdigt sind. Dostojewskij hat das mit ungefähr diesen Worten treffend ausgedrückt, finde ich. Das Problem ist nur, dass die meisten Menschen auf der Welt nicht Dostojewskij sind und das kleinere Übel für eine Frau immer noch in der Ehe besteht.«

Da hat sie eigentlich recht. In Helene flackerte etwas wie Freude auf, da es offenbar doch noch zu einem Gespräch gekommen war.

»Lieben Sie Martin?«

»Klar.«

»Weiß er von Ihren Seitensprüngen?«

»Na klar. Ich achte meinen Mann und will doch nicht mit einem nichtsahnenden Krüppel zusammenleben. Was für eine Frage! Selbstverständlich weiß er das! Dieses ganze Ringelpietz-Elend besteht doch nur, weil Frauen und Männer sich ständig für dumm verkaufen, nachdem sie sich gegenseitig in Ketten gelegt haben! Seelen- und Geistesfreiheit werden in der Ehe ständig mit Füßen getreten, und dann wird plötzlich ganz pathetisch von Vertrauensbruch gesprochen! Als ob das Vertrauen je dagewesen wäre!«

»Und er akzeptiert sie?«

»Wen oder was?«

»Ihre Seitensprünge.«

»Ach so. Nein, er ist eifersüchtig wie zehn Araber. Aber er hat wohl keine andere Wahl, als wenigstens so zu tun. Er ist erwachsen und darf sich gerne zwischen mir und einer monogamen Gehirnamputierten entscheiden. Ist doch fair, oder? Wenn er schlau ist und mich wirklich liebt, dann hält auch er es mit Dostojewskij, dass nämlich Hörner keine mehr sind, wenn sie einem offen aufgesetzt werden.«

Ja, dachte Helene, genau der Typ Frau ... etwas gewandter vielleicht als manch andere, immer eine Rechtfertigung parat. Eigentlich kein Wunder, dass Männer auf so was abfahren. Sie ist schlau, egoistisch und hält sich auch noch für großmütig. Eine ätzende Mischung. Nein, ich will sie hier nicht haben. Sie hat keine Probleme, ist nur zu sehr mit sich beschäftigt, das ist alles.

»Aha.«

Ja, aha – toller Kommentar.

»Wissen Sie was? Alles, was ich gesagt habe, war glatt gelogen. Bis auf Dostojewskij.«

»Das glaube ich zwar nicht. Nichtsdestotrotz würde ich ...«

»Sie meinen nichtsdestoweniger, nehme ich an.«

Du fliegst jetzt raus. Ich habe es nicht nötig, dass du mir von deinem Nagellack erzählst und mich berichtigst.

»Ich möchte Ihnen etwas sagen: Möglicherweise bin ich nicht die Richtige für Sie. Ich empfehle Ihnen gerne auf der Stelle zwei Psychotherapeutinnen in Ihrer Gegend und setze mich auch dafür ein, dass Sie schnell einen Termin bekommen. Und das sage ich jetzt nicht, um Sie loszuwerden. Im Gegenteil, ich sehe ja, dass es Ihnen nicht gut geht. Aber ich sehe nicht, dass wir irgendein Vertrauensverhältnis aufbauen können, was wiederum das Wichtigste bei einer Psychotherapie ist. Wahrscheinlich fühlen Sie sich in Ihrem gewohnten Umfeld besser aufgehoben. Ich würde Sie bitten, darüber nachzudenken und mir Bescheid zu geben. Für heute lassen Sie uns dieses Gespräch beenden.«

Das kannst du nicht machen. Was glaubst du eigentlich, wer du bist? Mich schmeißt niemand raus, und du schon gar nicht. Ich bringe mich um, und dann bist du schuld. Na, warte. Ich hasse dich, aber das ist noch lange kein Grund für dich, mich zu hassen!

»Ja, wahrscheinlich haben Sie recht. Ich glaube, ich lasse das mit der Psychotherapie. Sie brauchen mir auch keine andere zu besorgen.«

Was für ein schönes Kleid eigentlich. Wenn man es einen Meter kürzen, enger machen und die Ärmel abschneiden würde. Ich sprenge alles in die Luft, und am besten mich gleich mit. Welche Funktion so eine bescheuerte Bauchspeicheldrüse wohl hat?

»Schickes Kleid haben Sie an, wirklich.«

Verdammt noch mal, jetzt fängt sie gleich an zu heulen. Und dabei strahlt sie immer noch. Okay, durchatmen.

»Sollte irgendetwas sein, dann rufen Sie mich an. Und Sie wissen ja, wo Sie mich finden.«

»Bestimmt. Wiedersehen.«

8

Marie findet Katzen etwas zu schlicht, Freundinnen aber toll, und hat nicht mehr alle Latten am Zaun

Eine halbe Minute lang stand Marie vor dem Haus, dessen sie soeben verwiesen worden war, und sah von Ferne dem Treiben auf dem Markt zu. Sie wollte heulen, wusste aber nicht, ob das angebracht war, und ließ es sein. Sie selbst hatte entschieden, diese unselige Sache zu beenden – die Psychotherapeutin hatte es lediglich ausgesprochen. Es war gut so. Eine Therapie war etwas für Gothics, die jemanden zum Quatschen brauchten, nichts für sie. Ungeschehen konnte eine Therapie nichts machen, was sollte man also erwarten. Alles war gut.

Sie setzte ihre Sonnenbrille auf, startete den Wagen und fuhr in Richtung Vorstadt, wo ihre Freundinnen bereits in Tines Garten auf sie warteten. Einmal pro Woche wurde durchgehechelt, was die Gazetten auf ihren Lifestyle-Seiten hergegeben hatten. Einiges wusste man sogar schon vor den bunten Blättern, denn die Gegend wimmelte nur so von Blitzlichtgrößen.

Als Marie an den Gartentisch trat und sich auf die Lehne des weiß bezogenen Gartensofas setzte, einigten sich ihre Freundinnen gerade darauf, dass Nadines Brüste vor der OP eigentlich besser ausgesehen hätten, was Marie nicht bestätigen konnte, da sie Nadine lange nicht gesehen hatte. Sie sollte Rechenschaft darüber ablegen, wo sie denn gewesen sei – nun habe man schon ohne sie mit dem Pernod anfangen müssen. Arzttermin, sagte Marie und zündete sich ein Zigarillo an. Sie habe gedacht, etwas am Kopf zu haben, es sei aber nichts, kein nennenswerter Befund.

War das Wichtigste abgearbeitet, ging man zu den Kindern über, von denen die Hälfte ADS hatte, danach zu den Männern. Halbherzig wurden Beschwerden aller Art vorgebracht. Einer arbeitete zu viel und zu lange, war praktisch nie, ein anderer zu oft zu Hause, der nächste war gezwungen, fünfzig Leute zu entlassen, womit man aber schon irgendwie zurechtkam. Ein Autohausbesitzer bekam seit Monaten keinen mehr hoch, ein Banker wollte zweimal am Tag, was anstrengend war, und ein Chefchirurg stand im Verdacht, seiner Sekretärin ein Volvo Cabriolet gekauft zu haben, was einige Empörung hervorrief, dem schönen Nachmittag aber keinen ernstlichen Abbruch tat. Als Marie an der Reihe war, sagte sie wahrheitsgemäß, Martin bekomme immer einen hoch, wenn sie nur mit der Wimper zucke, dass sie jedoch höchst selten mit der Wimper zucke. Und dass er in den Puff gehen solle, wenn ihm das nicht passe, was er aber wohl nicht tue. Überhaupt, im Moment gebe es andere Probleme.

Das Wort »Problem« war das beliebteste in dieser Runde. Es wurde äußerst selten gebraucht und war ein Garant dafür, beim Plaudern nicht in Mittelmäßigkeit zu verfallen. »Wir sind pleite. Ich kann jetzt entscheiden, ob ich den Kindern was zu essen kaufe oder mir Chanel N°5. Nicht ein Projekt seit einem halben Jahr. Ich suche eine Wohnung. So ein Mist. Wenn ihr was hört, sagt mir Bescheid. Vielleicht wird ja ein Plätzchen unter einer schmucken Brücke frei, muss aber provisionsfrei sein. Und hetzt mir ja nicht die Tussen von Folk & Angel auf den Hals. 'tschuldige, Britta, nichts gegen dich.«

Oh, mein Gott, zirpte es empathisch und irgendwie gierig durch die Sommerfrische.

Gegen Mitternacht fuhr Marie in die Auffahrt. Die Katze lag auf dem Parkplatz und machte keinerlei Anstalten, sich fortzubewegen. Mit Grandezza sah sie durch das Auto hindurch, das sich langsam näherte, einen Meter vor ihr aber zum Stehen kam.

Wollen sehen, ob du wirklich so ein schlaues Fabelwesen bist, dachte Marie. Sie mochte Katzen nicht besonders, gelinde gesagt. Katzen waren dumm wie Brot, sonst wären sie in der Lage, im Zirkus aufzutreten, wie zum Beispiel Esel oder Schweine. Es war absurd, wie viele Menschen beteuerten, ihre Katze liebe die Freiheit, die Unabhängigkeit, sie lasse sich nichts sagen, besitze Größe und so weiter. Doch Katzen waren einfach zu dumm, die Wurzel aus neun zu ziehen, konnten dabei aber ein Kasparow-Gesicht aufsetzen.

Marie stieg langsam aus, bewegte sich nach unten gebeugt auf das Tier zu, gab mit spitzen Lippen leise Küsschengeräusche von sich und rieb heuchlerisch lockend Daumen und Zeigefinger aneinander. Die Katze erhob sich und begann in der Gewissheit, wenn schon keinen jungen Vogel, dann wenigstens ein paar Streicheleinheiten in Empfang nehmen zu dürfen, sich um Maries Beine zu schlängeln. Marie packte das dem Irrtum aufgesessene Tier im Nacken und warf es über den Zaun.

Martin saß in der Küche über drei Büchern und machte sich Notizen.

»Was ist eigentlich der Singular von Sinti?«, fragte Marie, als sie ihre Tasche fallen ließ.

»Sinta und Sinto. Na, wie war es denn heute? Erzähl mal. Kommt ihr voran?«

»Super. Ich bin geheilt.«

»Wie, geheilt?«

»Ach, das war doch alles Quatsch. Wir sind übereingekommen, die Therapie zu beenden. Weil ich überhaupt keine brauche. Aber mit den Mädels war es nett heute. Schöne Grüße. Hat dir Hannes erzählt, dass er seit Monaten keinen mehr hochkriegt? Stell dir mal vor, wie schrecklich. Aber ich glaube, Bea findet das ganz angenehm. Nadine hat sich die Brüste machen lassen, allerdings sollen sie nicht schöner geworden sein.«

Martin sah über seine Brille hinweg und zog die Brauen zusammen, so, wie er es auch tat, wenn Brütti schwor, er habe sich bereits die Zähne geputzt.

»Wer von euch beiden hat denn als Erste ausgesprochen, dass du geheilt bist? Obwohl du natürlich gar keine Heilung brauchst, denn du hast ja gar nichts, was man heilen müsste.«

»Jetzt bin ich wieder schuld!«

»Hab ich nicht gesagt.«

»Na klar. Du denkst jetzt wieder, ich hätte mir keine Mühe gegeben. So war es aber nicht. Wir haben uns richtig gut verstanden. Und dann sind wir irgendwie beide gleichzeitig darauf gekommen, dass das Ganze nichts bringt.«

»Aha.«

»Ich räume jetzt die Gewürze auf, das ist schon lange fällig.«

»Jetzt? Es ist nach Mitternacht!«

»Ja, jetzt, wann denn sonst? Das muss doch mal gemacht werden. Wenn der Rosmarin neben den Wacholderbeeren steht, daneben der Kreuzkümmel und daneben Basilikum, dann kann man ja nichts finden. Wozu gibt es denn ein Alphabet! Machst du mir noch einen Pinot Grigio auf?«

»Hör mal, du musst jetzt weder Wein trinken noch Gewürze sortieren. Es ist nach Mitternacht, geh doch einfach mal schlafen!«

»Das sagtest du bereits.«

»Was jetzt?«

»Ach, egal ... Ich muss das jetzt schnell machen, und dann gehe ich ins Bett.«

»Gut, ich gehe schlafen. Nadine hatte übrigens schon immer olle Titten, schlimmer wird es nicht geworden sein.«

»Liebst du mich eigentlich immer noch?«

»Manchmal.«

»Wann am wenigsten?«

»Wenn du Gewürze sortierst. Nacht.«

»Und wann am meisten?«

»Wenn du nicht da bist, natürlich. Gute Nacht, Puppe.«

Am Morgen betrat Pasi als Erste die Küche. Marie lag auf dem Fußboden und starrte an die Decke. Neben ihr standen eine leere und eine halb volle Flasche Pinot Grigio, ein Riedel-Burgunderglas und eine leere Kaffeetasse.

Pasi machte auf dem Absatz kehrt und lief zu Martin ins Schlafzimmer, der gerade zum zweiten Mal dem Weckerpiepen ein Ende setzte. »Mama liegt auf dem Fußboden in der Küche und guckt an die Decke. Sie hört Mozart.«

»Oje. Requiem?«

»Glaub, ja.«

»Okay, ich komme.«

Martin schlurfte in die Küche, machte die Musik aus, räumte den Fußboden auf und setzte sich neben Marie. »Kann ich etwas für dich tun, dir vielleicht ins Bett helfen?«

Sie antwortete nicht.

»Hör mal, Schatz, die Kinder wollen jetzt hier frühstücken. Ich fahre gleich mit ihnen los, aber vorher müssen sie etwas essen. Die Gewürze sind prima sortiert. Du kannst jetzt schlafen. Komm.«

Marie drehte das Gesicht zu Martins Knien und richtete sich langsam auf.

»Ich muss noch aufräumen«, sagte sie, ging ins Wohnzimmer und begann, die Bücher aus den Regalen zu nehmen und sie auf Parkett und Tische zu verteilen. Nach einer Dreiviertelstunde kam Martin herein. Marie saß auf dem Sofa und blickte verzweifelt auf das Buch in ihren Händen. »Ich kann das nicht einsortieren.«

Martin warf einen Blick auf das Buch.

»Stell es unter Z wie Zweig.«

»Aber es ist doch eigentlich nichts Belletristisches. Ich hatte es bisher immer bei den Frauenbiografien, obwohl das auch schwierig ist. Stelle ich es nun zu den Österreicherinnen, zu den Französinnen oder zu den Engländerinnen beziehungsweise Schottinnen? Und außerdem gehört es sowieso nicht richtig zu den Sachbüchern, denn es ist schön wie Belletristik. Aber wenn ich es trotzdem zu den Sachbüchern stelle, sagen wir mal, zu den Französinnen, weil Marie Antoinette die Erste im Buch ist und zum Schluss Französin war, soll ich sie dann chronologisch oder alphabetisch einsortieren? Und wenn alphabetisch, dann unter M oder unter A? Unter A stünde sie dann direkt vor Eugénie, und danach käme erst irgendwann die Pompadour, was chronologisch ja eine Katastrophe wäre. Vielleicht sollte ich sie doch unter M einsortieren. Wenn ich dann das Alphabet rückwärts nehme, käme es hin. Pompadour, Marie Antoinette, Eugénie. Das passt dann auch mit Marie Curie. Obwohl – kann ich Marie Antoinette unter M wie Marie stellen, Marie Curie aber unter C wie Curie?«

Martin musste los, zögerte aber, Marie mit diesem Problem einfach hier sitzen zu lassen.

»Stell es doch einfach zur Belletristik zu den anderen Zweig-Sachen.«

Sie sah ihn an, als habe er etwas ganz Unerhörtes von ihr gefordert.

»Und wenn ich dann Maria Stuart lesen will, dann finde ich es vielleicht nicht.«

Martin sah auf die Uhr. »Doch, du wirst es finden, weil du dich daran erinnern wirst, wo du es hingestellt hast. Unter Z wie Zweig bei der deutschen Belletristik.«

»Deutsch? Er war Österreicher und hat während des Krieges die britische Staatsbürgerschaft angenommen! Umgebracht hat er sich in Brasilien. Weißt du was, nimm das Buch doch mit und verschenke es an irgendjemanden.«

Martin nahm das Buch an sich. »Hör zu, ich habe heute dieses Ufa-Meeting. Kannst du die Kinder nachher abholen?«

Marie drehte und wendete das nächste Buch. »Würdest du Aitmatow zu den Russen stellen, obwohl er doch Kirgise war?«

»Okay, ich hole die Kinder ab. Wir sind dann um fünf wieder hier, ja? Geh schlafen. Und stell Aitmatow zu den Kirgisen mit A, aber bloß nicht zu den kirgisischen Sachbüchern.«

Martin ließ Brütti und Pasi sich brav von ihrer Mutter verabschieden, legte die Damen Marie Antoinette und Maria Stuart in seine Wäscheschublade und schnappte sich mit großem Helau die Kinder, die sich auf eine entspannte Autofahrt mit Gummibärchen und Musik freuten.

Als er die Wohnung nachmittags wieder betrat, hockte Marie in Brüttis Zimmer und war im Begriff, die letzten Bauklötze nach Farbe, Größe und Verschleiß zu sortieren. Brüttis Armada von Plüschtieren hatte sie auf dem Sofa nach Art, Familie und Gattung zusammengepfercht. Ein Plüschmond und eine Art Schlange mit Flügeln waren im Müll gelandet. Marie vollendete die letzte Bauklotzreihe, sprang auf und stürmte ihren Kindern entgegen. Sie umarmte sie und überrumpelte die Ahnungslosen mit Liebesbekundungen.

»Wollt ihr Eis? Wir könnten Eis essen gehen! Oder schwimmen? Was wollt ihr am liebsten? Ihr seht ja so schön aus! Eis oder schwimmen?«

Brütti und Pasi waren zwar verdutzt, aber wie alle Kinder in der Lage, schnell umzuschalten, und freuten sich über den unerwarteten Familienzuwachs in Gestalt ihrer Mutter. Sie wollten beides: erst schwimmen, dann Eis essen.

Marie flitzte ins Schlafzimmer, um ihren Bikini zu holen. Nach zehn Minuten kam Brütti in Boxershorts herein und wollte fragen, wann es endlich losgehe. Seine Mutter lag im Bett und schluchzte.

Martin, von dem aufgeregten Brütti alarmiert, hob den Bikini vom Boden auf und setzte sich aufs Bett. »Was ist los? Müde?«

»Ich kann nicht mitkommen. Der Bikini ist nicht frisch gewaschen. Er riecht nach See.«

»Okay, das sehe ich voll ein. Du könntest einen anderen Bikini nehmen oder einen Badeanzug, aber ich nehme an, du wolltest genau diesen Bikini. Und der stinkt nach See, was eigentlich merkwürdig ist, da er ja noch nie im See war, aber gut. Also, wir machen das so: Ich gehe jetzt mit den Kindern schwimmen, danach Eis essen. Du bleibst einfach hier liegen, alles klar? Ich wecke dich nicht. Du schläfst einfach. Schlafen, ja? Und morgen gehst du mit den Kindern Eis essen.«

Martin strich ihr kaum spürbar mit der Hand über den Kopf, zog ihr die Schuhe aus und deckte sie mit der leichten Sommerdecke zu.

9

Helene träumt von einem Trampolin-Jacuzzi,
kauft überteuerte Unterwäsche und stellt dabei fest,
dass auch sie nicht frei von Neid ist

Zwei Tage hatte Helene nach diesem letzten Zusammentreffen mit ihrer neuen Patientin warten müssen bis zur wöchentlichen Supervision. Und zwei Tage und zwei Nächte lang hatte sie sich gequält mit einer Frage, die sie sich bis zu dieser Patientin nie hatte stellen müssen. Als sie sie im Kreise ihrer Kollegen hatte erörtern wollen, hatte sie kein Wort herausbekommen, nur gesagt, die Patientin sei nicht therapiefähig. Die für Helene entscheidende Frage war unbeantwortet geblieben.

Am Tag nach der Supervision fand sie sich in einem für sie unverhältnismäßig teuren Wäschegeschäft wieder. Die Art und Weise, wie Bodys, BHs und Strümpfe präsentiert waren, war nicht die, die sie gewohnt war, geschweige denn als angemessen empfand. Sie hatte es immer für angebracht gehalten, sich ohne Hilfe einer Fachverkäuferin aus einem Stapel gut sortierter Slips drei bis fünf in Weiß und drei bis fünf in Beige in ihrer Größe herauszusuchen und dafür nicht mehr als einen Stundenlohn auszugeben. Nun stand sie in diesem Geschäft und geriet eine halbe Sekunde, nachdem sie es betreten hatte, in die Fänge eines beflissenen Quietscheentchens, das in Piccoloflötenton fragte, ob und wie ihr zu helfen sei. Sie hätte ehrlich antworten und sagen können, sie suche etwas für einen fünfwöchigen Einsatz im Bett eines Professors ohne Stofftier und sei bereit, dafür ihr gesamtes

Erbe hier zu lassen. »Ich suche einen Pyjama für meine Mutter, fürs Krankenhaus«, sagte Helene und erfuhr, dass dieses Geschäft Pyjamas für Mütter nicht führte.

»Versuchen Sie es doch gegenüber im Kaufhaus.«

Ich möchte aber nicht ins Kaufhaus, schon gar nicht für meine tote Mutter, dachte Helene.

»Ach, das werde ich tun. Vielen Dank, auf Wiedersehen.«

Als sie schon einen Fuß in die Fußgängerzone gesetzt hatte, machte sie eine Kehrtwende und betrat den Sündenpfuhl aufs Neue. »Da fällt mir ein, ich brauche noch etwas Wäsche.«

Schon als sie das Wort »Wäsche« aussprach, mutmaßte sie, dass dies nicht der richtige Ausdruck für diese Art von Kleidung war.

»Aber gern, was darf ich Ihnen denn zeigen, Einteiler, Zweiteiler, lieber sportlich oder elegant?«

Einteiler? Helene besah sich die Einteiler auf den abgeschnittenen Frauenrümpfen. Die Strippen im Hintern mussten doch scheuern. Herrmann war es immer egal gewesen, was sie für Unterwäsche trug. Sie hätte welche aus Gips oder aus Aluminium tragen können – Herrmann hätte es nicht bemerkt. Aber Olaf hatte Stil. Wenn Helene sich ein Kleid anzöge mit fünfundfünfzig kleinen Knöpfen, dann würde Olaf ganz in Ruhe vor dem knisternden Kamin jeden einzelnen öffnen und souverän das in Empfang nehmen, was sich ihm bot. Er würde einfach nicht sehen, was sie ungern sah, wenn sie vor einem Spiegel stand. Nur Männer ohne Plüschtiere vermochten das. »Ich glaube, doch eher Zweiteiler. Schwarz.«

»String?«

»Nein, ganz normal, bitte.«

»40?«

»Nein, 38«, log Helene. Sie hatte fest vor, innerhalb der nächsten vier Wochen noch auf 38 zu kommen.

»B oder C? Ach, ich gebe Ihnen mal beide Größen, die fallen sehr unterschiedlich aus.«

Während sie auf Quietscheentchens Rückkehr wartete, beantwortete sie sich eine quälende Frage: Ja, sie war neidisch. Neidisch auf eine Kinderkonfektionsgröße und alle möglichen Männergeschichten, obwohl sie gar nicht wusste, ob es da tatsächlich etwas zu beneiden gab.

Die Ankleide war äußerst freundlich gehalten. Der getönte, etwas streckende Spiegel machte es Helene leicht, sich für acht Garnituren Dessous zu entscheiden.

»Die nehme ich. Das wäre dann alles.«

»Sehr gern – das macht 575,38 bitte. Zahlen Sie bar oder mit Karte?«

Ich glaube, ich zahle gar nicht, sondern gebe Ihnen den ganzen sexistischen Ramsch zurück und verlasse schleunigst dieses Geschäft, dachte Helene. »Mit Karte. – Sagen Sie, diese Strümpfe da, halten die einfach so am Bein, rutschen die nicht, wenn man sich bewegt?«

»Was, rutschen? Nein! Selbstverständlich halten die! Nicht einen Millimeter verrutschen die, mit denen können Sie sogar Trampolin springen, wenn sie Ihnen dafür nicht zu schade sind.«

Ganz sicher hatte Olaf im Schlafzimmer ein riesiges Trampolin, von dem aus man direkt in den Jacuzzi springen konnte.

Helene ließ sich noch fünf Paar Strümpfe einpacken, nahm, ohne es anzuprobieren, ein schwarzes Seidennachthemd mit Spaghettiträgern, bezahlte 892,06 Euro und machte sich auf den Weg zur Schule, um Moritz und Fabian abzuholen.

10

Es kommt zu einer Zusammenkunft,
in deren Verlauf Helene und auch Marie beschließen,
nun doch ernsthaft zusammenzuarbeiten

Helene steuerte gerade vom Marktplatz auf die Straße zu, als sie innehielt und stehen blieb. Durch die flirrende Hitze nahm sie eine dünne Gestalt auf hohen Absätzen wahr, die vor ihrem Haus rauchend auf und ab ging.

Auf der Straße raucht man nicht, dachte Marie. Man darf auf der Straße nicht rauchen, das ist unanständig. Schon gar nicht geht man dabei auf und ab. Wie das aussieht. Sie wollte die Zigarette loswerden, traute sich aber nicht, sie auf die Straße zu werfen. So etwas taten nur Prolos. Andererseits bestätigten Ausnahmen die Regel. Unumstößliche Wahrheiten gab es nicht, und wenn, dann waren sie langweilig. So in etwa hatte das irgendwer zu irgendwem im ›Stechlin‹ gesagt, wer genau und warum, das wusste sie nicht mehr. Ein guter Satz allemal, der es ihr erlauben sollte, die Zigarette einfach auf die Straße zu werfen. Dann allerdings müsste sie sie auch austreten, was angesichts ihrer dünnen roten Ledersohlen ausgeschlossen war. Schuhe, mit denen man Zigaretten austrat, besaß sie gar nicht. Nicht mehr lange, dachte sie, dann habe ich nur noch Zigarettenaustretschuhe.

Marie versteckte die glühende Zigarette in ihrer Hand und ging zwanzig Schritte hinüber zur Kirche. Die Frau am Devotionalienstand im Vorraum des im Übrigen menschenleeren Gebäudes sah nur kurz auf, nickte und widmete sich wieder ihrer Kasse. Es war ein Leichtes, die Kippe im Weihwasser verschwinden zu lassen. Nachdem sie eine Kerze angezündet hatte, die sie nicht bezahlt hatte, trat Marie zufrieden auf die Straße. Unumstößliche Wahrheiten gab es eben nicht.

Sie setzte ihre Sonnenbrille auf und sah auf das rote Haus ihrer Psychotherapeutin.

»Guten Tag«, sagte eine angenehme, bekannte Stimme neben ihr, deren Ruhe ihr einen Heidenschreck einjagte. Aus Helenes Korb staken einige Porreestangen, Möhren, Sonnenblumen.

Als Marie den Korb, das braune Kleid und die flachen Schuhe sah, gab der blutrote Lippenstift ihre blanken Zähne frei. Sie lachte laut auf. »Sagen Sie mal, müssen Sie eigentlich jedes Klischee erfüllen?«

»Nein«, entgegnete Helene, den Korbarm wechselnd, »muss ich nicht. Ich muss mich nur selbst erfüllen. Das tue ich so gut wie möglich, indem ich mich selbst erfühle. Sich selbst erfühlen, wissen Sie, was das ist? Und Sie? Müssen Sie jedes Klischee erfüllen?«

Marie wurde todernst, lachte aber. Sie sah nach unten auf ihre Schuhe, dann auf den Porree, in die Sonne, auf das Kirchenportal und fummelte an ihrer Kette herum. »Klischees geben Sicherheit. Sind Sie denn sicher? Sie müssen sehr sicher sein, wenn Sie ein braunes Kleid und solche Schuhe tragen. Sie schminken sich nicht, tragen Ihre naturgrauen Haare, Ihre Beine sind unrasiert. Wie kommen Sie zu dieser Sicherheit?«

Helene holte tief Luft und stellte den Korb neben sich ab. »Ich sagte es bereits: Ich versuche, mich zu erfühlen. Hundertprozentige Sicherheit gibt es nie. Zu wissen, was man fühlt, gibt aber einige Sicherheit. Nehmen Sie Ihre Kette ab.«

»Was soll ich?«

»Nehmen Sie Ihre Kette ab, legen Sie sie in Ihre Handtasche. Die Ohrringe und die Ringe bitte auch. Der Ehering kann draufbleiben. Sie sind von Kopf bis Fuß maskiert. Sie bedienen sich etlicher Hilfsmittel, um nicht gesehen zu werden. Sie können sich nicht mehr fühlen. Sie sind so mager, dass Sie überall hindurchschlüpfen können, ohne dass Sie jemand sieht. Sie frieren, obwohl es 32 Grad im Schatten sind. Ihr Gesicht strahlt, und dabei mahlen Ihre Kieferknochen ununterbrochen aufeinander. Sie beißen sprichwörtlich permanent die Zähne zusammen.«

Helene nahm Marie vorsichtig ihre Sonnenbrille ab und sah ihr fest in die Augen, die in der Sonne so blau wie der Bodensee glänzten. Sie gab Marie die Brille und trat langsam hinter sie, öffnete den Verschluss der langen Perlenkette und ließ sie in Maries Handtasche gleiten. »Sind Sie traurig?«

Das hatte sie schon mal gefragt. Auch jetzt war Marie außerstande, etwas anderes zu sagen als: »Nein.«

Helene sah hinunter auf ihre Schuhe, auf den Porree, in die Sonne, auf das Kirchenportal und fummelte an ihrer Kette herum. Sie tat etwas Unprofessionelles. Es gab ihr zu denken, machte ihr einen Augenblick zu schaffen. Aber was im Leben machte einem nicht zu schaffen, und was war Professionalität im Vergleich zu Profession. »Kommen Sie mit hoch. Sie sind nicht zufällig hier. Kommen Sie, ich habe Zeit. Meine Kinder sind heute mit ihrem Vater unterwegs. Ich habe Zeit für Sie.«

Marie warf die Haare zurück, lachte und fragte: »Haben Sie nichts Besseres zu tun? Müssen Sie nicht noch in den Dritte-Welt-Laden und Kerzen kaufen oder so? Vielleicht ins Antiquariat, eine antiquarische Ausgabe von Simone de Beauvoir bestellen? Ich meine ja nur, muss alles erledigt werden. Wenn die Kinder schon mal weg sind. Wo sind sie denn überhaupt? Im Museumsdorf Dahlem? Da vorne ist gerade

Schlussverkauf, da gibt es bequeme Schuhe in Ihrer Größe für neun Euro. Morgen sind sie vielleicht weg. Und waren Sie überhaupt schon in der Kirche heute? Ich glaub, die rauchen da drinnen heimlich. Jedenfalls war eine Kippe im Weihwasser. Im Ernst.«

»Stopp. Hören Sie auf. Sie bemühen sich so sehr, von mir gesehen zu werden. Gleichzeitig möchten Sie sich in Luft auflösen. Sie wollen mich beleidigen, um später beteuern zu können, dass Sie mich nicht beleidigen wollten. Ihre Bemühungen sind nicht notwendig. Ich sehe Sie. Kommen Sie mit hoch, ich habe etwas für Sie.«

Wieder hatte Helene ein Tabu gebrochen. Vielleicht waren Tabus gerade dazu da. Wohl war ihr nicht, unwohl auch nicht. Noch nie hatte sie eine Patientin in ihre Wohnung gebeten. Helene bot ihr das Sofa an, wahlweise einen viktorianischen Sessel.

Marie klapperte mit den Zähnen und setzte sich kerzengerade auf einen Stuhl. Aus der Küche drang der Duft von Kirsche und Vollkornbrot. Bestimmt so widerliche Küchenduftkerzen, dachte Marie.

»Trinken Sie Tee?«

Marie hasste Tee.

»Sehr gern, vielen Dank.« Sie sah sich um, und ihr brach der kalte Schweiß aus, als sie im Geiste versuchte, den Inhalt der zahlreichen Bücherregale umzuarrangieren. Es fühlte sich an wie eine Achterbahnfahrt. So ging das alles nicht, klarschiffmachen musste man hier. Ihr Blick fiel auf die Notensammlung, die sich ungeordnet auf dem Klavier stapelte. Sie stand auf und nahm das oberste Notenheft zur Hand. Grieg? Nein, Grieg konnte niemals oben liegen, Grieg lag immer in der Mitte. Mit zitternden Händen wühlte sie den Stapel zunächst nach Bach, Beethoven, Chopin, Clementi und Debussy durch. Als Helene den Tee brachte, rutschten ihr Bach und Beethoven aus der Hand und landeten auf dem Geigenkasten, der neben dem Klavier lag. »Entschuldigung. Ich wollte nur hier die Noten – mal ansehen. Spielen Sie Klavier?«

»Ja, im Moment am liebsten Grieg. Und Sie?«

Etwas Kuscheltier-Weiches arbeitete sich vom Zwerchfell aufwärts zu Maries Gesicht, das sich, ob sie es wollte oder nicht, erhellte, wenn die Rede auf Musik kam. »Ja, ich spiele. Seit Neuestem gebe ich Unterricht. Und wer spielt die Geige?«

Helene stellte den Tee auf ein grünes Mosaiktischchen. »Auch ich, nur leider fehlt mir zur Zeit etwas die Muße dafür. Sie wissen ja selbst, wie zeitintensiv es ist, die Kinder zu bespaßen. Sie geben Unterricht? An der Musikschule?«

»Bespaßen« – so ein gottserbärmliches Wort, dachte Marie. Und, nein, bohrende Fragen hatte sie nicht provozieren wollen. Wieso sollte sie darauf antworten, wo sie Klavierunterricht gab. Wen interessierte das? Die Neugierde der Menschen kennt wirklich keine Grenzen, dachte sie. Andauernd soll man mit sinnlosen Informationen aufwarten. Wenn sie antwortete, sie gebe nur privat Unterricht, käme als Nächstes natürlich die Frage, wie viele Schüler sie hatte, welchen Alters und welcher Art sie waren. Sie hatte keine Lust, sich jetzt über Perverse beziehungsweise völlig untalentierte Kleinkinder auszulassen, die schamlos in ihren Steinway husteten und schmutzige Fingernägel hatten, und fragte stattdessen: »Und die Trompete, und die Klarinette? Spielen Sie die auch alle?«

Helene goss den Tee ein und ließ auch in Maries Tasse ungefragt ein Stück Zucker fallen. »Nein, die spiele ich nicht. Die Trompete spielt Moritz, mein jüngerer Sohn, und die Klarinette Fabian. Eigentlich singe ich am liebsten. Und dann singe ich auch hier im Kirchenchor. Wir proben gerade das ›Stabat mater‹ von Dvořák, ein unglaubliches Stück Musik.«

Marie sah Helene in die Augen und hätte beinahe gesagt: Ich liebe Sie. »Ja, das glaube ich, dass Sie im Kirchenchor singen. Da fühlen Sie sich bestimmt zu Hause. Da laufen sie doch alle in so Säcken rum und tragen orthopädisches Schuhwerk, oder?«

»Hier ist Ihr Tee. Setzen Sie sich doch.«

Marie setzte sich wieder auf den Stuhl. »Entschuldigung. Ich wollte etwas ganz anderes sagen. Pardon, ist mir so rausgerutscht. Ist ja Ihre Sache, was Sie für Treter tragen. Ich wollte eigentlich sagen, dass ich das ›Stabat mater‹ kenne. Dvořák hat es geschrieben, weil ihm die Kinder weggestorben sind, glaube ich. Ob allerdings ›unglaublich‹ das richtige Attribut dafür ist, nun ja. Kommt mir etwas schlicht vor, diese Beschreibung.«

Helene nickte, ging aber nicht darauf ein. »Passen Sie auf: Ich gehe davon aus, dass Sie zu mir zur Psychotherapie kommen. Ich gebe Ihnen jetzt einen Fragebogen und lasse Sie allein. Füllen Sie den Fragebogen aus, hier und jetzt. Sollten Sie das doch nicht wollen, dann gehen Sie einfach. Falls Sie mich suchen – ich bin nebenan in der Praxis und mache meine Abrechnung.«

Marie hatte die Schultern hochgezogen und bestätigte durch Kopfnicken alles, was Helene sagte. »Hätten Sie vielleicht ein Glas Wein?«

Die Flasche Bio-Rotwein, die Helene auf den Tisch gestellt hatte, war halb leer, als sie nach einer Stunde nach Marie sah. Die Schminke ihrer Patientin war ihr bis auf die Schlüsselbeine getropft. Sie gab ein verheerendes Bild ab, allerdings nicht ganz unerwartet. Die Ruhe selbst, setzte sich Helene auf das Sofa, schlug die Beine übereinander und fragte Marie, ob sie fertig sei.

»Ja, alles fertig. Kann ich mal Ihr Bad benutzen?«

Als Marie wiederkam, saß Helene immer noch in derselben Haltung auf dem Sofa. Den Fragebogen hatte sie nicht angerührt.

»Ich werde das lesen und dann für Sie die Therapie beantragen. Kommen Sie nächste Woche Dienstag, wie immer. – Ja? Kommen Sie.«

»Gut«, flüsterte Marie, »ich gehe jetzt.«

Helene hatte eine schlaflose Nacht. Sie hatte den Rotwein ausgetrunken und gelesen. Das »Stabat mater« und die Antworten auf dem Fragebogen passten zusammen. Exhibitionistisches, Verworrenes standen neben glasklar Sachlichem, geradezu Gefühllosem. Freilich wusste Helene, dass sich hinter den knappsten und nüchternsten Auskünften die größten Emotionen verbargen. Alles war wohlformuliert. Ist es nun eine Gnade oder eine Tragik, fragte sich Helene, dass es sprachlich gewandten Menschen möglich ist, ihre Formulierungen ganz bewusst entgegen ihren eigentlichen Empfindungen zu wählen? Längst war klar: Das Dummchen, das Marie vorgab zu sein, war sie nicht. Aber warum dieser extrem tussihafte Aufzug? War so viel Schutz, so viel Abkehr vom Innersten nötig?

Wenn Marie allerdings sprach, drückte sie sich oft so kindlich aus – als wäre sie einfach stehen geblieben in der naiven Hoffnung, immer ein Kind bleiben zu können, sechs Jahre alt, jeder Vernunft trotzend. Diese Frau schien eingehüllt in eine Wolke von Traurigkeit und Todessehnsucht – und doch war sie auch stark, immer zum Kampf bereit und nach außen hin strahlend wie ein Glückskind. Nicht wenigen Mädchen ging es so: Sie entwickelten sich äußerlich, heirateten, bekamen selbst Kinder, ließen sich scheiden, suchten, suchten und wurden nie fündig, kamen niemals an. Der unangenehme Typ Frau, der brave Ehemänner und deren Ehefrauen rasend macht, blieb ihre neue Patientin trotz allem. Dennoch: Helene mochte sie plötzlich. Der kleine Neid hatte sich als harmlos herausgestellt und verflüchtigt.

11

Es gibt durchaus unterschiedliche Auffassungen von Liebe und dem Sinn von Treue

Die Party war vorbei. Ein Taxi brachte die letzten Gäste fort, was stets eine grässliche Leere in Marie hinterließ, nachdem sie sich stundenlang in einem Bad aus oberflächlichen Komplimenten, aufgefüllt mit Champagner, gesuhlt hatte. Bis in den frühen Morgen hatten sie Musik gemacht. Willi hatte mit seinem Klavierspiel alle verzaubert, keinen Gassenhauer ausgelassen. Es war ein gelungenes kleines Fest gewesen – ohne Anlass und höheren Zweck. Bis auf Wasser waren alle Getränke mitgebracht worden, nachdem es sich wie ein Lauffeuer verbreitet hatte, wie desaströs die finanzielle Lage der Gastgeber auf einmal war. Man hatte das große Terrassenzimmer nebst Terrasse sowie den Garten in Beschlag genommen, und ein letztes Mal hatte Marie ihre polnische Haushaltshilfe und deren Freundin gebeten, für Küche und Service zu sorgen. Ab der nächsten Woche würde Marie den Haushalt allein bestreiten, wofür sie ein befreundeter Arzt bereits mit einer Klinikpackung Einmalhandschuhe eingedeckt hatte.

Partys wirkten wie Psychopharmaka, konnten so wunderbar manisch machen. Das Leben ein Fest. Es war schmerzhaft, ja, beleidigend, wie schnell und vehement die Manie ihren Kontrapunkt einforderte. Und es stank nach Verrat, dass ein schallendes Lachen sich ohne Erlaubnis aus dem Staub machte. Eben noch waren beginnende Krähenfüße Ausdruck charmanter Reife gewesen, mit dem letzten Taxi waren sie plötzlich ein Zeichen von Müdigkeit, schlechtem Lebenswandel und Verfall.

Marie spürte, wie sich die Depression einen Weg bahnen wollte, und ging dagegen an. Sie drapierte ihre Füße auf Martins Oberschenkel und goss sich ein letztes, vielleicht vorletztes Glas warm gewordenen Champagners ein. Ihr weißer Rock glitt langsam über die Knie nach oben und gab den Blick auf noch weißere Spitze frei.

»Weißt du was?«, fragte sie, die Stimme tief und verführerisch. »Ich liebe dich.«

Ungerührt nahm Martin einen Schluck aus seiner Bierflasche. »Immer wenn du sagst, dass du mich liebst, bist du betrunken, und dein Blick schweift in die Ferne. Bist du sicher, dass du mich meinst? Irgendjemanden liebst du, das glaube ich, aber nicht mich.«

Marie begann zu schmollen. Sie hatte sich aufgerafft, etwas Nettes zu sagen, um vor sich selbst ihre Leere zu verbergen, und Martin unterbrach nun ernsthaft dieses Spiel, für das sie doch allmählich Akzeptanz erwarten durfte.

»Ach du immer mit deiner Liebe«, jetzt drehte sie den Spieß um, »was heißt das schon! Wo steht denn bitteschön geschrieben, was das überhaupt ist? Klar liebe ich dich! Du willst es nur nicht wahrhaben, dass es eben unterschiedliche Arten von Liebe gibt. Ich meine, ich liebe meine Kinder, zum Beispiel. Meine Mutter auch und meine Geschwister. Und dich auch. Warum nicht?«

Martins Gesicht nahm einen zynischen Zug an, was Marie zu einem kritischen Anheben ihrer linken Braue veranlasste. »Nein, Schnuckelpuppe. Du liebst es, geliebt zu werden, möglichst von dem ganzen Rest der Welt. Natürlich will ich nicht abstreiten, dass du deine Familie liebst – auch mich von mir aus irgendwie. Aber wenn du mich so lieben würdest, wie es normal wäre bei einem Ehepaar, dann müsstest du nicht so oft und so offensichtlich auf die Jagd gehen und dir Bestätigung für was auch immer holen. Dann würde ich dir genügen. So wie du mir genügst. Aber du genügst dir selbst ja nicht im Mindesten. Und rede dich nicht mit Definitionsfragen heraus. Hast ausgerechnet du die Kompetenz, Liebe zu definieren?«

»Da sieht man mal wieder, wie blöd und einfach gestrickt du bist. Unsinn ist das! Entweder hat jeder Mensch die Kompetenz, Liebe zu definieren, oder niemand. Wenn das eben meine Art von Liebe ist, dann ist die genauso gültig und kann nicht angezweifelt werden. Ebensowenig wie deine antiquierte Art von Liebe. Wenn du meinst, zur wahren Liebe gehört es, immer treu zu sein, dann bitte. Das zweifele ich ja auch nicht an, obwohl ich es selten dämlich und etwas schlicht finde. Schließlich sind wir ja keine Enten, du Spießer.«

Martin wusste, wenn er jetzt seiner Müdigkeit nachgab und ins Bett ging, würden er oder, schlimmer noch, die Kinder Marie morgen früh abermals vom Parkett kratzen müssen. Und dessen war er noch müder. »Meine antiquierte Art von Liebe ist aber notwendig, deine innovative Art von Liebe zu ertragen, mein Schatz. Sei du mal mit jemandem zusammen, der deine Auffassung von Liebe teilt – na, gute Nacht! Du könntest gar nicht so schnell gucken, wie die Beziehung wieder beendet wäre. Gegenseitig zerfleischen würdet ihr euch nach drei Wochen lustigen Auslebens. Davon abgesehen, dass ich nicht weiß, was solch eine Beziehung dann überhaupt soll. Aber das wirst du mir bestimmt gleich wieder erklären. Kannst dir die Energie aber auch sparen. Ich will dir nur sagen, dass ich keine Ahnung habe, wie lange ich das alles noch mitmachen kann. Vielleicht noch lange, vielleicht aber auch nicht.«

Marie bemühte sich sehr, nach Martins letzter Ansage beleidigt zu wirken. Sie stand auf, setzte sich rittlings auf die mit rotem Samt bezogene Klavierbank und stützte sich mit nach hinten ausgestreckten Armen ab. »Ah, jetzt kommst du wieder mit deiner Eifersucht und deinen Drohungen. Ich will dir mal was sagen: Ich verlasse dich nicht. Und du verlässt mich erst recht nicht. Weil du nämlich keine Frau findest, die deine Ansprüche und Neigungen erfüllt und trotzdem brav wie ein Schaf ist. Gibt's nicht. Kannst du vergessen. Und außerdem verstehen wir uns, das ist doch auch nicht zu verachten. Ganz davon abgesehen, dass auch noch zwei Kinder versorgt werden wollen. Du wirst ja wohl damit leben können, dass ich mich ab und zu auch mit anderen Menschen unterhalte! Mein Gott, eigentlich ist diese ewige Diskussion darüber mehr als lächerlich. Ich meine, was erwartet man denn vom Leben? Treue? Ist das alles? Fünfundachtzig Jahre lang Treue? Wie aufregend! Was willst du sagen, wenn du in die Grube fährst? Ich war treu? Soll das irgendeine Qualität sein? Ich sage dir, nicht einmal Petrus nimmt dich dann! Nicht himmelfähig bist du, wenn du einem Vogel das Fliegen verbietest!«

»Du meinst das Vögeln, Schatz.«

Die Bitterkeit, mit der Martin das Wort »Schatz« aussprach, ließ Marie in ihrer Parade innehalten. Es war ihr neu, dass Martin ernsthaft verbittert war, und einen Moment lang hatte sie das Gefühl, er könnte tatsächlich über eine Trennung nachdenken.

Sie beugte den Oberkörper nach vorne und stützte den Kopf in die Handflächen. »Weißt du was? Ich liebe dich. Jaja, das sagte ich schon, aber ich glaube, du debiles Gewächs hast überhaupt keinen Schimmer, wovon ich rede. Also, ich liebe dich, und ich liebe dich jetzt, verstehst du? Nicht irgendwann. Adam, den habe ich erst richtig geliebt, als ich weg war. Das ist doch absurd! Es kann nicht sein, dass man sich erst von jemandem trennen muss, um ihn zu lieben. Und ich sag dir auch, warum ich ihn vorher nicht richtig lieben konnte: weil ich ihn belogen und betrogen habe, weil er die Wahrheit nie vertragen hätte; weil er mich immer mit seinen Rehaugen angesehen und mir dabei stumm seine simplen Bedürfnisse ins Gesicht gebrüllt hat, die sich nicht mit meinen deckten. Ich dachte, ich müsste ihn schonen. Aber das war Quatsch. Ich dachte, meine Bedürfnisse interessieren ihn nicht die Bohne, und weil ich das dachte, habe ich sie ihm auch nicht mitgeteilt. Aber das war ein großer Mist, sage ich dir, eine Riesenscheiße. Das passiert mir nicht noch einmal. Heute würde ich ihm alles sagen. Ich würde ihn nicht mehr schonen, denn Schonung ist doch nichts anderes als mangelnder Respekt und fehlendes Zutrauen. Ja, heute würde ich ihm die Wahrheit sagen und auch seine akzeptieren, aber er will sie nicht mehr hören. Und bald kann er sie nicht mehr hören, selbst wenn er wollte. Seit ich ihn nicht mehr hasse, hasst er mich. Der Zug ist weg, und es fällt mir von Nacht zu Nacht schwerer, das zu glauben. – Aber du, du interessierst dich für mich, du siehst mir mitten ins Gehirn, manchmal so deutlich, dass es mich regelrecht ankotzt. Aber egal. Auf jeden Fall willst du nicht geschont, sondern ernst genommen werden. Und das tue ich. Ich nehme dich ernst. Du sollst alles wissen, selbst das, was du nicht wissen willst. Dann hast du etwas, womit du umgehen kannst. Musst! Friss als Mann, der sein Gehirn auch ab und zu im Kopf trägt, oder stirb als Kleingeist. Das biete ich dir an. Schatz!!!«

»Sehr großzügig, dein Angebot, ehrlich. Willst du noch einen Schluck?«

»Blöde Frage. Übrigens will ich jetzt keinen Sex, dass das schon mal klar ist.«

»So gar keinen? Sex wäre dir jetzt richtig widerwärtig?«

Martin ging langsam auf Marie zu, die sich mit dem Rücken an die schwarzweiße Tastatur drückte. Sein Blick sagte, dass sie noch immer die Frau seiner Träume war.

»Und wie! Rühr mich ja nicht an, du Schwein!«

Das war das Signal.

12

Marie geht toll aus sich heraus, Helene behauptet, Maries Stellvertretermutter zu sein, woraufhin Maries Mutter ihr Fett weg bekommt

»Gut, dass Sie hier sind.«

»Ja?«

»Ja. Es ist gut. Finden Sie es nicht gut, dass Sie hier sind?«

»Ich weiß nicht. Ich meine, nun haben Sie gesehen, dass ich geheult habe. Ist das gut? Oder ist es nicht vielmehr eine Zumutung für beide Seiten? Für Sie, weil Sie damit überhaupt nichts zu tun haben, und für mich, weil es mich fertigmacht, mich so geoutet zu haben. Sie werden ja auch diesen Fragebogen gelesen haben, und ich bereue schon wieder, mich Ihnen zum Fraß vorgeworfen zu haben.«

»Zum Fraß?«

»Ja, zum Fraß. Jetzt wissen Sie so allerlei über mich, und ich habe Angst davor, Sie zufällig in der Fußgängerzone zu treffen. Was nützt es denn, dass Sie nun über mich Bescheid wissen? Ich frage mich wirklich, was das hier soll – und damit will ich Sie ausnahmsweise mal nicht beleidigen. Also, nehmen Sie es bitte nicht persönlich, aber kommen Sie sich nicht irgendwie blöd vor? Wie gesagt, geht nicht gegen Sie. Aber ... ich meine, ist Ihnen Ihre Arbeit nicht manchmal peinlich?«

»Vor mir brauchen Sie keine Angst zu haben. Sie haben sich in Ihrem Leben ganz anderen Geiern zum Fraß vorgeworfen. Um Ihre Frage zu beantworten: Nein, ich komme mir nicht blöd vor. Ich tue etwas Sinnvolles, wenn ich Ihnen dabei helfe, bei 34 Grad im Schatten nicht mehr frieren zu müssen. Und das ist mir nicht peinlich. Sie von Ihren vermeintlichen Peinlichkeiten und Ihrem schlechten Gewissen gegenüber jedem Pflasterstein abzubringen ist eine gute Aufgabe.«

»Jaja, klar. Aber es gibt doch schwerwiegendere Probleme auf der Welt als meine. Und selbst wenn da irgendwas im Argen ist – ist denn Verdrängung nicht sogar ganz nützlich, ganz okay? Jeder hat doch etwas zu verarbeiten und zu verdrängen, oder?«

»Sie sagen es: zu verarbeiten. Genau das haben Sie eben nicht getan. Nichts haben Sie verarbeitet. Wenn Sie etwas verarbeitet haben, dann dürfen Sie es auch verdrängen. Aber einen Haufen Dreck einfach unter den Teppich zu kehren und jedes Mal beim Staubsaugen wieder mit ihm konfrontiert zu werden ist keine Verarbeitung und auch keine nützliche Verdrängung. Wenn Sie wissen, woraus der Dreck besteht, dann, erst dann dürfen Sie ihn zur Müllhalde bringen. Aber noch ist es umgekehrt: Der Dreck beherrscht Sie, und was wir erreichen können, wenn Sie wollen, ist das Gegenteil.«

»Mann, das haben Sie aber toll bildlich dargestellt.«

»Ich sag Ihnen mal, wie das ist in einer solchen Therapie: Wem kann man idealerweise alles sagen, alles anvertrauen? Wer ist immer für einen da? Wer stellt keine Bedingungen?«

»Hm ... ein Goldhamster?«

»Die Mutter. Ich bin – stellvertretend – Ihre Mutter.«

»O Gott.«

»Stellvertretend, sagte ich.«

»Trotzdem. Das haut mich jetzt irgendwie um. Muss das sein? Also, dann sage ich gar nichts mehr. Und dann will ich auch meinen Fragebogen zurückhaben.«

»Zu spät. Aber da sind wir bei einem interessanten Thema angekommen. Wie ist denn Ihr Verhältnis zu Ihrer Mutter?«

»Was hat denn meine Mutter damit zu tun? Kommt jetzt die Nummer mit der Muttermilch? Also, ich wurde gestillt, ganz sicher.«

»Wie ist denn Ihr Verhältnis zu Ihrer Mutter?«

»Sehr gut.«

»Sehr gut. Also, Sie meinen liebevoll, verständnisvoll, warmherzig, ehrlich. Ist es so?«

»Was? Nein, ehrlich natürlich nicht. So ein Quatsch. Ich meine, wer ist schon ehrlich zu seiner Mutter? Und verständnisvoll, warmherzig – was sind das überhaupt für schwurbelige Worte! Na ja, liebevoll, ja, würde ich schon sagen. Aber ehrlich und verständnisvoll? Das ist ja wirklich der Witz des Tages. Ist doch nicht Ihr Ernst, dass ich meiner Mutter ehrlich und Verständnis heischend erzähle, mit wem und warum ich wen betrogen habe oder was in meinem Innersten abgeht, hm? Meine Mutter hat als Kind mit angesehen, wie ihre Mutter von den Russen vergewaltigt wurde. Dann haben sie ihren Vater verschleppt, und später ist ihr der Mann unter den Händen weggestorben. Soll ich ihr jetzt wirklich mit meinem Seelenkack kommen? Garantiert nicht!«

»Warum eigentlich nicht? Ihre Mutter ist ein Mensch, Sie sind einer. Die Bindung zwischen Mutter und Kind – das wissen Sie selbst – ist naturgemäß die stärkste, die es geben kann. Jetzt sind Sie erwachsen. Meinen Sie, Ihre Mutter kennt das Leben nicht auch jenseits von Krieg und Beerdigungen? Denken Sie wirklich, Ihre Mutter möchte von dem, wie Sie es nennen, ›Seelenkack‹ ihrer Kinder verschont bleiben?«

»Ja, glaube ich. Und ich glaube auch, dass meine Mutter andere Probleme und genug mit uns zu tun hatte. Alleinerziehend mit vier Kindern ... Und übrigens – umgekehrt will ich auch nicht ehrlich mit allem behelligt werden, was meine Mutter umtreibt oder umtrieb. Wer weiß, was man da alles zu hören bekäme! Ich gehe eigentlich davon aus, dass meine

Mutter genau vier Mal im Leben Sex hatte, und den will ich mir nicht vorstellen.«

»Vielleicht hat sich Ihre Mutter auch einfach mal zum Spaß mit einem Mann getroffen – aus Leidenschaft, nicht unbedingt, um sich schwängern zu lassen. Sie ist doch eine Frau wie Sie und ich.«

»Das ist ja widerlich! Können wir vielleicht das Thema wechseln?«

»Wir müssen das nicht unbedingt vertiefen. Aber mich interessiert das Warum. Warum können Sie von Ihrer Mutter nicht erwarten, dass sie Sie versteht? Wie war es denn, als Sie noch ein Kind waren?«

»Ich kann das nicht. Ich kann einfach nicht schlecht über meine Mutter reden.«

»Sollen Sie auch nicht. Es tut der ehrlichen Liebe zu Ihrer Mutter keinen Abbruch, wenn Sie mir hier in diesem geschützten Raum von ihr erzählen. Warum können Sie von Ihrer Mutter nicht erwarten, dass sie Sie versteht? Wie war es, als Sie und Ihre Geschwister noch Kinder waren?«

»Hm. Gut, würde ich sagen. Meine Mutter war immer sehr nett zu uns.«

»Nett?«

»Ja, nett, Herrgottnochmal, was wollen Sie denn hören? Nett und gut, ja – sie hat uns Gutenachtgeschichten vorgelesen, hat uns morgens auf Vordermann gebracht, uns Essen gekocht, ansonsten den ganzen Tag gearbeitet und viel gelesen. Sie hat eben alles gemacht, was gute Mütter so machen. Ist doch nett und gut, oder nicht?«

»Ja. Natürlich ist es das. Mich interessiert aber Ihr inneres Verhältnis zu Ihrer Mutter. Fühlten Sie sich geborgen, sicher?«

»Inneres Verhältnis? Was ist das denn für eine Formulierung? Ein Verhältnis kann doch nicht innen sein.«

»Doch! Und hören Sie auf mit Ihren Spitzfindigkeiten. Sie lenken nur ab.«

»Entschuldigung. Schon gut. – Sicher, geborgen ... glaub schon, klar. Wieso denn nicht? Sagen Sie mal, kann es sein, dass Sie Probleme heraufbeschwören wollen, wo gar keine sind? Gehört das irgendwie zu Ihrem komischen Job? Hier ein bisschen kratzen, da ein bisschen stochern, und dann wird man schon irgendwann fündig?«

»In dem Fragebogen haben Sie als typische Sätze Ihrer Mutter angegeben: ›Darüber solltest du noch mal nachdenken‹, und ›Na, ob das so richtig ist‹, und ›Davon stirbt man nicht‹. Das sind die drei Sätze, die Ihnen besonders präsent sind. – Wissen Sie, was ich glaube? Dass Sie das Gefühl haben, Ihrer Mutter nichts gut genug zu machen. Korrigieren Sie mich, wenn ich mich irre. Könnte es sein, dass Sie Angst haben, Ihre Mutter mit dem, was Sie belastet, zu behelligen, weil Sie befürchten, Ihre Mutter könnte dann sagen: ›Davon stirbt man nicht‹?«

»Natürlich. Ich bin ja schließlich auch nicht gestorben. Aber ist es nicht ganz normal, nicht alles mit ihr zu besprechen? Erzählen denn andere Töchter ihren Müttern alles?«

»Viele tun es nicht, das stimmt schon. Die Frage ist, ob das unbedingt so sein muss. Und interessant ist immer wieder: Warum nicht? Warum denken die meisten Töchter, dass sie es ihren Müttern nicht recht machen? Und warum reden sie nicht mit ihnen? – Aber von den meisten Töchtern wieder zu Ihnen, denn um Sie geht es hier. War Ihre Mutter stolz auf Sie?«

»Was soll denn das jetzt schon wieder?«

»Es wird einen Grund haben, warum ich Sie das frage. War Ihre Mutter stolz auf Sie?«

»Na klar.«

»Welche Gründe hatte sie, stolz auf Sie zu sein?«

»Braucht man dafür Gründe? Weiß nicht. Vielleicht war sie auch nicht stolz auf mich.«

»Ihr erster Impuls war, dass sie stolz auf Sie war.«

»Na ja, so direkt gesagt hat sie es nie, aber das Gegenteil auch nicht. Ist mir aber eigentlich auch egal.«

»Ja?«

»Ich meine, was erreichen wir, wenn wir diese Frage geklärt haben?«

»Sind Sie eigentlich stolz auf Ihre Kinder?«

»Ich?«

»Ja, Sie.«

»Ich bin megastolz auf meine Kinder. Und ich sage und zeige es ihnen fast jeden Tag. Ich nehme sie in den Arm, sehe sie an und sage ihnen, was sie fantastisch gemacht haben, auch wenn sie total versagt haben. Das mache ich. Ich nehme an, darauf wollten Sie hinaus. Ich bin also stolz auf meine Kinder und zeige es ihnen. Aber auf die Fortsetzung dieses Gedankens, auf die Demontierung meiner Mutter, habe ich keine Lust, ehrlich gesagt. Ich bin überzeugt davon, dass sie getan hat, was sie konnte.«

»Das glaube ich auch. Und demontieren werden wir Ihre Mutter gewiss nicht. Wir montieren sie. Wir sind dabei, uns zu Ihrer Persönlichkeit vorzutasten, mehr nicht. Sie haben zwar keine Lust dazu, aber überlegen Sie trotzdem: Was haben Sie getan, auf das Ihre Mutter hätte stolz sein können? Was für ein Kind waren Sie?«

»Oha. Hab ich eigentlich mit dem Ausfüllen des Fragebogens zugesagt, hier jede läppische Psychofrage zu beantworten?«

»Ja, haben Sie. Es wird nicht zu Ihrem Schaden sein.«

»Na gut. Dann wollen wir das mit Mutti mal klären. Also, wenn ich es recht bedenke und mal ganz ehrlich bin – und ich bin jetzt mal ganz ehrlich –, dann finde ich tatsächlich, meine Mutter hätte schon mal ein Lächeln rüberwachsen lassen können, für so einiges. Also, was heißt ... ich meine ... ich wäre jedenfalls an ihrer Stelle stolz auf mich als Kind gewesen. Obwohl ...«

»Worauf zum Beispiel?«

»Hm. Klassenbeste? Hätte sie darauf stolz sein können? Keine Ahnung. Ich weiß nur, dass ich stolz bin, wenn Pasi eine Eins mit nach Hause bringt. Was noch ... Erster Preis bei Talentwettbewerben – ist das ein Grund? Und dass ich als Einzige mit neun Jahren noch auf der Musikschule aufgenommen wurde, obwohl für Geige bei sieben Jahren Schluss war, und vielleicht, dass ich beim Berliner Malwettbewerb den ersten Preis bekam und mein Bild als Einziges sogar gekauft wurde. Doch, ja ... also für mich waren das keine Gründe, in Jubel auszubrechen. Vielleicht kam sie deswegen nicht auf die Idee, mich zu knutschen oder so. Tja. Wissen Sie, ich komme mir vor wie ein Prahlhans. Ist doch bescheuert, diese Aufarbeitung.«

»Macht nichts. Was noch?«

»Dass ich mir selbst Gitarrespielen beigebracht habe? Aber meine Mutter ist unmusikalisch, das hat sie wahrscheinlich gar nicht gerafft. Mit elf habe ich eine kleine Filmmusik für einen Dokumentarfilm geschrieben und auf der Geige selbst eingespielt. Wir haben die Sendung dann gemeinsam im Fernsehen angesehen, aber kaum ein Wort dabei gesprochen. Ich glaube, wenn ich an der Stelle meiner Mutter gewesen wäre – ich hätte einen Heidenjubeltanz veranstaltet, Leute dazu eingeladen und eine kleine Kinderfete daraus gemacht. Ach, was weiß ich. Eigentlich ist das alles Pipifax. Obwohl – jetzt, wo Sie damit kommen ... Vielleicht hätte sie wirklich wenigstens ein Mal sagen können: ›Toll, Kind!‹ Eigentlich erinnere ich mich nur an halbwegs zufriedenes Kopfnicken, was ich wahrscheinlich immer als ›Keine Kunst, Kind‹ interpretiert habe. Im Grunde war es auch keine Kunst für mich. Ich habe nie für die Schule gelernt, später oft geschwänzt, und trotzdem hatte ich immer Einsen. Ist das ein Verdienst? Nein, oder? Und das mag sie auch so empfunden haben. Es ist eben kein Verdienst, ein paar Talente zu haben.

Ach, da fällt mir aber ein, dass meine Mutter später tatsächlich mal so richtig stolz auf mich war ... Als ich mit vierundzwanzig diesen gut aussehenden und gut situierten Mann heiratete, war sie stolz, und da hat sie es auch durchblicken lassen. Ich habe mich damals irgendwie gewundert über sie, so kannte ich sie gar nicht. So öffentlich stolz. Auf ihn – und später auf ihr Enkelkind natürlich. Ja, auf Adam und ihr Enkelkind. Sie konnte ja nicht wissen, dass ihr Schwiegersohn einen Teddybären, der wie ein Pilot angezogen war, neben seinem Kopfkissen sitzen hatte. Phhh, er war allen Ernstes beleidigt, als ich den Roten Baron mal achtlos auf dem Fußboden habe liegen lassen. Hat den ganzen Tag nicht mit mir gesprochen. Stellen Sie sich das mal vor! Ein Mann mit einem Teddy im Bett! Und dann dieses eingeschnappte Schweigen. Unerträgliche Situation. Und im Nachhinein unerträglich, dass man den Teuersten immer wieder rettet, denn man ist ja schließlich eine Frau und weiß, wie es geht. Man hat als Frau das Zeug dazu. Und die Pflicht, stimmt's? Und wenn man nach Jahren elender Pflichterfüllung die Nase voll hat und abhaut, dann hat man eben als Ehefrau versagt. Und wenn man selbst nicht auf den Gedanken kommt, dann bekommt man es vom Freundes-, Verwandten- und Bekanntenkreis gesagt, und zwar von anderen Frauen. Vor allem Mütter, die stolz auf ihre Schwiegersöhne sind, eignen sich dazu hervorragend. Ich sag Ihnen, ein Mann mit Plüschanhang – nie wieder. Na, lassen wir das.

Wissen Sie, ich komme mir wie eine Muttermörderin vor. Ich glaube, ich muss aufhören, über meine Mutter herzuziehen. Vielleicht ist es ja auch die vornehmste Pflicht einer Mutter, ihren Stolz zu verbergen, um die Brut voranzutreiben. So könnte es gewesen sein. Sie hat es mir eben nicht so zeigen wollen, damit ich nicht zum Stillstand komme. Ich glaube, sie hat es gut gemeint, und als Dank dafür beschwere ich mich jetzt über sie. Lächerlich. Darüber sollte ich wirklich noch mal nachdenken. Wissen Sie, ich liebe meine Mutter wirklich sehr, und wir sind sehr oft ein gutes Team. Ich komme mir schrecklich vor.«

»Was hat Ihre Mutter denn gesagt, als Sie sich von Ihrem Mann getrennt haben?«

»Woher wissen Sie, dass ich mich getrennt habe?«

»Aus Ihrem Fragebogen.«

»Ehrlich? Habe ich da was von Adam geschrieben?«

»Jede Menge ... Wir haben viel Zeit, und darauf kommen wir noch. Ich hatte gefragt, was Ihre Mutter zu Ihrer Trennung sagte.«

»Oh, das weiß ich noch gut. Sie sagte: ›Na, wenn du meinst, dass das so richtig ist.‹ Wow! Da war sie eine Wahnsinnsstütze.«

»Und wie ist das jetzt mit Ihrer Mutter?«

»Jetzt? Oh – wir verstehen uns wirklich gut, ja.«

»Ja? Das ist schön.«

»Na, es geht so. Ehrlich gesagt: Wenn meine Mutter bei uns ist, komme ich mir vor wie die schlechteste Mutter, die mieseste Ehefrau und die dümmste Tochter der Welt. Darüber herrscht allerdings einvernehmlich Stillschweigen und – das ist wirklich die Wahrheit – schmälert in keiner Weise meine Liebe zu ihr. Auch wenn sie mich, wenn sie da ist, ärgert, wo sie kann. Sie weiß genau, wie ich grobe Unordnung hasse. Ich kann darauf warten, dass sie die aufgeschlagene Zeitung auf dem Tisch liegen lässt, darauf noch zwei aufgeschlagene Bücher und obendrauf die Brille. Daneben steht dann ihr Wasserglas ... Aber ich liebe sie, und ich bewundere sie sogar.«

»Hm. Und dann? Sie lässt also alles so liegen und geht weg.«

»Ja! Sie geht zur Toilette oder führt ein Telefonat und kommt dann wieder, aber in der Zwischenzeit ist eben dieses Chaos auf dem Tisch. Das ertrage ich nicht, und das weiß sie genau. Wenn sie die Zeitung wenigstens so aufgeschlagen liegen lassen würde, dass zusammen mit dem Schrank oder dem Fenster eine ordentliche geometrische Figur entstünde, aber nein, einfach so schief und nachlässig! Und, ja, dann geht sie einfach weg und kommt erst nach etlichen Minuten wieder.«

»Oh.«

»Ist doch schlimm, oder?«

»Ja – ist alles relativ. Und Sie? Was machen Sie dann?«

»Na, was wohl. Ich räume natürlich auf. Kann ja nicht so liegen bleiben. Man endet doch sonst in einem heillosen Chaos!«

»Die äußere Ordnung ist Ihnen schon sehr wichtig, nicht wahr?«

»Nein, nein, nicht so wichtig. Ich bin da eigentlich locker. Nur hätte ich es eben gern geometrisch nachvollziehbar.«

»Räumen Sie sonst nicht auf, nur, wenn Ihre Mutter bei Ihnen ist?«

»Doch, doch, ein bisschen schon.«

»Wie viel Zeit verbringen Sie denn täglich mit Aufräumen?«

»Na, lassen Sie mich mal rechnen. Also, morgens eine Stunde, wenn die Kinder weg sind, zwischendurch mal ein Stündchen und abends natürlich wieder eine, wenn die Kinder im Bett sind.«

»Das heißt, Sie räumen drei Stunden täglich auf?«

»Ja, aber viel mehr auf keinen Fall. Wie gesagt, so wichtig ist es mir dann doch nicht.«

»Hm. Na gut, lassen wir das erst einmal beiseite. Noch einmal zurück zu Ihrer Mutter. Wie verhält sich denn Ihre Mutter jetzt? Hat sie eigentlich Kontakt zu Adam? Ich hätte gerne, dass wir auch Ihren Exmann bei seinem Vornamen nennen.«

»Wenn Sie wollen. Nein, hat sie nicht. Aber ich glaube, sie hält nach wie vor große Stücke auf ihn. Warum, weiß ich nicht. Wahrscheinlich glaubt sie auch, ich sei schuld an seinem Unglück.«

»An seinem Unglück? Weil Sie ihn verlassen haben, oder was meinen Sie damit?«

»An der Scheidung bin ich sowieso schuld, das meine ich nicht. Aber er ist nicht nur mit mir knapp am Glück vorbeigeratscht. Vor einem Jahr hat er so ein debiles Tier mit drei Kindern geheiratet, und nun ist er auch noch todkrank.«

»Was hat er denn für eine Krankheit?«

»Pankreaskarzinom.«

»Sie müssen jetzt nicht lachen. Hier in diesem Raum können Sie Ihr Gesicht das ausdrücken lassen, was es ausdrücken möchte.«

»Wer sagt Ihnen denn, dass ich das nicht gerade tue? Ist doch eine prima Diagnose. Dann bin ich ihn los. Ich wünschte, ich wäre mich los, wissen Sie.«

»Sind Sie ihn los, wenn er stirbt?«

»Ja meinen Sie, er ersteht wieder auf? Wir reden seit Monaten nicht mehr miteinander, und ehrlich gesagt weiß ich nicht einmal, ob er noch lebt. Er lehnt jedes Gespräch mit mir ab.«

»Warum?«

»Weil er und seine neue Frau der Meinung sind, ich hätte ihm diese Krankheit eingebrockt. Als ich ihn mit der einjährigen Pasi verlassen habe, hätte ich ihm das Herz gebrochen, und deswegen habe die Krankheit sich entwickeln können. Irgendwann haben sie diese Zusammenhänge Pasi auch so erklärt. Das hat sie natürlich alles nicht verstanden, geschweige denn, durchschauen können. Alles, was sie verstand, war, dass ihre Mutter Papa umbringen will. Als ich das hörte, dachte ich, Pasi spinnt vielleicht. Jedenfalls habe ich dort angerufen und nachgefragt, ob sie eine Ahnung hätten, wie Pasi auf so was komme.«

»Und?«

»Ja, haben sie gesagt, selbstverständlich hätten sie dem ahnungslosen Kind jetzt mal reinen Wein eingeschenkt. Für mich war das ein klarer Fall von Kindesmisshandlung. Pasi wollte daraufhin nicht mehr zu ihnen, auf keinen Fall mehr in die Fänge dieser Frau, und nach diesem Vorkommnis habe ich dann endlich einen Schlussstrich unter diese Besuche gezogen. Das hätte ich schon vor Jahren tun sollen. Adam habe ich gesagt, er könne Pasi natürlich jederzeit allein sehen. Daraufhin war er schwer beleidigt und wollte nun seinerseits Pasi nicht mehr sehen. Zu ihrem letzten Geburtstag hat er sich nicht mal gemeldet.«

»Wie alt ist Adam eigentlich?«

»Mitte fünfzig.«

»Hm. Es ist neun Jahre her, dass Sie ihn verlassen haben. Seit wann ist er krank?«

»Seit einem Jahr. Er ist operiert worden, hat selbstverständlich das ganze Programm absolviert, und jetzt versucht er es mit neuen Therapien aus Amerika.«

»Das ist eine ungeheure Anschuldigung. Fühlen Sie sich schuldig an seiner Krankheit, seinem Unglück?«

»Natürlich nicht. Blödsinn.«

»Aber Sie haben ihn doch verlassen, und er war unglücklich. Betrogen haben Sie ihn auch, oder nicht?«

»Trotzdem. Sie hätten es Pasi nicht sagen dürfen. Sie ist

noch ein Kind und weiß nichts von all dem Hickhack zwischen Erwachsenen. Das hätte er ihr nicht zumuten dürfen, und er hätte seine Charakterlosigkeit nicht ihrer Kinderstärke entgegensetzen dürfen.«

»Fühlen Sie sich schuldig?«

»Nein!«

»Nein? Gut!«

»Ja, doch! Natürlich! Ich habe ihn ja auch betrogen, und wer weiß, ob ich ihn überhaupt jemals geliebt habe. Er war so unglücklich, als ich gegangen bin. Er war über all die Jahre so unglücklich. Seine Freunde und Verwandten, zu denen ich noch Kontakt habe, sagen mir, die einzige Frau, die er jemals geliebt habe, sei ich gewesen. Bei aller Eitelkeit – das will ich nicht wissen. Und jetzt hat er kurz nach der Diagnose diese Frau geheiratet, die von Stütze gelebt hat und die Namen der Väter ihrer Kinder nicht kennt. Sie ist ihm die Hölle auf Erden, weil sie primitiv, ordinär und hässlich ist. Er hat nur Angst davor, alleine zu sterben. Er leidet! Das hat er mir selbst gesagt, als wir noch miteinander gesprochen haben. Diese Frau spürt das natürlich auch. Die Primitiven haben ja immer die besten Instinkte für das, was ihnen gefährlich werden kann. Sie ruft einmal wöchentlich nachts betrunken bei uns an und spuckt Gift und Galle. Er ist immer noch unglücklich, und er wird bald unglücklich sterben. Würden Sie sich denn da nicht schuldig fühlen?«

»Hören Sie auf zu lachen, bitte. – Gut. – Was sagt eigentlich Ihre Mutter dazu?«

»Ha! Meine Mutter! Sie sagt, jaja!, es gebe durchaus diese Theorie, dass man vom Unglücklichsein Krebs bekomme. Manchmal wünschte ich, sie wäre einfach mal still.«

»Es wird gleich klingeln. – Wie Sie wissen, bin ich auch Ärztin. Und ich sage Ihnen was: Adam bekam diese Diagnose nicht, weil Sie ihn verlassen haben. Wie er mit dem Verlassenwerden umgeht, wie er mit seiner jetzigen Frau umgeht, mit Pasi und, ganz wichtig, wie er mit sich selbst umgeht, ist einzig und allein sein Problem, nicht Ihres. Das klingt hartherzig, aber es ist so. Eine Schuldfrage gibt es hier nicht. Indem Sie sich schuldig fühlen, mischen Sie sich geradezu anmaßend in etwas ein, das Sie nichts angeht. Sie sind nicht die erste und auch nicht die letzte Frau, die ihren Mann betrogen hat. Obwohl ich das Wort ›Betrug‹ in diesem Zusammenhang nicht mag. Fremdgegangen wird, seit es uns Menschen gibt. Und wer hat die Kompetenz, zu entscheiden, ob das falsch oder richtig ist. Vielleicht ist es keines von beidem – vielleicht ist es, nun ja, manchmal das Gebot der Stunde. Was Ihre Trennung angeht, kann ich Ihnen nur sagen, dass Sie sich in guter Gesellschaft befinden, und zwar schon hier in diesem Zimmer. Nicht nur das: Vielleicht haben Sie ja als Einzige erkannt, was zu tun ist. Vielleicht haben Sie genau das Richtige getan. Es war keine Liebe mehr vorhanden, und Sie haben ihn verlassen. Warum sollte das falsch gewesen sein? Es spielt aber jetzt keine Rolle mehr, ob jemals Liebe zwischen Ihnen vorhanden war. Sicher, von außen betrachtet – und Sie betrachten die Dinge viel zu sehr von außen – mag es nicht gut aussehen, aber wen interessiert schon die Optik? Uns hier nicht. Vielleicht tun Sie häufiger das Richtige, als Sie denken. Und noch was: Die schlimmsten Probleme haben und machen die verlassenen und verletzten Männer. Die mit den Teddybären und den Plüschhasen. Hier in der Psychotherapie sitzen allerdings immer nur die Frauen. Das gebe ich Ihnen mal mit auf den Weg: Werden Sie sich Ihres eigenen Handelns bewusster. Und strafen Sie sich nicht für etwas ab, das Sie getan haben, als Sie im Vollbesitz Ihrer geistigen Kräfte waren.«

Sie hatte erstmals richtig geredet und bereitwillig etwas mitgenommen für sich, etwas zum Reflektieren, zum Sich-setzen-lassen. Leer im Kopf und leichtfüßig erreichte Marie das Seeufer und breitete ihr vier Quadratmeter großes weißes Laken auf dem Rasen aus. Auf Weiß konnte man Feinde am schnellsten ausmachen. Ameisen und Käfer überwältigte sie in der Regel selbst, für Spinnen fand sich stets ein edler Ritter in der Nähe, der sich vor nichts fürchtete. Es gab einem ein Gefühl von Geborgenheit, der Typ Frau zu sein, den Männer gerne vor Spinnen retteten.

Die Sonne, die Marie jahrelang nicht hatte sehen wollen, war auf einmal enorm wohltuend. Der Glanz, das Strahlen, das Gold waren ihr lange Zeit zynisch und hämisch erschienen, und sie hatte den Stern zu ihrem Feind erklärt. Marie lag da, den Oberkörper leicht angehoben, und blickte ohne Sonnenbrille auf den Glitzersee, auf das kleine Schloss am gegenüberliegenden Ufer, die Wiese – wie anders sich alles in der prallen Sonne ausnahm, wie lebendig. Womöglich war alles ganz einfach, wenn sie nur bereit war, das Einfache zu erkennen und das Leben zu nehmen, wie es nun einmal war. Krankheiten, der Tod, dass eine Liebe zu Bruch geht, dass man betrügt, betrogen, angefeindet wird, mit Eifersüchteleien kämpfen muss, geliebt wird, dass man verlassen werden kann und dass man selbst verlässt, dass Kinder ihren Vater verlieren – es war alles sehr einfach und von dieser Welt. Wie die Sonne, die eben da war. Hier im Licht würde sie auf Martin und die Kinder warten und dann mit ihnen zum Schwimmen gehen.

Als sie angerannt kamen, war Marie in ihre Lektüre versunken. Man konnte sich darauf verlassen, im ›Pschyrembel‹ immer etwas Interessantes zu finden. Gerade las sie nach, welche gefährlichen Arten von Schuppenflechten es gab.

»Oh, eine Spinne!«, rief Brütti, nahm seine Mütze, ließ das Tier hineinkrabbeln und trug es ins Gebüsch.

»Tapferer Brutus«, lobte Marie ihn hastig atmend und sammelte ihren ›Pschyrembel‹ wieder ein, der in ihrer Panik auf einem benachbarten Liegestuhl gelandet war. »Los, gehen wir schwimmen.«

Martin und die Kinder stürzten sich in die Fluten, und Marie, am Ufer sitzend, überlegte, ob sie ausnahmsweise einmal mit ins Wasser gehen sollte, entschied sich aber dafür, nicht gleich alles auf einmal anzugehen. Rom war auch nicht an einem Tag erbaut worden. Obwohl – wenn man richtig rangeklotzt hätte, wäre es vielleicht gegangen. Wie war es möglich, dass es all diesen Leuten nicht nur nichts ausmachte, in diese Schmutzbrühe zu tauchen und sich fleischfressenden Schlingpflanzen auszusetzen, sondern dass sie auch noch einen Heidenspaß daran hatten? Womöglich war es tatsächlich erfrischend und zuträglich, eine Runde zu schwimmen. Wie früher. Aber früher war sie ein Kind gewesen. Als Kind sprang man auch in Pfützen oder modderte im Schlamm herum. Kein Mensch würde das von einem Erwachsenen verlangen. Zehn Minuten brütete sie über der abwegigen Vorstellung, selbst ins Wasser zu gehen, als Martin sich triefend und erfrischt neben sie setzte.

»Wie ist das Wasser denn so?«, erkundigte sich Marie.

»Oh, es ist nass, sehr nass. Ich würde da an deiner Stelle auf keinen Fall hineingehen. Davon abgesehen, dass es wirklich ungewöhnlich nass für einen ganz normalen See ist, weiß man nie, ob es hier nicht doch Riesenkraken gibt. Und dann dieser Schmutz. Der See zählt zwar zu den saubersten des Landes, aber was heißt das schon: sauber. Es ist bestimmt besser, du bleibst noch sauberer und trocken hier sitzen. Außerdem musst du auch Rücksicht auf die Kinder nehmen. Die bekämen ja einen Schock, wenn sie dich plötzlich und unerwartet im Wasser sähen.«

Das fand Marie auch. »Versprichst du mir, dass du zur Psychotherapie gehst, falls ich dich verlasse? Ich meine, nicht dass ich dich verlassen wollte, aber falls doch, dann gehst du mal zur Psychotherapie, ja? Männer reagieren aufs Verlassen- und Verletztwerden sehr stark und brauchen dann Hilfe. Wenn ich dich verlasse, dann ist das nämlich nicht mein, sondern allein dein Problem. Bitte verinnerliche das.«

Martin atmete hörbar aus, schloss die Augen und hielt sein Gesicht in die Sonne. Seine nasskalte Hand grub sich in Maries Kniekehle. »Alles klar, Schnuckelpuppe. Aber vielleicht gehe ich dann auch einfach nur mal ganz entspannt einen saufen.«

13

Operation »Garbo« wird in Angriff genommen sowie zwei Friseurbesuche

Helene war überrascht, wie stark sie transpirierte. Vor Jahren hatte sie es schon einmal versucht mit dem Joggen, war aber nach zwei abgebrochenen Läufen wieder zum Nichtsporttreiben übergegangen. Was sollte man anfangen mit fünf verlorenen Kilos? Sie hätten nichts bewirkt, was ihr wichtig gewesen wäre. Abgearbeitetes Fett machte sie weder musikalischer noch belesener oder Herrmann plötzlich zu einem richtigen Mann.

Jetzt lagen die Dinge anders. Noch zwei Wochen, dann würde Helene in Größe 38 am Bodensee in einem gepflegten Garten sitzen und Erwachsenengespräche führen mit jemandem, der keine Probleme hatte. Keine jedenfalls, die sie lösen musste. Sie und Olaf würden ein wenig über ihre Arbeit plaudern, nachmittags einen Rosé öffnen und den Jungs dabei zusehen, wie sie sich vom Schulalltag erholten.

Als emanzipierte Frau war sie immer dagegen gewesen, dass Frauen sich blödsinnigen Torturen unterzogen, die doch nur einem einzigen Zweck dienten. Vielleicht waren aber in diesem Fall rasierte Beine doch ein Muss. Jahrelang hatte sie ihr Feindbild aufrechterhalten; jetzt ertrank es gerade jämmerlich im Bodensee. Heute früh hatte sie sich proberasiert, um zu testen, wie ihre Haut darauf reagierte. Die Jogginghose scheuerte an den ungewohnt nackten Beinen. Am Ende hatte sie Herrmanns Infantilität und seinen Hasen in Kauf genommen, weil es ihr so fortschrittlich vorgekommen war, dass er nichts auf Äußerlichkeiten gab. Viel zu spät hatte sie erkannt, dass ihm nur *ihr* Äußeres egal war. Sie war die Mutter seiner Kinder, die Familienmanagerin, die, an deren unparfümierte Schulter er sich lehnen durfte, mehr nicht. Was er wohl sagen würde, wenn er mitbekäme, wie kontrarevolutionär sie seit Neuestem mit sich umging? Ach was, erstens bekäme er es nicht mit, zweitens wäre es ihr egal, und drittens ging sie gerade zwar einen Schritt zurück, wagte aber drei nach vorn.

Nein, mit Olaf wollte sie nicht die Probe aufs Exempel machen und herausfinden, ob er Manns genug war, sie auch mit Achselhaaren zu lieben. Für ihn, der von einem Dreiviertel seiner Studentinnenschaft angehimmelt wurde – davon war auszugehen –, würde sie sich den Hauch einer Garbo verleihen. Nur nicht zu viel des Guten, einen wohlüberlegten Hauch nur. Olaf kannte Helene seit zwanzig Jahren und würde Lunte riechen, hätte sie sich allzu sehr verändert. Die Jungs stellten ebenfalls ein Risiko dar. Nichts wäre peinlicher, als wenn sie Olaf en passant erzählten, welche Veränderungen am Äußeren ihrer Mutter in den letzten zwei Wochen eingetreten waren. Eine halbe, eine viertel Garbo musste also ausreichen.

Auf dem Kongress in Wien letztes Jahr hatte sie bemerkt, dass er sich verändert hatte. Geraucht hatte er und schweren Rotwein getrunken, sie hatten gegrölt, über ihren alten Dekan hergezogen und sich gegenseitig mit ihren unterschiedlichen Leben aufgezogen. Helene hatte ihn gefragt, in welcher Sakkotasche er seine neueste minderjährige Errungenschaft mitführte, er hatte dafür ihre Musterehe mit Herrmann ironisch in den Himmel gelobt und sie gefragt, ob ihr Mann eigentlich ein richtiges Schwein im Bett sei. Komisch, sie hatte ihm das überhaupt nicht übel genommen, im Gegenteil, sie hatte sogar geantwortet. Und wie blöd sie geantwortet hatte: Das habe er, Herrmann, nicht nötig, worüber Olaf wiederum lachen musste, das Thema aber gentlemanlike wechselte. Warum war ihr nur so lange entgangen, welchen Spaß sie mit ihm schon immer gehabt hatte, wie fluffig und unverkrampft sie mit ihm herumtollen konnte. Auch die kollegialen Gespräche – immer auf höchstem fachlichen Niveau. Aber er war auch schon immer ein Schwerenöter gewesen, mit zwanzig schon.

Während sie sich erinnerte, beschlich Helene die Befürchtung, er könne sie als Freundin und nur als »alte Freundin« eingeladen haben. Vielleicht hatte er gerade eine Trennung hinter sich und brauchte eine Freundin, eine, deren Behaarung ihm egal war und an deren unparfümierter Schulter er sich ausheulen konnte. Noch, dachte sie, war es möglich, den für den späten Nachmittag angesetzten Friseurtermin abzusagen. Die Dessous befanden sich immer noch unangetastet in der Tüte. Ja, statt zum Friseur würde sie nachher in diesen Laden gehen und die Geräte zurückgeben. Und welche Erleichterung, sich die Suche nach eleganten, etwas höheren, aber die Söhne optisch täuschenden Birkenstocks in einem enervierenden Galopp durch mehrere Schuhgeschäfte sparen zu können!

Helene raste mehr, als dass sie joggte, merkte nicht, dass sie viel zu schnell war, und musste sich bald, einem Kollaps nahe, auf eine Bank fallen lassen. Nein, das kann so nicht sein. Ich werde hinfahren, und zwar als Viertelgarbo, resümierte sie. Sie stand wieder auf und ging schnellen Schrittes nach Hause.

Moritz und Fabian sahen ihre Mutter fragend von oben bis unten an, als sie, durchgeschwitzt und immer noch keuchend, zu Hause ankam.

»Ich war joggen, guckt doch nicht so. Mache ich seit Jahren, weil es mir gut tut, nur sonst immer, wenn ihr in der Schule seid. Ich muss gleich noch mal los. Was habt ihr für Hausaufgaben? Ach, egal, macht sie einfach.«

Eine Stunde später betrat Helene den Salon HAARE – BY HENRYK, dessen Chef sie nach zwei weiteren Stunden um 210 Euro ärmer, aber mit einem erheblichen Problem weniger wieder entließ. Ihr einheitliches Grau war zweihundert aschockersilberbraunen Strähnchen gewichen. Der unerhörte Schmerz beim Zupfen der Brauen hatte sich nur mit dem ihrer Niederkunften messen können, und allein Henryks schwuler Stimme war es zu verdanken gewesen, dass Helene Operation Viertelgarbo nicht doch noch abgebrochen hatte.

Je mehr sie sich wünschte, die Frau statt der guten alten Freundin zu sein, desto mehr wurde aus ihrer Befürchtung eine eiskalte Angst.

»Baby, du warst ja so lange nicht mehr hier!« Henryk war herzlich erfreut, als Marie seinen Laden betrat.

»Hm. Hab kein Geld mehr, aber du machst es mir umsonst, stimmt's?«

Marie und Henryk umarmten sich, als seien sie die besten Freunde. Gewissermaßen stimmte das sogar. Sie kannten sich seit zehn Jahren, hatten sich gegenseitig weinen sehen, sich getröstet und gewetteifert, wer die engsten Jeans tragen konnte. Marie hatte letztes Jahr Henryks große Liebe mit zu Grabe getragen. Er war ein Freund: Henryk, der Friseur, dem die Frauen vertrauten.

»Kann man bei dir eigentlich noch eine rauchen, ohne dass man ausgebürgert wird?«

»Aber klar, Baby. Setz dich. Lenin, bring uns zwei Prosecco, huschhusch! Also, was machen wir. Oh la la, ich sehe schon, da sind ja zwei Zentimeter Ansatz. Babybabybaby, so lange warst du nicht hier?«

»Krieg dich wieder ein. Schneid mindestens zwanzig Zentimeter ab. Und das Blond muss weg. Ich will meine Naturhaarfarbe wiederhaben. Und wehe, du versaust es.« Diesen Blick hatte Marie erwartet. Für Henryk waren Naturhaarfarben der Untergang des Abendlandes. »Herrje, jetzt guck nicht so. Komm, irgendwann ist immer das erste Mal. Sieh mal nach, was du so an bräunlichen Naturtönen da hast – soll aber nicht wie gefärbt aussehen!«

»Gottchen, Baby, von wegen das erste Mal. Du bist heute schon die Zweite, die so natürlich wie möglich aussehen will! Was ist nur los? Geht es dir denn gut? Du könntest es dir noch mal überlegen, komm, trink erst mal in Ruhe ein Schlückchen.«

»Ja, Henny-Schätzchen, mir geht es supergut. Ich will einfach nur meine Naturhaarfarbe zurück. Wenn du das nicht hinbekommst, dann sag es besser gleich. Bist ja nicht der einzige schwule Friseur in der Stadt.«

Henryk machte Anstalten zu schmollen, was Marie aber durch ein zärtliches Wangetätscheln noch einmal abwenden konnte.

Nachdem Krupskaja Marie den Kopf gewaschen hatte, schickte Henryk sich an, mit dem groben Kamm durch Maries nasses Haar zu gehen, stockte und zog eine seiner blondierten Brauen hoch.

»Was ist? Hab ich Läuse?«

»Schlimmer«, wimmerte Henryk. »Dein Haaransatz ... da ist etwas Graues.«

Marie sprang auf und fiel beinahe in den Spiegel. »Oh, mein Gott, das ist ja furchtbar! Was machen wir denn jetzt?«

»Ruhig, Baby, setz dich einfach wieder hin und vergiss es. Ich bin der einzige schwule Friseur in der Stadt, der die ultimative Haarfarbe für dich hat. Babybabybaby! Nichts bleibt einem erspart, aber für dich mach ich's. Lenin! Noch einen Prosecco, husch! Und Trotzki möchte bitte Aschockersilberbraun anrühren! Huschhusch!«

14

Marie bezweifelt zunächst wieder störrisch den Sinn einer Therapie, gibt dann aber, von Helene an die Hand genommen, Informationen über ihre große Liebe preis

»Sie waren beim Friseur.«

»Steht Ihnen gut.«

»Wie fühlen Sie sich?«

Ist alles ganz einfach, ganz einfach, faselte Marie lautlos in sich hinein, man muss nur die Dinge beim Namen nennen und sie nehmen, wie sie sind. Ganz einfach.

»Wie geht es Ihnen? Wie fühlen Sie sich?«

»Ja, wie soll ich mich wohl fühlen, wenn ich zu meiner Psychotherapeutin gehe und die einfach konstatiert, ich sei beim Friseur gewesen? Also, wie soll ich dieses bestimmt sehr bedeutende Gefühl jetzt aufdröseln, hm? Sagen Sie es mir doch, wie ich mich fühle. Sie haben doch den Kram studiert. Und deswegen bin ich ja wohl hier, oder? Damit Sie mir sagen, wie ich mich fühle.«

»Nein, deswegen sind Sie nicht hier. Fühlen müssen Sie sich selbst. Ich bin dazu da, mit Ihnen gemeinsam daraus die entsprechenden Schlüsse zu ziehen und aufzuspüren, warum Sie sich wie fühlen.«

»Ach, jetzt wieder diese Leier. Gemeinsam herausfinden

und so. Bisher haben Sie nichts herausgefunden, wenn man mal von der herausragenden Entdeckung absieht, dass es gut für mich wäre, zum Einschlafen ekligen Tee vom Markt zu trinken. Und dass ich beim Friseur war. Toll! Außerdem war ich gar nicht beim Friseur. Ich habe einfach über Nacht meine Naturhaarfarbe zurückerlangt. Bin aufgewacht, und da war sie. Peng! Und jetzt sagen Sie nicht, meine Haare sähen irgendwie gefärbt aus! Ihre sehen nämlich gefärbt aus. Sie haben vergessen, Ihre Augenbrauen im gleichen Ton färben zu lassen. Ihre Augenbrauen sind schon ein bisschen grau, und deswegen sieht Ihnen ein Blinder mit Krückstock diese Färbung in Nullkommanichts an. Und ich weiß überhaupt nicht, was ich davon halten soll, dass plötzlich meine Haare nicht mehr blond und lang sind, sondern aschockersilberbraun und schulterlang. Ich trage auch keine dicken Ketten mehr. Wenn ich eine dicke Kette anlege, dann stört sie mich plötzlich, und dicke Ketten haben mich nie gestört. Aber in letzter Zeit fühle ich mich unwohl damit und reiße sie mir wieder vom Hals. Roten Lippenstift benutze ich auch nicht mehr. Gestern Abend hätte ich sogar beinahe Tee statt Wein getrunken, ja! Mit anderen Worten: Ich sehe bald aus wie Sie, wenn ich nicht aufpasse. Das waren alles Sie! Sie wollen mir irgendetwas einbrocken. Ich habe keine Ahnung, was, aber bestimmt nichts Gutes. Ich glaube, Sie wollen aus mir einen besseren Menschen machen oder so ’n Quatsch. Das ist aber gar nicht nötig. Ich bin nämlich schon ein besserer Mensch. Was ich brauche, ist die Gewissheit, mich in den nächsten vierzehn Tagen nicht achtundzwanzigmal umbringen zu wollen. Ich will diese Angst loswerden, und ich will nicht mehr sterben wollen. Das will ich – und keine schleimigen Frisurenkomplimente, ja! Auch nicht, dass Sie meine Mutter in Einzelteile zerlegen. Wissen Sie, letzte Woche, da hat sich das irgendwie gut angefühlt. Jedenfalls erst einmal. Aber dann ist mir wieder klar geworden, dass man sich erst recht um den Verstand bringen kann, wenn man immer über alles quatscht. Jetzt habe ich das Gefühl, alles wird nur noch schlimmer durch Sie! Ich bin ich, und das bleibt auch so.«

»Das genau ist mein Interesse: dass Sie Sie sind und niemand sonst.«

»Da haben Sie ja fein pariert, war ja auch nicht so schwer. Sie lassen sich schön die Sätze von mir in den Mund legen, machen einfach aus dem, was ich sage, eine Frage und warten dann die Antwort ab. Sehr schlau! – Was ist? Warum stehen Sie auf?«

»Weil Sie aufgestanden sind und ich es für angebracht halte, dass wir uns auf Augenhöhe begegnen, und zwar im doppelten Sinne.«

»Und nun? Nun stehen wir. Herr Müller-Lüdenscheid, die Ente bleibt. Oder was jetzt?«

»Wir setzen uns wieder.«

»Sie zuerst.«

»Gut. Jetzt atmen Sie mal lang aus – ja.«

»Haben Sie keine Lust mehr zu leben?«

»Keine Lust mehr zu leben? Mehr? Ich hatte noch nie Lust dazu. Alles, was ich will, ist Ruhe. Jede Nacht denke ich, wenn ich jetzt einschliefe und nicht wieder aufwachte – das wäre schön, erlösend. Endlich Schluss.«

»Schluss womit?«

»Schluss mit lustig. Schluss mit aufstehen, mit Angst, mit Reue, mit Sklaverei, mit Sex, mit Dummheit, mit schwachsinnigen Konventionen, mit Nazis, mit Hass, mit Rechtfertigungen, mit Sehnsucht, mit Saufen, mit ...«

»Sehnsucht?«

»Wieso Sehnsucht? Das haben Sie gesagt.«

»Nein, Sie haben gerade von Sehnsucht gesprochen. Sehnsucht – wonach?«

»Phhh.«

»Wer ruft Sie?«

»Das sage ich Ihnen nicht.«

»Ruft Sie Ihr Vater?«

»Sage ich nicht.«

»Haben Sie solche Sehnsucht nach ihm, dass Sie sterben wollen, weil Sie glauben, ihm dann zu begegnen?«

»Er ist die Sicherheit, zu der es hier keine Alternative gibt, nicht wahr? Nur sechs Jahre lang hat er Sie begleitet, Sie auf seinen breiten Schultern getragen. Ihr mächtiger, charismatischer und sonst so disziplinierter Vater hat sein großes Versprechen nicht gehalten. Das haben Sie geschrieben.«

»Wie kommen Sie darauf, dass er diszipliniert war? Das habe ich nicht geschrieben. Ich würde nie so eine Seife schreiben.«

»Zwischen den Zeilen steht auch so einiges. Das Interessanteste steht zwischen den Zeilen. – Theaterschauspieler müssen diszipliniert sein, das kenne ich. Mein Bruder ist Schauspieler am Theater.«

»Sie kennen sich ja aus.«

»Besser, als Sie vermuten. Lassen Sie sich fallen. Sie dürfen. – Erzählen Sie mir etwas von ihm.«

»Von Ihrem Bruder?«

»Nein. – Wie ist er eigentlich gestorben?«

»Sie haben sich die Beine rasiert.«

»Ja.«

»Wieso das denn?«

»Weil ich in den Sommerferien wohin reise, wo man rasierte Beine hat.«

»Sommerferien sind aber noch zwei Wochen hin.«

»Ich wollte testen, wie ich auf eine Beinrasur reagiere. Aber lassen Sie uns wieder ...«

»Haben Sie sie tatsächlich rasiert – nicht epiliert oder gewachst?«

»Rasiert. Ich hatte noch einen Rasierer von meinem geschiedenen Mann zu Hause. Aber ...«

»Wie lange sind Sie denn in Hollywood?«

»Eventuell fünf Wochen.«

»Dann gehen Sie zu ›Lass waxxen‹, Lindenstraße. Hält länger und hat den Vorteil, dass Sie gleich alles Mögliche mit wegwachsen lassen können. Ihre Achselhaare zum Beispiel. Weiß ja nicht, was Sie vorhaben. Sieht mir aber nach verschwitzten Laken aus. Bestellen Sie einen schönen Gruß von mir, dann kostet es weniger. Und fragen Sie auf jeden Fall nach Mandy, die ist grob und doof, aber schnell. Manchmal ist über Nacht aus dem A auch ein I geworden, aber dann gehen Sie einfach trotzdem rein, die machen vormittags immer wieder ein A draus.«

»Tut das nicht furchtbar weh?«

»Ist die Hölle, sag ich Ihnen. Aber Sie gehen da ja auch nicht zu Ihrem Vergnügen hin. Singen Sie einfach im Geiste ein Lied. Ich summe immer ›Wir sind die Moorsoldaten‹, und wenn es ganz schlimm wird, den Hummelflug von Rimskij-Korsakov. Ihnen empfehle ich ›Maria, breit den Mantel aus‹. Kennen Sie ja bestimmt aus Ihrem Kirchenchor.«

»Naja. Ich denke darüber nach. – Wir waren bei Ihrem Vater.«

»Naja? Sie haben noch nie ›naja‹ gesagt. Bisher haben Sie Ihre Sätze immer ohne Füllwörter begonnen und leidlich redegewandt zu Ende gebracht. Aber bei dem ›naja‹ eben war Ihre Stimme nicht so fest wie sonst. Sind Sie unsicher? Wussten Sie nicht, wo Sie hinschauen sollen angesichts eines so intimen Themas wie Beinrasur? Wie fühlen Sie sich? Sind

Sie etwa traurig? Huh! Wo ist Ihre Sicherheit hin? Hollywood ist ein ganz unsicheres Pflaster, das sage ich Ihnen. Aber wenn Sie in Ihrem braunen langen Kleid nach Hollywood gehen und Ihre Haare an den Achseln lassen und immer schön ein Kirchenlied summen, dann wird Sie schon niemand vergewaltigen. Ich hatte damals ein flatteriges Strandkleidchen an und keine Achselhaare. Gesummt habe ich wahrscheinlich ›Satisfaction‹ von den Rolling Stones, falls Sie von dieser Band schon mal was gehört haben. Wissen Sie was – es ist mir so was von egal, wie Ihre muffigen Achseln aussehen! Erst wollten Sie mich wegempfehlen, und jetzt haben Sie sich von mir blenden lassen.«

»Wie ist er gestorben?«

»Blenden lassen von Lippenstift und glatten Beinen. Erfühlen Sie sich selbst doch mal. Und übrigens: ›Erfühlen‹ ist ja wohl das blödeste Wort, das ich je gehört habe. Geben Sie doch zu, dass eine Stimmung in diesem Raum herrscht, die gar nicht in Ihr Konzept passt!«

»Setzen Sie sich wieder hin. Gut. – Wie – ist – er – gestorben?«

»Wer?«

»Hören Sie auf zu lachen.«

»Er fiel einfach bei uns zu Hause um. Herzinfarkt. So, bittesehr.«

»Wo war Ihre Mutter?«

»Zu Hause. Wir waren alle zu Hause.« Marie sah auf den Boden, bemühte sich, auszuweichen, vermochte es aber nicht mehr. »Meine Mutter hat versucht, ihn zu reanimieren. Sie hat mal bis zum Physikum Medizin studiert, hat wohl nicht gereicht. Jedenfalls hat's nicht geklappt.«

»Wo waren Sie und Ihre Geschwister?«

»Zu Hause.«

»Und wo da?«

»Wir standen alle dämlich drum herum, würde ich sagen. Ich war dann irgendwann auf dem Arm der Nachbarin, glaube ich.«

»Glauben Sie?«

»Weiß ich.«

»Und Ihre Geschwister?«

»Keine Ahnung. – Doch. Mit meinem Bruder habe ich noch aus dem Fenster gesehen, als der Notarzt kam. Wir fanden das spannend. Mein Bruder war ja auch noch klein, erst acht. Es war so dunkel, und der Krankenwagen nahm sich, na ja ... abenteuerlich aus. Toll war das, wie im Fernsehen. Dann wurde ich ins Bett gebracht.«

»Haben Sie geschlafen?«

»Was glauben Sie? Habe ich geschlafen?«

»Haben Sie?«

»Nein. Ich habe ein Bild gemalt. Ein sauberes Krankenbett, in dem ein dicker Mann mit Glatze lag, Krankenschwestern, eine dicke Spritze und ein rotes Kreuz. Darüber schrieb ich die Anordnung, der Mann möge schnell wieder gesund werden, ›gesund‹ mit t und ›schnell‹ mit h. Hat meine Mutter mir mal erzählt. Ich scheine einiges nicht ganz gecheckt zu haben.«

»Was geschah mit dem Bild?«

»Ach, übrigens, ›Lass Waxxen‹ hat donnerstags bis 22 Uhr geöffnet. Praktisch, oder?«

»Was geschah mit dem Bild?«

»Tja. Einen Preis habe ich nicht dafür bekommen.« Kein Ausweichmanöver wollte mehr glücken. »Am nächsten Tag stand ein glänzender dunkelgrauer Wagen vor der Tür, der große Pietät ausstrahlte. Der Mann ... wurde in eine schmucke, saubere Kiste gelegt und war halsabwärts mit einem sauberen weißen Tuch bedeckt. Das war so weiß und sauber. Alles so sauber ... In der Weißer-Riese-Werbung haben die ihre Tücher nie so weiß hinbekommen. Wahnsinnig weiß. Darauf lagen eine rote Rose und mein Bild. Dann ging die Kiste zu.«

»Und dann?«

»Wie – was dann? Ja, was wohl dann?«

»Und dann?«

»Na ja – ist alles verbrannt. Pschschsch...«

»Welches Bild von Ihrem Vater ist Ihnen am meisten präsent?«

»Ach, was soll das ...? Müssen wir das ...? Sind doch meine Bilder.«

»Es bleiben auch Ihre. Erzählen Sie mir von einem Bild.«

»... wie ich mit ihm zusammen im Park war und eine Runde nach der anderen auf diesem riesigen Pferd um den ganzen Park reiten durfte. Eine Runde kostete eine Mark. Nach jeder Runde stand er verlässlich da und erwartete mich. Er trug eine Schiebermütze aus Cord, die ich noch zu Hause habe, und eine Cordhose, in die ein kleines Auto hineingepasst hätte. Cord, ein komischer Stoff. Er winkte mir zu, tat nach jeder Runde so erfreut, als habe er mich wochenlang nicht gesehen, und sagte, nun sei aber Schluss. Ich bettelte, was das Zeug hielt – und immer zauberte er eine weitere Mark aus der Hosentasche und gab sie lachend der Pferdeführerin. Immer und immer wieder, bis es langsam dämmerte. Dann ging ich an seiner Hand nach Hause und bekam unterwegs noch ein Eis, das größer war als ich. Das war Glück, glaube ich ... Ganz schön kitschig ... Und er erzählte mit seiner klaren Stimme gerne etwas von Insekten. Von ganz erstaunlichen Insekten. Das war seine zweite Leidenschaft. Erst die Kunst, dann die Zoologie – womöglich als Ausgleich. Diese Ordnung in der Tierwelt gefiel ihm. Ich glaube, ich war nie mehr so glücklich ... und so ... sicher. Er war so inkonsequent, wissen Sie. Die heutigen Erziehungswissenschaftler würden ihn einsperren wegen völliger Untauglichkeit zu pädagogisch wertvollen Maßnahmen. Total untauglich ...«

»Wie ging das Leben weiter?«

»Meine Mutter beharrt darauf, dass es immer zwei Möglichkeiten im Leben gibt. Man kann aus dem Fenster springen oder aber sich darüber freuen, dass die Sonne scheint. Jaja, die Sonne. Sie hat die Zähne zusammengebissen und geweint, wenn die Sonne schien, aber gesprungen ist sie nicht. Wie es mit uns weiterging? Ich weiß es nicht. Ging es weiter? Nur eines weiß ich noch: Wochen, nachdem er nicht mehr wiederkam, habe ich meiner Mutter gesagt, ich würde, wenn er doch wiederkäme, immer brav das machen, was er sagt. Zum Beispiel nicht um noch eine Runde betteln, wenn er sagt, jetzt ist Schluss.«

»Ein gutes Bild.«

»Sie haben ihn überstrapaziert. Gewaltig, sozusagen mächtig theatralisch hat er sich aus dem Staub gemacht, gerade einmal dreiundvierzig. Er hat es nicht mehr ausgehalten, und deswegen ist er gestorben – abrupt, ohne vorher Bescheid zu sagen. Er hat Sie einfach daneben stehen lassen, keine Hilfe, keine Umkehr mehr gebilligt. Das ist Ihr Gefühl. Das fühlen kleine Kinder: sich schuldig und gleichzeitig verraten. Er hat Ihnen keine Chance gegeben, noch irgendetwas für ihn zu tun, ihm noch etwas zu sagen. Und er hat Ihnen nichts zum Abschied gesagt, Ihnen nichts mit auf den Weg gegeben. Verraten, verlassen, schuldig. Das Gefühl vergeht nicht so einfach. – Zum ersten Mal sehe ich jetzt bei Ihnen, dass Sie ganz bei sich sind, dass Sie ein Gefühl zulassen. Lassen Sie es laufen, es ist gut.«

»Sie wollten alles wiedergutmachen. Da Sie das an der realen Person Ihres Vaters nicht mehr können, machen Sie es an etlichen anderen wieder gut. Und zwar schon viel, viel zu lange. Immer brav das tun, was ER sagt. Hauptsache, er lässt Sie nicht plötzlich allein. Wenn Sie dann nach kurzer Zeit merken, er ist es gar nicht, dann sind Sie enttäuscht, werden verletzend, schlagen um sich und machen sich wieder schuldig. Beim nächsten genauso. Immer auf der Suche, immer schuldig und ängstlich, schon so lange. Als Mädchen schon, gerade mal in der Pubertät angekommen. Das ist Ihnen nicht gut bekommen, denn es entsprach zwar Ihrer Natur, war aber gewiss nicht natürlich. Und nun ruft er sie. Laut, immer lauter, je länger Sie ihn suchen. Sie wollen Ruhe, Sicherheit, Gelassenheit, wie früher als Kind. Sie wissen: Er würde nicht an Ihnen zerren. Nur bei ihm wären Sie ohne schlechtes Gewissen in der Lage, nicht brav das zu machen, was er, der Mann, sagt. Nur er würde immer wieder eine Mark aus der Tasche zaubern und Sie eine Runde drehen lassen – ganz ohne Bedingungen.«

»Ist das traurig oder albern?«

»Es ist traurig.«

»Es ist albern. Ich bin erwachsen. Und der Tod gehört doch zum Leben. Sollte man nicht in der Lage sein, sich mit ihm zu arrangieren?«

»Man kann sich mit dem Tod arrangieren. Wenn er kommt, wie es sich gehört. Wissen Sie: Als meine Mutter starb, war sie alt und krank. Wochenlang konnte ich an ihrem Bett sitzen und mich darauf vorbereiten, dass sie mich bald verlässt. Wir konnten reden, und wir wussten Bescheid. Ich bin versöhnt mit dem Tod meiner Mutter. Sie hat ihr Versprechen gehalten. Sie hat mich groß gezogen, mich sanft in meine eigene Welt geschubst und mich dann noch lange aus der Distanz begleitet. Wenn ich an sie denke, dann mit Freude. Ich habe ihre handgeschriebene Rezeptesammlung und liebe es, daraus zu kochen. Dabei denke ich an sie und muss immer lachen. Ich habe mich mit dem Tod arrangiert. Aber Sie – Sie wussten nicht Bescheid. Sie konnten nicht reden, sich nicht darauf einstellen und wurden auch nicht sachte auf ein autarkes Leben vorbereitet. Stattdessen sind Sie mit sechs Jahren in ein fast zugefrorenes Meer gestoßen worden, aus dem auch Ihre Mutter Sie nicht herausziehen konnte. Sie wollten das gar nicht – aus Angst, auch dieser letzte Weg zurück bliebe Ihnen damit versperrt. Und doch versuchen Sie seit mehr als dreißig Jahren vergeblich, dieser Kälte wieder zu entfliehen. Das ist auch der Grund, aus dem Sie so alterslos erscheinen. Ich sehe Ihre Falten um die Augen herum, Sie haben zwei Kinder, sind zum zweiten Mal verheiratet, und wahrscheinlich haben auch Sie unter Ihrem Aschockersilberbraun schon ein graues Haar. Aber wenn ich Sie ansehe, dann sehe ich ein Mädchen.«

»Ach.«

»Sie frieren und sind ängstlich.«

»Na und. Ist doch alles affig.«

»Am stärksten hemmen Sie aber Ihre Schuldgefühle. Sie glauben, kein Recht zu haben, jemanden zu verlassen, dem Sie einmal ein Versprechen gegeben haben. Sie tun es zwar trotzdem, aber das Recht dazu nehmen Sie nicht für sich in Anspruch. Und Sie entwickeln eine derartige Angst, verlassen zu werden, dass Sie immer weitersuchen – nach demjenigen, der Sie niemals verlässt. Aber wenn Sie ihn gefunden haben, dann verlassen Sie ihn wieder. Das, was Ihnen Adam und seine neue Frau sagen – dass Sie schuld an seiner Krankheit sind, dass Sie kein Recht hatten, ihn zu verlassen und ihm das Herz zu brechen –, trifft bei Ihnen auf offene Ohren. Und wie! Die beiden haben mit Ihnen als Exfrau praktisch den Hauptgewinn gezogen. Denn Sie haben sich schließlich immer verhalten, als seien Sie schuldig – dessen bin ich mir sicher –, und Sie tun es noch. Wenn Sie vergewaltigt werden, dann glauben Sie, schuld daran zu sein und es nicht besser verdient zu haben. Wenn Sie sich ausnutzen und verletzen lassen, denken Sie, es sei Ihre eigene Entscheidung – Ihre Schuld.«

»Wollen Sie damit sagen, ich sei die Unschuld vom Lande?«

»Ganz sicher nicht. Wir wollen die Kirche im Dorf lassen. Sie mögen ja, wie man so sagt, ein Biest sein. Aber Sie sind nicht so schuldig, dass Sie verhungern und abtauchen müssen. Sich zu trennen, die Gefühle anderer zu verletzen, die Liebe – und auch, dass sie wieder geht – gehören zum normalen Leben eines Erwachsenen. Niemand macht sich schuldig, weil er einem anderen Menschen, ohne es zu wollen, das Herz bricht, obwohl er mal unter Zeugen versprochen hat, ihn immer zu lieben. Dieses Versprechen ist Makulatur. Sie hatten als Kind ein Recht darauf, noch eine und noch eine Runde um diesen Park zu drehen. Und Sie haben als Frau das Recht, Ihren Mann zu verlassen. So wie Sie das Recht – sogar die Pflicht – haben, Gefühle nicht zu heucheln. Aus Heuchelei, aus Unwahrheiten entstehen Ängste.«

»Und nun?«

»Nun lassen wir das mal so stehen. Wir haben weit überzogen und müssen zum Ende kommen. – Das war gut heute, Sie waren gut.« Helene holte tief Luft. »Hören Sie zu. Ich möchte, dass Sie, anstatt weiterhin zu mir zu kommen, sich einer Psychoanalyse unterziehen, die anstrengend, aufreibend und auch zeitaufwändig ist, Ihnen aber wirklich für den Rest Ihres Lebens etwas bringen kann. Ihre Todessehnsucht und Ihre Grundtrauer – die werden Sie wahrscheinlich immer begleiten, mal schwächer, mal stärker ausgeprägt. Was aber trotzdem für Sie möglich ist, ist ein glückliches und – es klingt etwas abgedroschen, trifft es aber – erfülltes Leben. Es gibt ein hervorragendes Institut, zu dem ich gute Kontakte habe. Es ist sehr gefragt, aber ich glaube, ich bekomme es hin, dass Sie, wenn Sie wollen, nach den Sommerferien mit der Psychoanalyse beginnen können. Es wäre gut für Sie.«

»Hm.«

»Wenn Sie das nicht möchten, werde ich meinen Bericht so abfassen, dass der Gutachter der Meinung sein wird, dass es weiterhin genügt, wenn Sie zu mir kommen. Und dann kommen Sie weiter zu mir.«

»Steht Ihnen nicht, aschockersilberbraun.«

»Ihnen dafür umso besser.«

»Müssen Sie eigentlich immer das letzte Wort haben?«

»Nein. Ich wollte nur zum Schluss nicht unerwähnt lassen, dass Sie gut aussehen ohne Schmuck und Schminke.«

»Na, besten Dank. Sie sähen übrigens besser aus mit Schmuck und Schminke. Aber ... das wollte ich gar nicht sagen. Ich weiß selbst nicht, was ich manchmal sage.«

15

Marie überwindet ihre Telefonphobie, führt ein denkwürdiges Telefonat mit ihrer Mutter, die gerade Blutwurst brät, und wählt sogar noch Adams Nummer

In Zeitlupentempo tippte Marie die Nummer ihrer Mutter ins Telefon, legte wieder auf, tippte erneut und legte auf. Seit dem letzten Telefonat mit Adam und seit dieses Weib im Wochenturnus anrief, um seine Beschimpfungen auszukotzen, wollte Marie mit diesem Medium nichts mehr zu tun haben. Jeden Tag schrieb sie Martin auf, wen er weshalb anzurufen hatte. Schule, Kita, Werkstatt, Friseur, Verabredungen – Martin telefonierte sie ab. Und er staunte nicht schlecht, dieses eine von seinen vielen Ämtern offenbar bald abgeben zu dürfen.

»Was machst du mit dem Telefon?«, fragte er. »Willst du etwa jemanden anrufen?«

Marie hob ruckartig den Kopf, streckte ihren Rücken und fragte kokett: »Warum nicht?«

»Hallo? Wer ist denn da?«

»Ich bin's.«

»Mariechen! Du bist das! Na, so eine Überraschung! Warte mal, ich koche gerade.«

»Was kochst du denn?«

»Blutwurst.«

»Iiih.«

»Ihr sollt nicht immer ›iiih‹ sagen! Ist doch was Feines, Blutwurst.«

»Martin hat gestern Zander gebraten. Der war gut.«

»Ja, Zander ist gut. Aber Blutwurst ist auch was Feines.«

»Na ja. – Also warum ich anrufe … Ich wollte dir was erz-«

»So mit Äpfeln und Zwiebelringen und Kartoffeln. Sehr gut ist das. Wie geht es euch?«

»Och, gut, nichts Neues.«

»Hast du denn was von Adam gehört?«

»Nichts.«

»Nike rief mich letzte Woche an.«

»Aha. Und? Was sagt sie?«

»Nichts weiter. Tja, es macht ihr wohl zu schaffen, dass sie bei Adam Hausverbot hat. Stimmt denn das überhaupt? Kann ich mir gar nicht vorstellen. Also, seiner eigenen Schwester Hausverbot … Kann ich mir einfach nicht vorstellen.«

»Warum soll das nicht stimmen? Meinst du, Nike denkt sich so was aus? Ich meine, dieses Flintenweib hat Adams Freundeskreis komplett Hausverbot erteilt, warum nicht auch seiner Schwester? Mit mir spricht er nicht mehr, selbst zu seinem einzigen Kind hat er den Kontakt abgebrochen, also warum sollte er wohl Skrupel haben, Nike auch noch rauszuwerfen?«

»Hach, diese Frau muss furchtbar sein.«

»Na klar ist die furchtbar. Aber nicht nur sie. Sie ist doch nicht allein dafür verantwortlich, würde ich sagen. Das Hausrecht in seinem eigenen Haus hat doch mindestens zur Hälfte Adam. Oder?«

»Schon, aber eigentlich kann ich mir das bei ihm nicht vorstellen. Das entspricht nicht seinem Charakter. Allerdings – er ist sehr krank und hat vielleicht nicht die Kraft, dagegen vorzugehen. Doch, Marie, das darf man nicht ignorieren. Und außerdem … ist es nun mal schrecklich, von Frau und Kind verlassen zu werden. Er hat sicher furchtbar darunter gelitten. Das muss man schon alles in Rechnung stellen. Der Glücklichste wird er im Moment nicht gerade sein.«

»Natürlich muss man das. Und deine Empathie für die Männer dieser Welt in allen Ehren, ja, ganz toll ist die, andererseits hatte er noch nie die Kraft, sich um seine persönlichen Belange zu kümmern, höchstens kurzfristig – das Berufliche mal außen vor gelassen.«

»Wie meinst du das denn? Du kannst doch nicht sagen, dass er sich nicht um seine Belange gekümmert hat. Ihr habt doch wunderbar und ganz normal gelebt! Und behaupte jetzt nicht, er hätte nicht ausgezeichnet für euch gesorgt. Also darüber solltest du mal nachdenken.«

»Habe ich schon.«

»Was hast du?«

»Darüber nachgedacht.«

»Worüber?«

»Über ...«

»Warte mal, ich muss eben den Herd abstellen. – So.«

»Du meinst also, weil alles so toll war, bin ich weg, ja? Ich sag dir mal was: Wenn Adam nicht täglich seinen Sex bekam, hat er drei Tage lang nicht mit mir gesprochen. Dann war er beleidigt. Beleidigt! Ein Mann! Ich meine, er hat sowieso nicht viel mit mir gesprochen. Immer wenn so etwas Ähnliches wie ein Gespräch aufkam, ist er mit einem Glas Nutella und einem langen Löffel vor die Glotze geflüchtet.«

»Also, das will ich alles gar nicht wissen.«

»Nein, das willst du lieber nicht wissen. Aber es läuft mal wieder auf das schön bequeme Klischee hinaus, dass die Frau schuld ist, wenn der Mann widerliche Dinge tut oder sagt, weil sie ihn nicht davon abgehalten hat. Wenn ein Mann fremdgeht, dann hat ihn seine Frau dazu getrieben. Wenn sie fremdgeht, ist sie eine Hure. Wunderbar!«

»Also, nun mach aber mal ...«

»Wieso denn? Wieso soll ich einen Punkt machen? Ich will ja bestimmt keine Lanze für dieses Weib brechen, aber

Adam immer in Schutz zu nehmen geht mir zu weit. Ist doch allein seine Entscheidung, zu Pasi zu stehen! Wer hat denn das Recht, ihm da hineinzureden? Ganz davon abgesehen, dass man Verantwortung hat, wenn man Vater ist, ganz egal, ob man verlassen wurde oder nicht. Und wer gibt denn seine besten Freunde auf? Kann man doch nicht alles dieser Hyäne in die Schuhe schieben! Er ist über fünfzig, also bitte.«

»Hm. Na ja.«

»Hm.«

»Was ich dich fragen wollte: Hast du eigentlich schon die ›Kinderjahre‹ von Fontane in deinem Bücherregal?«

»Nein, habe ich nicht. Gelesen habe ich sie schon, bei dir im letzten Sommer. Wieso?«

»Ach, weil ich so eine schöne Ausgabe gesehen habe. Die bringe ich dir mit.«

»Sehr schön. – Weißt du, wo ich neuerdings hingehe?«

»Na, wohin?«

»Zur Psychotherapie.«

»Wohin?«

»Zur Psychotherapie.«

»Zur Psychotherapie?«

»Ja.«

»Ach, du großer Gott. Wieso das denn?«

»Weiß nicht.«

»Weißt du nicht? Ja, was machst du denn da bei der Psychotherapie?«

»Na ja, Dinge aufarbeiten. Ich glaube, ich bin etwas runter mit den Nerven. Diese Sache mit Adam und was weiß ich noch alles nimmt mich offenbar mehr mit, als gut ist. Vielleicht muss da wirklich mal was raus.«

»Meine Güte. Das hätte uns mal jemand nach dem Krieg anbieten sollen. Den hätten wir glatt für unzurechnungsfähig erklärt. Wir hätten gar keine Zeit für so was gehabt!«

»Und weil das so war, darf auch jetzt niemand zur Psychotherapie gehen, oder wie? Hätte dir sicher gutgetan. Und Oma auch.«

»Hm. Na, ich weiß nicht. Aber wenn du meinst, dass es das Richtige für dich ist ... Was macht dich denn außer der Sache mit Adam so nervös?«

»Nervös? Ach, so dies und das. Vielleicht das mit Papa und, na ja, so einiges.«

»Wie meinst du das schon wieder? Was mit Papa?«

»Wie, was? Hast du wirklich keine Ahnung?«

»Weißt du, vielleicht besprichst du das wirklich besser in deiner Psychotherapie.«

»Ja, natürlich. Wo auch sonst? Da fällt mir etwas ein: Warst du eigentlich stolz auf uns?«

»Willst du damit etwa sagen, dass ich nicht stolz genug auf euch gewesen wäre? Wie kommst du denn darauf?«

»Antworte doch einfach mal, nur so.«

»Hm. Ja natürlich. Jede Mutter ist stolz auf ihre Kinder! Also wirklich, du stellst Fragen ...«

»Worauf zum Beispiel warst du denn stolz?«

»Na, auf alles Mögliche ...«

»Zum Beispiel?«

»Hm ... Als du diese Filmmusik auf der Geige eingespielt hast, einfach so aus dem Stegreif, da zum Beispiel. Und als du den Berliner Malwettbewerb gewonnen hast. Ach, es gibt eigentlich vieles. Dass die dich überhaupt noch genommen haben auf der Musikschule ... Ich weiß noch, wie Herr Dinter mich nach deiner ersten Stunde zur Seite nahm und fragte, ob du wirklich noch nie zuvor eine Geige in der Hand hattest. Doch, doch, da war ich stolz. Danach waren wir ordentlich Eis essen, weißt du noch? Im Café Sibylle.«

»Na, klar weiß ich das. Waren wir da nicht immer nach der Musikschule?«

»Fast immer. – Ach, und dann: Als du in der zweiten Klasse warst, kam Frau Rehberg zum Elterngespräch zu uns nach Hause und beschwerte sich, dass du so vorlaut bist. Stell dir mal vor! Was für eine gnädige Formulierung! Dem konnte ich erst mal nicht viel entgegensetzen, aber dann legte sie mir nahe, dich ein bisschen mehr zu ducken, zu stauchen, zu verbiegen, damit du dich besser in die Masse einfügst. Und sie bot mir sogar ihre Hilfe dabei an! Musst du dir mal vorstellen! Und da, muss ich sagen, war ich stolz auf dich. Und auf mich. Ich sagte: ›Das kommt gar nicht infrage. Ich bin sehr froh darüber, dass meine Tochter genau so ist, wie sie ist. Ich bin glücklich, wenn mein Kind den Mund aufmacht und nicht vor jeder Obrigkeit buckelt. Meine Tochter bleibt, wie sie ist.‹ Das habe ich wortwörtlich gesagt. Oder so ähnlich. Mit zitternder Stimme, aber ich habe es gesagt. Und ich habe mich nie im Leben getraut, etwas zu sagen! In der Schule bin ich immer fast gestorben, wenn mich die Lehrerin drannahm. Das habe ich von Oma. Jaja, die war auch so. Lammfromm. Hat auch nie was gesagt. Ja, doch ... einmal, da ...«

»O Gott, weinst du etwa?«

»Nein, nein ...«

»Und?«

»Was ›und‹?«

»Na, Oma, was hat sie gesagt?«

»Ach ...«

»Weinst du wirklich nicht?

»... das war in Ostpreußen, als Berlin evakuiert war. Ich musste jeden Tag vier Kilometer zur Schule laufen. Vier Kilometer! Zurück natürlich auch. Ich war eine gute Schülerin, hatte immer nur Einsen. Den Mund habe ich aber nie aufgemacht, wie gesagt. Also, im Gegensatz zu euch habe ich mich im Unterricht tadellos benommen, was natürlich nicht so schwer ist, wenn man den Mund nicht aufkriegt. Jedenfalls gab es vermutlich keinen Grund, sich über mich zu beklagen. Aber einmal eben doch. Ich hatte meinen Bleistift vergessen. Und da holte mich zur Strafe der Lehrer nach vorne und gab mir mit so einem langen Holzlineal kräftig was auf die Finger. Ich sag dir. Am nächsten Morgen lief Oma mit mir zur Schule, den ganzen Weg. Eigentlich hatte sie gar keine Zeit, musste bei diesem Bauern für unsere paar Scheiben Brot schuften. Wenn ich daran nur denke ... Wo war ich? Ach ja. Sie kam also mit, baute sich vor dem Lehrer auf und sagte ihm mit richtig fester Stimme vor der gesamten Klasse ins Gesicht: ›Unterstehen Sie sich, mein Kind noch einmal zu schlagen!‹ Großartig war das. ›Unterstehen Sie sich‹, hat sie gesagt!«

»Ja, das ist toll. – Ihr habt was mitgemacht. Willst du das nicht mal aufschreiben?«

»Nein. – Nein.«

»Wann kommst du denn wieder mal?«

»So in zwei, drei Wochen, dachte ich.«

»Schön.«

»Na, dann mach deine Psychotherapie. Schaden wird es wohl nicht. – Soll ich Adam mal anrufen und mit ihm sprechen? Vielleicht lässt sich ja doch noch etwas geraderücken.«

»Nein, lass mal, das mache ich selbst. Ja.«

»Wie du das sagst.«

»Wie denn?«

»Na, als müsstest du dich dazu irgendwie durchringen.«

»Ach! Muss ich vielleicht auch! Meinst du, es ist leicht für mich, immer wieder in einen Käfig voller Löwen zu springen? Wenn du wüsstest, was es mich an mentaler Anstrengung kostet, da anzurufen.«

»Man wird doch wohl noch telefonieren können.«

»Ja, klar, wird man, gar kein Problem. Man lässt sich ja immer gerne beschimpfen. Ich sage ja auch: Ich rufe ihn an. Ich versuche es noch mal.«

»Jaja, mach das. Denn für Pasi wäre es schon besser.«

»Für Pasi wäre es schon besser! Wenn ich das höre! Was willst du mir eigentlich damit sagen? Dass ich an Pasi dabei überhaupt nicht denke?«

»Die Kinder gehen vor, das ist nun einmal so. Und Adam hat es ja auch nicht leicht. Erst die Scheidung, dann diese Frau, dann die Krankheit ... Ich kann mir überhaupt nicht erklären, dass er weder mit dir noch mit Pasi sprechen möchte. Dahinter kann doch nur diese Frau stecken.«

»Jajaja – seine Frau ist an allem schuld, klar. Und wenn nicht sie, dann eben ich oder Nike oder seine Mutter ... Das hätten wir ja dann geklärt. Mann! – Also, ich rufe ihn an.«

»Ja, das ist auch richtig.«

»Ich muss los, tschüss.«

»Grüß alle schön!«

Aber Marie hatte bereits aufgelegt.

Sie rief noch bei HAARE – BY HENRYK an, um Bescheid zu sagen, dass sie erst im Winter wiederkomme und auch das noch nicht feststehe, dann im Kindergarten, um zu fragen, ob alles in Ordnung sei, und schließlich bei den Schmierlappen von der Telefongesellschaft, denen sie ungefragt mitteilte, dass sie keinen neuen Tarif brauche. Sie war so weit – jetzt konnte sie bei Adam anrufen und alles auf den Tisch bringen. Ihn dazu bewegen, einzulenken und Pasi wieder als Tochter in sein Leben aufzunehmen. Vernünftig und versöhnlich mit ihm reden, ihn fragen, wie es ihm gehe, ob sie etwas für ihn tun könne. Ihr Atem ging schnell, als sie die Nummer wählte. Es war besetzt. Na, dann. Da konnte man nichts machen. Morgen, morgen würde sie es wieder versuchen. Nein, übermorgen, denn morgen hatte sie vielleicht zu viel zu tun.

16

Helene hat Angst vor ihrer Libido und schreibt einen anredelosen Brief an das Objekt ihrer Begierde, welcher sie nachts auf die Straße treibt

»Lieber Olaf«. Nein, urteilte Helene, das klingt wie Poesiealbum. »Mein lieber Olaf«. Zu intim. Vielleicht sogar antiquiert. »Liebe Helene« hatte Olaf auf seine Postkarte vom Bodensee geschrieben, also warum nicht »Lieber Olaf«? Andererseits schrieb sich »Liebe Helene« wesentlich flüssiger und viel natürlicher als »Lieber Olaf«. Hieße Olaf Pierre, so wie Michel Piccoli in diesem schönen Film mit Romy Schneider, dann wäre es etwas anderes. Dann könnte man das Wort »Lieber« sogar ganz weglassen. Alles, was man mit einer Anrede sagen konnte, wäre bereits enthalten, wenn Olaf Pierre hieße. Bei dem bloßen Gedanken an »Pierre« wurde einem schon ganz warm. Aber »Olaf«? Die Falafelbude um die Ecke und der Libanese hinter der Theke kamen ihr in den Sinn.

Ein deutlicher Vorteil Olafs gegenüber Pierre war aber doch, dass Olaf nicht verheiratet war, sie eingeladen hatte und, ganz entscheidend, noch lebte. Ein weiterer Nachteil, neben der Sache mit dem Namen, dass Helenes Herz lediglich ein bisschen in ihrem Hals klopfte, wenn sie sich die Wochen mit Olaf vorstellte. Es raste nicht – vielmehr nahm sie etwas wahr, das sie fast schon vergessen hatte, etwas rein Körperliches nämlich, wenn sie mutig und ehrlich genug war, sich das einzugestehen. Aber das reichte nicht. Ein bisschen Liebe war so gut wie keine.

Woche für Woche predigte sie, man solle Gefühle nicht heucheln, sich erfühlen – wirklich, ein blödsinniges Wort – und danach handeln, sah aber selbst einem schnöden Lustsommerurlaub entgegen. Das, liebe Helene, dachte sie, tut man nicht. Obendrein war sie seit heute Morgen – seit sie die Resultate ihres Besuches im »Lass waxxen« schmerzhaft deutlich bemerkt hatte – überzeugt, überhaupt nicht an den Bodensee und eigentlich rein gar nichts von Olaf zu wollen. Liebte sie ihn tatsächlich – und das wäre ja wohl die Voraussetzung dafür, fünf Sommerwochen mit ihm zu verbringen –, dann müsste sie doch bei dem Gedanken an ihn innerlich verbrennen, anstatt an Falafel zu denken. Ja, Herz statt Körperrasen müsste sie empfinden, lodern müsste es.

Tat es aber nicht. Olaf war aufrichtig und hatte Aufrichtigkeit verdient. Vielleicht ersehnte Olaf sich viel mehr, als Helene zu geben bereit war. Dann wäre es unehrlich und ordinär, ihn fünf Wochen lang wie eine Kuh zu melken. Wenn es ihm dagegen lediglich um die Fortsetzung einer alten Kollegenfreundschaft ging, wäre alles gut. Die Pickel in ihrer Bikinizone würden ihn nicht die Bohne interessieren. Herrlich entspannt wäre das. Und verflucht enttäuschend. Nach dem ganzen Affentheater der letzten Tage wäre ein rein freundschaftliches Verhältnis nicht zu ertragen. In einem solchen Fall bliebe ihr nur, so zu tun, als habe sie ganz und gar nichts anderes erwartet, geschweige denn gehofft, und wochenlang eine kollegiale bis freundschaftliche Miene aufzusetzen. Olaf würde ihr von seiner neuen Freundin, die gerade fünf Wochen beruflich in New York oder Shanghai war, erzählen. Für eine Mode- oder Kosmetikfirma. Oder als Champagnervertreterin. Nein, diese Schmach würde sie sich ersparen. Und überhaupt: Olaf wohnte weit weg. Was sollte sie letztendlich mit ihm? So toll war er nun auch wieder nicht.

Helene beschloss, zunächst den Text zu schreiben und sich

anschließend noch einmal Gedanken über die Anrede zu machen.

»... es tut mir sehr leid, dass ich es nicht möglich machen kann, Dich mit den Jungs zu besuchen. So gern ich es würde! Ich weiß, ich hatte schon so gut wie zugesagt, aber meistens kommt es anders, als man denkt. Es ist wirklich wie verhext. Moritz müssen in drei Wochen die Mandeln entfernt werden. Es ist einfach zu arg mit seinen ständigen Anginen – gerade kämpft er wieder mit einer –, und nun haben wir ausgerechnet diesen Termin bekommen, den wir wahrnehmen müssen, da der nächste im September läge. Das ist aber längst nicht alles: Fabian hat sich beim Fußballspielen so unglücklich den Fuß verstaucht, dass er in den nächsten vier Wochen überhaupt nicht auftreten darf. Er läuft entweder auf Krücken oder liegt – meistens – auf der Couch, der Arme. Noch dazu habe ich drei neue Patienten, die unmöglich fünf Wochen lang auf ihre Therapie verzichten können. Wirklich schwere Fälle. Man müsste das Schlimmste befürchten, ließe ich sie jetzt allein. Du siehst, ich bin mehr als eingespannt, und Du kannst mir glauben, dass mir das gar nicht passt. Ich hatte mich schon sehr auf lustige und erholsame Wochen ...«

Hier stockte Helene – »bei Dir«? »mit Dir«? Die Antwort war teuer. Sie hatte sich auf Olaf gefreut, mit oder ohne Bodensee, auf sein Schlafzimmertrampolin, auf sein Gesicht, seine Witze. Auf ihn als Mann. Auf Sonnenuntergänge und Rotwein, mit ihm, nicht bei ihm. Und nun? Wie diesen Brief beschließen? Hätte Olaf doch wenigstens eine winzige Andeutung gemacht, als was er sie erwartete. Als nette alte Kollegin? Hatte er gerade kein Mädchen zur Hand, das ihm seinen Sommer versüßte, und wollte aus der Not eine Tugend machen, indem er sie einlud, um mit ihr über Berufliches zu reden? Schlimm hätte sie das nicht gefunden, wenn von Anfang an nichts anderes im Raum gestanden hätte. Sie hätte sich einfach ihre Kinder geschnappt und wäre Richtung Süden gefahren – entfesselt, frei und mit Haaren an den Beinen einem langen Urlaub entgegen. Aber nun war es zu etwas anderem geworden, zu einem Problem nämlich.

Welcher Blick, welches Wort, welche Geste hatten sie nur dazu verleitet, alle Zeichen auf Sturm zu stellen und sich einer selbstverleugnerischen Quasi-Garbo-Prozedur zu unterziehen, die aus ihr einen mehr oder weniger weiblichen Quasimodo gemacht hatte?

»... am Bodensee gefreut. Wir sehen uns ja hoffentlich auf dem Kongress im Oktober? Bis dahin sei herzlich gegrüßt von Helene, Moritz und Fabian.«

Wie klein von ihr, dachte sie, ihre unschuldigen Kinder in absentia mitgrüßen zu lassen.

Es war elf Uhr durch, die Kinder schliefen seit zwei Stunden, als Helene sich auf den Weg zur Post machte. Der Briefkasten wurde noch einmal um Mitternacht geleert, und so würde Olaf vielleicht morgen schon lesen, was sie ihm notvorgelogen hatte. Je eher, desto besser. Die Nacht war warm, immer noch lag die Temperatur bei gut 26 Grad. Die hautfreundliche Luft roch nach einem Gemisch aus Rosen, Hundehaufen und dem frischen Putz, der der Vergänglichkeit der barocken Pracht seit zweihundertfünfzig Jahren unermüdlich entgegengesetzt wurde, und ließ »Lass waxxen« praktisch vergessen. Bewusst und möglichst gleichgültig an ihren morgigen Tagesplan denkend, ließ sie den Brief in den gelben Kasten gleiten.

Helene atmete lang aus und entschied zum ersten Mal seit Beginn ihrer Mutterschaft, es sei wohl nicht so schlimm, die Jungs noch ein Stündchen allein zu Haus zu lassen. Sie könnte bei Hassan hineinschauen und sich Falafel im Brot bestellen. Obwohl sie längst gegessen hatte, Falafel nicht mochte und auch nicht wusste, wie sie diesen ungewöhnlichen Abstecher rechtfertigen sollte. Und Hassan würde danach fragen. Also schlenderte sie ohne Ziel durch die gefälligen Straßen.

Es war Mitternacht, die Kirchturmuhr tat es kund. Jetzt ging der Brief auf Reisen. Frei wie ein Vogel war sie. Wie ein Vogel Strauß, den Kopf im Sand und flugunfähig. Sie ging im Geiste die letzten elf Jahre durch und kam auf keine einzige Nacht, die sie nicht zu Hause verbracht hatte – von Familienurlauben und einigen berufsbedingten Aushäusigkeiten einmal abgesehen. Immer hatten Herrmann und sie die Kinder bei sich gehabt, wenn sie irgendwo eingeladen gewesen waren, und selbstverständlich vor Mitternacht den Heimweg angetreten. Sie zumindest. Herrmann war oft noch geblieben und erst im Morgengrauen zurückgekehrt, denn je später der Abend ... jaja.

Weiß der Kuckuck, wie viele Frauen es waren, die ihren Ehemann ohne Plüschtier und heißen Kakao zur Nacht hatten erleben dürfen, während sie zu Hause den Schlaf der Kinder bewacht und für Herrmann noch eine Thermoskanne befüllt hatte. Es schüttelte Helene bei dem Gedanken an heißen Kakao. Wie viele mögen es gewesen sein, deren Spitzen-BHs er bewundert und mit den Zähnen geöffnet hatte? Und wieso hatte sie sich eigentlich nie dafür ins Zeug gelegt, selbst diejenige zu sein, die vergöttert und begeistert umgarnt wurde? Wie hatte sie bloß verkennen können, welche Rolle sie in Herrmanns Leben von Anfang an eingenommen hatte? Mein Gott, sie hatte das alles studiert und zu Hause den Wald vor Bäumen nicht gesehen. Und jetzt, jetzt war sie frei, war zum ersten Mal um diese Stunde unterwegs, in einer kolossalen Nacht wie dieser, und trottete allein in Birkenstocks und mit Pusteln übersät durch die Straßen. Wie eine alte Katze auf der Suche nach einer gelähmten Maus. Passte am Ende alles ins Bild? War sie feige, ein Wicht, ein Nichts?

Olaf hatte von kitschigen Sonnenuntergängen gesprochen. Das tat man nicht gegenüber Kumpels. Verflucht, dachte sie, einen Tag lang wollte sie Patientin sein und all das, womit sie nicht klar kam, all ihre furchtbaren Erlebnisse mit jemandem besprechen. Doch es gab nichts zu besprechen, nichts aufzuarbeiten. Da waren keine furchtbaren Erlebnisse, und beinahe bedauerte sie diesen langweiligen Umstand.

Sie arbeitete Tag für Tag auf, was sie nichts anging. Die Abenteuer, die das Leben möglicherweise zu bieten hatte: Secondhand-Abenteuer, nicht ihre. Die Abgründe, die sich auftun konnten: Sie würde nicht hineinstürzen. Die Berge, die man erklimmen konnte, wenn man mutig war: ihre Sache nicht. Und nun hatte sie Olaf abgesagt – wie kreuzdumm sie doch war! Was sagte sie immer zu ihren Patienten? Überlegen Sie, was das Schlimmste ist, das passieren kann, und Sie werden sehen, so schlimm ist es gar nicht. Haha, sehr schlau, dachte sie. Was wäre wohl Schlimmes passiert, wenn sie zugesagt hätte? Sie waren wirklich zu beneiden, ihre Patienten, die stets eine plausible Ausrede für das ungezügelte Ausleben ihrer Schrullen parat hatten, wahlweise für das verkrampfte Nichtausleben.

Helene blieb stehen und legte den Kopf in den Nacken, um die Sterne zu betrachten. Pierre, mon cher ami, tu me manques ...

Nur dreißig Meter weiter zischelten die Bäume, unüberhörbar für Marie: Schlampe, elende! Einen ganzen Abend hatte sie mit Herrn August Graf von W. verbracht, hatte stundenlang mit ihm auf der Terrasse eines noblen Restaurants gesessen, Hummer gegessen, später Rotwein getrunken, vornehm gescherzt, Zigarillos geraucht, angeregt über Musik und Literatur geplaudert und ihn schließlich da gehabt, wo er hingehörte: auf ihre Liste. Kennengelernt hatte sie ihn vor Jahren in der Wiener Oper, wo er ihr beim Durchschreiten der Sitzreihe derart auf ihren hellgrauen, spitzen Seidenschuh getreten war, dass sie nicht umhinkonnte, sich seiner noch einige Zeit zu erinnern. In der Pause war sie nicht fähig gewesen, ihm ihre Telefonnummer vorzuenthalten. Nun war er hier, hatte der Taufe eines Enkels beigewohnt und der Verwandtschaft erklärt, den Abendflieger noch erwischen zu müssen.

Ich bin ein silbern glänzender Abendflieger, dachte Marie, als sie mit Herrn von W. vor dem Eingang des Hotels stand und im Begriff war, ihn hinaufzubegleiten. Auf gutes Aussehen, relative Jugend und eine gesunde Halbbildung konnte man sich doch immer verlassen. Alles in allem eine feste Größe, mithilfe derer man selbst den Papst herumkriegen konnte, wenn man es darauf anlegte. Wie einfach es doch war, in weniger als einer Sekunde mit den Augen ein Versprechen abzugeben, dem sich nicht einmal der standhafteste Ehemann entziehen konnte. Und wie gähnend langweilig auf Dauer.

Herr von W. war bis auf seinen Vornamen stinklangweilig, fand Marie, und bekam Lust auf eine Wette mit sich selbst. Ein paar wohlgesetzte, von dem sauberen Herrn vermutlich nie zuvor gehörte Worte gekonnt ins gräfliche Ohr gehaucht, und er würde ihr in spätestens einer Stunde sein gesamtes Vermögen überschreiben. Den Löwenanteil würde sie selbst behalten, ein bisschen was Herrn von W. wieder zurückgeben, damit er das städtische Altersheim bezahlen und ab und zu noch in eine Trinkhalle gehen konnte, mit einem beträchtlichen Teil die Killer im Hunsrück bezahlen und den verbleibenden siebenstelligen Betrag an die Leute von Greenpeace schicken, damit sie weiterhin leckere Hummer retteten.

Leider wurde dieser launige Gedanke jäh unterbrochen, als Marie die braunen Birkenstocks auf sich zukommen sah. So wie sie da stand, die eine Hand von der Krawatte des Herrn von W. mehrmals umschlungen, mit der anderen ein Zigarillo in die Höhe haltend, wäre sie gerne in einem Vulkankrater verschwunden, der jedoch – wie immer, wenn man etwas ganz dringend brauchte – nicht zur Stelle war.

Helene sagte nichts, sondern sah Marie nur fest in die Augen, so beinhart, dass diese sich zum Kampf rüstete.

»So eine Überraschung!«, rief Marie und versuchte, um ihre abscheuliche Verlegenheit zu verbergen, ihrer Stimme etwas Unbesiegbares zu verleihen. In unnötig scharfem Tonfall stellte sie die beiden einander vor: ihren Fluggast mit vollem Namen und Titel, Helene lediglich mit »meine Therapeutin«, kein Doktor, kein Name.

Herrn von W. war die Situation nicht unangenehm. Er war gut erzogen und fing mit Helene einen unverfänglichen Smalltalk an. »Ah, das ist interessant. Und Sie genießen ebenfalls die schöne Sommernacht?«

»Nein«, erwiderte Helene kaltherzig, »ich bin Psychiaterin und gehe nachts immer hinaus, um nachzusehen, was meine suizidgefährdeten Patientinnen mit Vaterkomplex so treiben. Manchmal, so wie jetzt, erwische ich eine. Und die Tatsache, dass meine Patientin hier mit Ihnen steht und Sie wahrscheinlich längst um den verlogenen Finger gewickelt hat, vervollständigt ein Bild. DAS ist interessant! Tja.«

»Ach«, vermerkte August Graf von W. Er blickte konsterniert auf Helene, die, erschrocken über ihr Vorpreschen, zu einer Salzsäule erstarrt schien, dann auf Marie, die auf ihre Schuhspitzen glotzte, dann auf seine Armbanduhr und verabschiedete sich in aller Form mit zwei gehauchten Handküssen, wobei er zweimal eine gute Nacht wünschte.

»Mann, muss das frustrierend sein, als chancenloses Mauerblümchen nachts durch die Stadt zu trotten, was? Ich wusste es von Anfang an: Sie sind gehässig, und Sie haben niemanden, der Sie mal ordentlich bumst! Sie mischen sich überall ungefragt ein und markieren den hilfreichen Engel in Sandalen. Aber Sie dürfen sich nicht in alles einmischen! Das dürfen Sie nicht! Sie sind ein neidisches graues Nichts! Ein frustrierter, freudloser Blätterteig sind Sie! Sie gehören in eine Therapie! Was hat Ihnen der Mann getan? Nichts! Er stand nur hier mit mir und hat sich unterhalten. ›Meine suizidgefährdeten Patientinnen mit Vaterkomplex‹! Eine Anmaßung ist das! Das dürfen Sie überhaupt nicht hinausposaunen, und noch dazu ist es der größte Blödsinn! Ich werde Sie anzeigen, und dann vermittle ich Ihnen eine Stelle als Putzfrau!«

Helene hätte sich jetzt gerne an den Oberschenkelinnenseiten gekratzt, doch die Situation ließ das eindeutig nicht zu. »Jetzt halten Sie aber mal die Luft an. Erstens mische ich mich nicht ungefragt ein, denn schließlich sind Sie ja zu mir in die Praxis gekommen, damit ich mich einmische in Ihre Verkorksungen. Zweitens ist die Frage nicht, was mir der Mann getan hat, sondern was Sie ihm getan haben. Für Sie ist er nur ein seelenloses Vehikel, und es ist Ihnen vollkommen egal, wie es in ihm aussieht. Mir ist es übrigens auch gerade ziemlich egal. Drittens habe ich sehr wohl etliche Möglichkeiten, mich zu amüsieren. Viertens tun Sie sich mal keinen Zwang an, mich anzuzeigen. Nur zu!«

Hastig zog Marie an ihrem Zigarillo und deutete, während sie den Rauch ausblies, mit dem Kinn auf das Schummerlicht, das das Schild der »Bar Gauguin« auf die gegenüberliegende Straßenseite warf. »Und trotzdem hätten Sie vorher abbiegen können. Jetzt geht das Hummersterben nämlich weiter, Ihretwegen! – Gehen Sie mit mir einen Kir trinken. Da drüben, wenn man Sie überhaupt reinlässt in Ihren Latschen. Waren Sie denn schon mal in einer Bar?«

Damit hatte Helene nicht gerechnet. Sie spürte, dass sie provoziert werden sollte, ebenso, dass das bereits gelungen war. Zudem lehnten sowohl gesunder Menschenverstand als auch Berufsethos den gemeinsamen Barbesuch mit einer Patientin strikt ab. Doch die Urfrau in ihr bekam Oberwasser.

»Gut, trinken wir etwas, ich denke schon, dass man mich da reinlässt. Und morgen können Sie mich ja immer noch anzeigen«, erklärte Helene, überzeugt, das Richtige im falschen Leben zu tun und gleichzeitig das Gegenteil.

17

Eine verqualmte Bar bietet Raum für Helene, unter anderem etwas über Neotonie bei Schwanzlurchen und das Rückwärtslesen zu erfahren

Marie klingelte, woraufhin ein brutale Verlässlichkeit ausstrahlender Zweimetermann mit Glatze und dicker Goldkette die schwere Tür öffnete. Nach zwei prüfenden Blicken setzte seine erstaunlich piepsige Stimme an, »Tut mir leid, wir sind voll« zu sagen.

Schon hatte Helene ihren Fuß in der Tür, sah den Gorilla gnädig an, als wolle er etwas von ihr und nicht umgekehrt, streckte sich zu seinem Gesicht empor und flüsterte ihm etwas ins Ohr. Nach etwa zehn Sekunden erschien der russische Herr des Hauses persönlich am Eingang, umarmte Helene aufrichtig herzlich, jede Menge freudige Begrüßungen brüllend, schob sie hinein und ließ, Marie ignorierend oder nicht bemerkend, die schwarz glänzende Stahltür wieder ins Schloss fallen.

Wenn ich mich tatsächlich umbringen will, dachte Marie, dann ist jetzt der richtige Zeitpunkt, auf der Straße vor einer geschlossenen Bartür stehend. Die Tür war zu, hatte Latschen hinein- und Stringpumps draußen stehen gelassen. Verkehrte Welt oder das wahre Leben? Wenn Kleider keine Leute mehr machten, dann gute Nacht, konstatierte sie. Diogenes war schließlich lange tot.

»Kommen Sie doch!«, flötete Helene, der hilfreiche Engel in Sandalen, in der wieder offenen Tür lehnend. »Dima, wir nehmen zwei Kir Royal, wenn du so nett wärst.«

Marie war gepeinigt worden und empfand sich wie ein stümperhafter Klon ihrer selbst, was aber keineswegs ihre Geistesgegenwart schmälerte. »Für mich einen Kir, keinen Kir Royal! Und kippt da ja nicht euren ekligen Chardonnay rein, ja!«

Einige klebrige Sekunden lang standen Helene und Marie wie zwei Schulkameradinnen, die sich nicht leiden können, nebeneinander – Marie bemüht, lässig und überlegen zu wirken, Helene lässig und überlegen. Sie berührten sich ganz leicht an den Oberarmen. Weder die eine noch die andere machte Anstalten, diesen einen Zentimeter, der genügt hätte, diese Berührung zu beenden, zur Seite zu treten.

»Fauteuil oder Barhocker?«, fragte Helene.

»Sessel, da, die Ecke«, entschied Marie ruppig. Sie wollte nicht mit einer Frau in Birkenstocks an der Bar sitzen. »So, Sie kennen also Dima, ja, gehen hier aus und ein, oder was?« Marie musste das jetzt sofort wissen und konnte nicht darauf warten, dass ihr das Geheimnis dieser Bekanntschaft im Laufe des Abends von selbst aufgehen würde.

»Da sind Sie platt, nicht wahr?«

»Nein, bin ich nicht. Also, warum kennen Sie den?«

Helene lächelte Marie an, tat einen langsamen Wimpernschlag und deutete ein winziges Kopfnicken an, als wolle sie sagen: Siehst du, nun habe ich dich. »Dima war einmal zum richtigen Zeitpunkt an der richtigen Stelle, als nämlich Fabian mit seinem Fahrrad auf den Straßenbahnschienen lag, die Straßenbahn in voller Fahrt noch zwanzig Meter entfernt. Dima setzte zu einem Hechtsprung an und riss meinen Sohn samt Fahrrad von den Schienen. Und hätte Dima nur eine halbe Sekunde lang gezögert, dann ...«

»Ah, ja. Und wo waren Sie bei dem Spektakel?«

»Ich saß auf meinem Fahrrad und drehte mich gerade zu Fabian um.«

»Klingt irgendwie unglaubwürdig.«

»Es ist so wahr, wie es wahr ist, dass es Dinge zwischen Himmel und Erde gibt, die wir weder sehen noch verstehen.«

Marie rollte angeekelt mit den Augen und rückte Gläser und Aschenbecher zurecht.

»Warum müssen Sie gleich mit diesem Eso-Mist kommen? Jetzt, wo Sie mal die Chance haben, in einer vernünftigen Bar zu hocken und Kir zu trinken? Ach nein, Sie haben ja Kir Royal bestellt, ein Gernegroß-Getränk übrigens. Passt gar nicht zu Ihnen.«

»So, was für Getränke passen denn zu mir?«

»Tee. Vielleicht auch Kefir. Jedenfalls keine Gernegroß-Getränke. Leute, die Kir Royal bestellen, haben nur zu viel ferngesehen. Ein völlig bescheuertes Getränk. Na, egal, trinken Sie ruhig Kir Royal und danach einen Kir. Sie werden schon sehen, was vornehmer ist. Na ja. Und? Freuen Sie sich schon auf Hollywood?«

»Sie werten sehr schnell ab, ist Ihnen das schon mal aufgefallen? Ich höre immer nur Negatives von Ihnen. Und sobald Sie einmal etwas positiv sehen, machen Sie es im nächsten Augenblick wieder kaputt. Wissen Sie, was ich bei Ihnen vermisse? Eine positive Konstante.«

Marie ließ ihren Blick durch die Bar schweifen und stellte beruhigt fest, dass sie niemanden kannte. »Und Sie beantworten meine Frage nicht. Ob Sie sich auf Hollywood freuen? Waren Sie eigentlich im ›Lass Waxxen‹?«

Helene hatte nicht vor, mit Marie über Olaf zu plaudern oder über ihre Pusteln. Das heißt, sie hätte schon gerne mal mit jemandem darüber gequatscht – wobei ihr wieder einmal auffiel, dass sie entschieden zu wenig Leute zum Quatschen hatte –, aber so viel Intimität gegenüber einer Patientin zuzulassen ängstigte sie.

»Das soll jetzt hier nicht Thema sein. – Also gut, ich fahre nicht, habe einfach zu viel zu tun. Und dann die Kinder. Ja, und – die Kinder. Ist ja manchmal schon sehr stressig, kennen Sie ja.«

Und schon hätte Helene sich gerne in den Hintern getreten. Was für ein dämliches Geblubber sie vom Stapel ließ, außerdem hatte sie doch ihre Privatangelegenheiten hier heraushalten wollen. Marie sah sie gerade so durchdringend an, als hätten sie soeben die Rollen getauscht.

In einem Anflug von Feinfühligkeit verzichtete Marie angesichts Helenes offensichtlicher Unsicherheit auf weitere Bohrungen in Sachen Hollywood.

»Jaja, die Kinder. Ich versteh schon. Sind ganz schön positive Konstanten, stimmt's? Ich habe übrigens außer meinen Kindern etliche positive Konstanten in meinem Leben. Also machen Sie sich um *meine* mal keine Sorgen. – Ist das eigentlich in Ordnung, dass wir hier so zusammensitzen und Kir beziehungsweise Gernegroß trinken? Ich meine, ist das nicht total unprofessionell?«

»Tja, da sagen Sie was.«

Helene fuhr sich mit beiden Händen durch die Haare und gab damit für einen Moment ihre Stirn frei, die Marie verblüffte, da sie so hoch, glatt und ebenmäßig war. Doch nicht nur Helenes Stirn, sondern ihr ganzes Gesicht, das Marie gewissermaßen zum ersten Mal sah, fand sie frappierend schön. Es war nicht claudiaschifferschön, nein, viel schöner, jodiefosterschön, dachte Marie, schön und klug – und kam gänzlich ohne Schminke aus.

»Eigentlich ist es ganz und gar falsch, dass wir hier sitzen. Ich hätte das auch von mir aus nie angeregt, und vielleicht hätte ich es sogar ablehnen und besser nach Hause gehen sollen. – Na ja,«, Helene zog nonchalant ihre linke Schulter hoch, »andererseits geschehen Dinge nun einmal, wer weiß schon immer, warum, und in meiner Eso-Welt habe ich gelernt, auch Ausfallschritte mit Gelassenheit zu gehen.«

Das traf schon zu, meistens jedenfalls, dachte Helene und nippte an ihrem Kir Royal. Heute war es die reinste Heuchelei, war sie doch schon zum zweiten Mal an diesem seltsamen Tag alles andere als gelassen.

Sosehr Marie selbst nach Gelassenheit suchte, sosehr langweilten sie Menschen, die immer gelassen waren und sich nie aus der Reserve locken ließen.

»Soso, Sie sind also stets gelassen und höflich, ja? Da sind Sie ja eine ganz Feine. Ich will lieber nicht wissen, was Sie wirklich von mir halten. Was halten Sie eigentlich von mir? Gerade jetzt, in diesem Augenblick? Immerhin bin ich verheiratet und habe relativ kleine Kinder – da sollte ich doch nach Ihrem Ermessen wahrscheinlich nicht nachts mit irgendeinem Mann vor einem Hotel stehen und mich in seiner Krawatte verheddern, oder? Ist doch ganz schön schlampenhaft, nicht? – Noch einen Kir, bitte. Keinen Kir Royal, einen Kir, Kir! Und keinen Chardonnay! Manchmal hat man das Gefühl, in dieser Stadt gibt's nur noch Schwule. – Würden Sie doch bestimmt nie tun, stimmt's? Sagen Sie's ruhig!«

»Also, wissen Sie«, Helene richtete sich in ihrem Ledersessel auf, so gut es ging, »es geht ja weniger darum, was ich von Ihnen halte. Viel wichtiger ist, was Sie von sich halten. Das ist es! Ich verurteile Sie nicht, weil Sie da vorhin mit diesem Mann standen, der nicht Ihr Mann war und außerdem locker Ihr Vater sein könnte. Ich kenne Ihre Gründe. Und Bestrafung suchen Sie bei mir vergeblich. Sie«, und jetzt beugte Helene sich zu Marie vor, als wolle sie ihrer ärgsten Feindin ein Geheimnis anvertrauen, »Sie selbst verurteilen sich dafür, verletzen sich und andere immer wieder, bestrafen sich und jeden Mann, den Sie treffen, und wollen nicht einsehen, dass Ihre Ursehnsucht nicht erfüllt werden wird. Auf dieser simplen Erkenntnis können Sie aufbauen! Und wenn –«

»Das wissen Sie doch gar nicht«, fiel Marie Helene ins Wort. »Vielleicht will ich ja einfach nur ein bisschen Spaß. Ist doch nicht verboten.«

Hier lachte Helene auf, wobei sie sich ruckartig zurück in die Sessellehne warf.

»Spaß! Spaß? Es macht Ihnen doch keinen Spaß! Sie sind auf der ewigen Suche nach dem, der Sie verlassen hat, und jeder, der sich nicht als derjenige herausstellt, den Sie suchen, wird bestraft, hintergangen, belogen, mit Forderungen belegt, die er nie und nimmer erfüllen kann. Sie spielen ein trauriges Spiel ohne Gewinner, bei dem vor allem Sie auf der Strecke bleiben! Am meisten bestrafen Sie damit sich selbst, denn Sie verachten sich dafür. Das Paradoxe daran ist, dass Sie darum betteln, immer wieder bestraft zu werden. Das Glück darf Ihnen nicht in die Quere kommen, denn dann müssten Sie zugeben, dass Sie nach dem Heiligen Gral suchen. Ich sage es noch einmal: Wenn es tatsächlich Spaß wäre, den Sie nachts vor einem Hotel suchen, wäre es absolut in Ordnung.«

Helene beugte sich wieder vor und griff nach Maries Handgelenk, das reflexartig zu einem Sprung ansetzte, jedoch, als es festgehalten wurde, nachgab.

»Spaß ist gut. Spaß ist relativ und individuell. Selbstbetrug ist nicht gut. Sie verlieren noch viel mehr, nämlich sich selbst, wenn Sie nicht in dieser einen Sache aufrichtig sich selbst gegenüber werden.«

Marie maß mit den Augen die Maserung der Tischplatte. »Eine schöne Kombination, oder? Das ist Walnuss. Die Spiegelmosaiken dazu – ganz schick, oder? Jedenfalls für einen

Russen. Meinen Sie, Ihr Herr Kinderretter hat das selbst ausgesucht? Ihres guten Geschmacks wegen fallen die Russen doch eher selten auf. Nein, hat er nicht. Auf keinen Fall. Wir könnten ihn ja mal fragen. Was lesen Sie eigentlich gerade?«

Helene zog ihre Hand zurück und setzte ihr Psychotherapeutenlächeln auf – ein schwach ausgebildetes Lächeln, eher mit den Augen als mit dem Mund, irgendwo angesiedelt zwischen potenzieller Vertrautheit, Ernst und wohlmeinender Überlegenheit. Das sollte genügen, für heute allemal, dachte Helene.

»Oh, das wird Sie freuen: Ich lese gerade ›Ein Lesebuch mit Bildern‹ von Alice Schwarzer und Simone de Beauvoir.«

»Ach du heilige Scheiße, pardon, hört sich nach einer Lose-Lose-Situation an, ich lach mich schlapp!«

»Sage ich doch: Das freut Sie. Und Sie? Was lesen Sie im Moment?«

Maries eben noch leicht boshaftes, gleichwohl gewinnendes Lachen verwandelte sich in ein fadenscheiniges Ertappt-Grinsen.

Notlügen waren doch wohl erlaubt und gesellschaftlich sanktioniert, überlegte Marie. Um Zeit zu gewinnen, nahm sie einen veritablen Schluck Kir und zündete sich ein Zigarillo an. Durch den abschirmenden Rauch hindurch musterte sie Helene und schenkte ihr ein berauschtes Lächeln, und auch diese nutzte offenbar die Sicherheit des Nebels zwischen ihren Gesichtern, um es wärmstens zu erwidern. Na gut, dachte Marie, warum nicht die Wahrheit, halb drei ist wohl eine akzeptable Zeit dafür, in vino veritas, haha.

»Also. Heute habe ich die Seiten 29 bis 15 aus ›Das Schweigen des Meeres‹ gelesen, gestern die Seiten 35 bis 9 von ›Ich und Kaminski‹, womit es dann ausgelesen wäre, weil es nämlich erst auf Seite 9 beginnt, vorgestern die Kapitel 35 bis 31 aus ›Don Quijote‹, ein super Riemen übrigens, am Tag davor das letzte Kapitel von ›Jenny Treibel‹, am Tag davor ein Mode-Special über die sogenannte Stil-Ikone Lady Di, nachmittags im ›Pschyrembel‹ über Dipsomanie und Vitamin K, das ja seltsamerweise völlig unter- und gleichzeitig überschätzt wird, und davor im Tierlexikon was über Grottenolme, die – wussten Sie das überhaupt? – neoten sind, weil eine vollständige Metamorphose überhaupt nichts bringen würde, und am Tag davor habe ich mir nur die Zeichnungen im ›Sekondeleutnant Saber‹ angesehen. – Gar nichts! Also die Metamorphose, gar nichts würde die bringen für die Grottenolme, und deswegen verzichten sie schlichtweg darauf. Manchmal glaube ich, mich auch ewig im Larvenstadium zu befinden. Wäre ja eine elegante Erkenntnis, muss ich sagen. Das müssten Sie doch jetzt bestätigen. Ich meine, nicht nur ich – stellen Sie sich mal vor, wir alle wären Larven. Auf einen Schlag könnten sämtliche Klapsmühlen dichtmachen. Wer schickt schon Larven zur Psychoanalyse oder in die Klapper? Na, egal. Morgen will ich das vorletzte ›Treibel‹-Kapitel lesen. Wissen Sie eigentlich, nach wem der Cocktail ›Bloody Mary‹ benannt wurde? Und sagen Sie jetzt nicht: Mary Stuart. Damit lägen Sie vollkommen falsch.«

»Sie lesen also mit Unterbrechungen? Jeden Tag ein bisschen aus einem anderen Buch, und dann rückwärts?«

»Ja. Warum nicht? So weiß man, wenn man vorne ist, doch bereits, was einen zum Schluss erwartet! Oft ist es auch viel weniger traurig, mit dem Beginn eines Buches das Buch ausgelesen zu haben, zum Beispiel bei ›Effi Briest‹ oder der Biografie von Marie Antoinette. Überlegen Sie mal, Sie werden als Leser fast immer in eine heile Welt entlassen. Und außerdem fallen Sie nicht in diese verdammte Leere, die ein ausgelesenes Buch immer hinterlässt, weil diese markverzehrende Geste Letzte-Seite-Buch-zu ja wegfällt. Wissen Sie, was ich meine? Oder sind Sie da auch immer ganz gelassen, wenn zum Beispiel Effi Briest mit nicht einmal dreißig ... oder Gabriel Bagradian da auf dem Berg hockt – wenn ich daran nur denke. Ich sag Ihnen, die Art, wie die meisten Leute lesen, ist total unmenschlich, masochistisch! Davon abgesehen, dass das ja jeder kann, so von vorne nach hinten lesen. Klar, die meisten Menschen sind zu faul oder zu dumm oder beides, mal um ein paar Ecken zu denken. – Na ja, ehrlich gesagt, habe ich neulich ein Buch vorwärts gelesen, und was soll ich sagen? Es ging zwar, aber irgendwie war es auch langweilig, ich kam mir eigentlich blöd vor.«

Nach dieser ungewohnt maßlosen Zufuhr von Alkohol verzeichnete Helene einen Schwips und lachte einfach, was sie sich, säße sie dieser lockeren Schraube jetzt in ihrer Praxis gegenüber, sicher verkniffen hätte. Sie bestellte sich einen Kir und dazu ein stilles Wasser. Die Wärme, die Marie so plötzlich und freiwillig abgab, ließ Helene die Stimmung als regelrecht gemütlich empfinden. Die Argumentation und der kindliche Eifer, mit dem Marie sich verteidigte, gefielen ihr durch und durch, und sie bedauerte es, ihre Promotion längst hinter sich gelassen und damals ein im doppelten Sinne freudloses Thema gewählt zu haben.

»Und die Bücher, in denen Sie gerade lesen – liegen die alle queuzunkrer ... ähm, kreuz und quer so auf Ihrem Wohnzimmertisch oder auf dem Nachtschisch? Also, ich habe auch mehrere Bücher an meinem Bett, aber bei Ihrem Wusch ... Wunsch nach äußerer Ordnung wunnert mich das.«

»Gott bewahre! Sie stehen natürlich im Regal. Ich nehme eines heraus, setze mich hin, lese darin, und dann stelle ich es wieder ins Regal, wo es hingehört. Der ›Pschyrembel‹ und der ›Faust‹ sind die Ausnahmen. Der ›Faust‹ darf immer im

Sommer mit in den Garten, und der ›Pschyrembel‹ ist mein Unterwegsbuch. Der ist immer in meiner Handtasche.«

»Sie laufen immer mit dem Schüremmel rum? Der iss doch siemlich dick und schwer!«

»Nein, das geht schon. – Hier, sehen Sie, so groß ist der gar nicht. Ich meine, Unterarmtäschchen kann man halt nicht tragen, aber hier, in eine normale Handtasche passt der doch ganz prima. Früher hatte ich immer das ›Köchelverzeichnis‹ bei mir, das ist schwer! Ich sag Ihnen, da bin ich richtig froh, das ausgelesen zu haben. – Sagen Sie mal, sind Sie von dem einen Gernegroß eigentlich schon betrunken? Sie müssen das trainieren! Ich trinke jeden Abend eine Flasche Wein, gut verteilt über den Abend natürlich, nicht in einem Zug. Ja, das bringt's. Von nichts kommt nichts, oder?«, erklärte Marie, während sie Gläser und Aschenbecher auf dem Tisch wieder in Reih und Glied brachte.

Eine kleine Melancholie stahl sich an Helene heran, als ihr wieder klar wurde, wie wenig lustig diese gesamte Konstellation war und worin ihre eigentliche Aufgabe bestand. Melancholie zu dieser Stunde in einer Bar mit dieser Frau war nicht indiziert; diese »Sitzung« war zu beenden.

»Dima, lässu mich bidde bezahlen?«

Was dieser selbstverständlich ablehnte.

»Gehen Sie jetzt na Hause, und kommen Sie zu unserem Termin. – Sissie mit dem Auto hier?«

»Nein, ich nehme ein Taxi«, log Marie, etwas beleidigt angesichts des abrupten Aufbruches. Ihr fiel unangenehm auf, dass es das erste Mal in dieser Nacht war. Wurde sie etwa kriecherisch? Nachdem sie sich gestelzt von Helene verabschiedet hatte, die unter großem Getöse von Dima aufgefordert worden war, so bald wie möglich zu »kohmen wiederr«, sie habe hier »ihmerr Freikir, kanjeschno«, stieg Marie in ihr Auto und fuhr durch die Beinahedämmerung in Richtung Vorstadt, vorbei an schlafenden, illuminierten Prachtbauten und parkähnlichen Grundstücken, bis sie die heimatliche Holperstraße erreichte.

Sie stellte den Motor ab und ging zum Seeufer.

Gegenüber lag die kleine Kirche, die Persius im Auftrag des »Romantikers auf dem Thron«, wie die Doofen ihn liebevoll nannten, gebaut hatte. Der Campanile war im Nebel nicht zu erkennen, aber Marie sah ihn, denn er war da. Verwirrt, gequält, aber unbestimmt gelöst, fühlend, es könne alles gut werden, beschloss sie, nie wieder Mozarts »Requiem« zu hören und ihren gesamten Schmuck in die Mülltonne zu werfen.

18

Martin sucht bei einer Freundin Zuflucht,
Marie entledigt sich ihres Schmuckes und eines Requiems,
Helene treibt neuerdings die Freundschaft um

Es war kurz nach vier Uhr morgens. Martin saß auf der Terrasse, trank Kaffee und las im Opernführer.

Marie setzte sich auf die Gartentreppe und drehte ihm den Rücken zu. »Was liest du?«

»Ich versuche, den ›Ring‹-Plot zu verstehen.«

»Oh, Gott, wieso das denn?«

»Weil ich nächste Woche den ›Ring‹ sehe, den ganzen.«

Marie drehte sich im Aufstehen um, postierte sich schräg links neben Martin und zog die Brauen zusammen. »Wie, du siehst den ›Ring‹?«

»Mit meiner Freundin. Sie liebt Opern.«

»Ach. Deine Freundin, ja? Und sie liebt Opern!«

»Ja, sehr.«

»Ah ja, ist ja interessant. Das freut mich aber für dich, dass du eine Freundin hast! Aber sonst hast du noch alle auf der Latte, ja?«

»Aber ja! Ich dachte, du würdest es schon überstehen, wenn ich mich mal mit jemand anderem unterhalte. Waren das nicht in etwa deine Worte? Ist doch nicht schlimm, oder? Dieser ganze Monogamie-Mist – was soll der schon!«

»Wenn ich das sage, ist das etwas ganz anderes, als wenn du auf meiner Auffassung Trittbrett fährst, ja! Das Problem ist nämlich, dass du das gar nicht leben kannst, ich aber sehr wohl. Und weißt du was? Leute, die Opern lieben beziehungsweise Musik oder Malerei oder überhaupt Kunst, sind komplette Simpel. Ich meine«, Marie warf theatralisch die Arme nach oben, »was ist denn das für eine Aussage: Opern zu lieben. Es gibt himmlische und saumäßig schlechte Opern. Es gibt göttliche Musik und welche, die die Bezeichnung Musik nicht einmal verdient! Und wer nicht in der Lage ist zu differenzieren, der gehört eigentlich ausgeschlossen vom kulturellen Leben. Hat denn deine Freundin sonst noch irgendwelche Qualitäten? Mag sie vielleicht Reisen, Kino und Kinder? Oder Kekse?«

»Tja, wie soll ich es sagen, ohne dass du einen Weg findest, darauf herumzureiten. Ja, sie mag Kinder, hat selbst eines. Stell dir vor, sie liebt es nicht nur, sie kümmert sich auch darum, dass es ihm gut geht. Und zwar jeden Tag. Ungewöhnlich, stimmt's?«

Maries Ober- und Unterkiefer mahlten aufeinander, was man hätte hören können, wenn nicht inzwischen das ungeheuerliche Gebrüll der erwachten Vögel angehoben hätte.

»Du bist ja betrunken und deswegen so verletzend. Ekelhaft bist du, zynisch und nur sauer, weil ich weg war. Du hast gar keine Freundin, das bringst du gar nicht fertig. Du liebst mich! Verfallen bist du mir, du Idiot!«

Martin schlug den Opernführer zu, nicht ohne schnell noch die Regieanweisung des Meisters »Siegfried hält jauchzend das Schwert in die Höhe« zu belächeln, und war die Ruhe selbst. »Nein, Schnuckelpuppe. Ich bin nicht derjenige von uns beiden, der betrunken ist. Und verfallen! Verfallen war ich dir mal. Heute liebe ich dich nur noch. Ja, das ist so. Ich liebe dich. Aber ich muss mal Luft holen, eine Pause einlegen. Und jetzt setz dich und hör zu, ohne gleich auszurasten und mich anzupöbeln. Ich brauche mal einen Menschen um mich herum, verstehst du? Eine normale Frau, die spätestens um neun da ist, wenn ich mich mit ihr für acht Uhr verabredet habe. Eine, bei der ich davon ausgehen kann, dass sie einfach nur im Stau steht, anstatt sich eventuell gerade umzubringen. Eine, mit der ich Sex haben kann, ohne dass sie danach in Sagrotan badet, eine, der ich nicht ständig den Vergewaltiger machen muss, und, ja, eine, die ich mal anfassen darf, ohne dass sie gleich zurückzuckt. Eine, die nicht alles, was gut ist, mit Füßen tritt, die nicht alles negiert, was sie vor einer Sekunde noch wütend verteidigt hat. Eine, die nicht nachts um vier aufräumt und Büroklammern sortiert, eine, die nicht säuft. Ja, auch das. Und eine, die sich nicht vor einem Maikäfer, dem saubersten See des Landes und vor allem vor sich selbst ekelt. Verstehst du? Eine, die mir nicht immer ihre Kinder aufdrückt, weil sie depressiv in der Ecke liegt oder sich sonstwie und mit sonstwem amüsieren gehen muss, um sich zu betäuben.«

»Es sind auch deine Kinder, ja!«, fauchte Marie und brachte den Opernführer in einen rechten Winkel zum Terrassentisch.

»Du sagst es: auch! Und damit sind es auch deine! Sie brauchen mich und dich. Aber ich will nicht gehässig werden. Ich brauche einfach mal eine Pause und einen Menschen, der nicht nur erwachsen aussieht, sondern es auch ist. Einen, der nachts meistens schläft und nicht immer von Albträumen geschüttelt wird. Einen, der nicht immer nur Probleme hat. Und, ja, ich nehme dabei gerne eine gewisse Differenzierungsunfähigkeit in musikalischen oder literarischen Fragen in Kauf. Das tue ich, und es tut mir gut. Ausnahmsweise brauche ich mal Luft nach etlichen Jahren, in denen ich dich vierundzwanzig Stunden am Tag künstlich beatmet habe. Vielleicht zwei Wochen oder drei. Ich klinke mich einfach mal aus, sehe den ›Ring‹, und dann werde ich schon wieder nach dir lechzen, keine Sorge. Und sollte es zwischenzeitlich wirklich mal brennen, dann rufst du einfach an.«

Marie saß mit verschränkten Armen da und nickte, darüber nachsinnend, wie sie hier als Gewinnerin hervorgehen könnte, bei jedem neuen Satz heftig und vorwurfsvoll mit dem Kopf. »Dein ganzes Verständnis war nur geheuchelt. Du bist ein Schlappschwanz, weißt du! Ja, mach mal Pause! Du kannst sie auf zehn Jahre verlängern! Auf zwanzig! Dich brauche ich überhaupt nicht. Ich werde sehr gut ohne dich zurechtkommen. Hau bloß ab – am besten sofort! Du nervst mich schon lange, ich kann dich nicht mehr sehen! Und schlaf schön in der Oper!«

»Hey, jetzt bleib auf dem Teppich, okay?«

»Ich bin auf dem Teppich! Und viel Spaß beim Kuscheln, du Weichspüler!« Damit wandte Marie sich brüsk ab und ging hinein. Sie sah, um sich zu vergewissern, dass sie eine fürsorgliche Mutter war, zähneklappernd nach den Kindern, die sehr friedlich schliefen, und steuerte anschließend das Bad an.

Bedächtig legte sie Ohrringe, Ringe und ihre Kette ab, brachte alles sorgsam an den vorgesehenen Plätzen in ihrem Schmuckkasten unter, verschloss das Behältnis und ging damit hinaus zu den Mülltonnen. Auf Wiedersehen, rief sie der Schatulle noch hinterher und fiel eine Viertelstunde später in tiefen Schlaf.

Im Gegensatz zu Helene, die nicht schnell genug unter die kalte Dusche kommen konnte, von der sie sich wieder einen klaren Kopf und Linderung erhoffte, optimalerweise sogar einen Rückzug der Pustelnarmada. In ihrem Kopf spielten Gut und Böse einvernehmlich Pingpong, indem sie sich die Bälle nicht entgegenschmetterten, sondern sie sich vielmehr höflich darboten, ohne den Ehrgeiz, den anderen zu besiegen.

Sie befragte sich nach der Richtigkeit ihres nächtlichen Ausfluges mit all seinen Sequenzen. Der Brief an Olaf – ein ebenso feiger wie selbstverleugnender Akt von ihr, aber doch das, wonach ihr kurz der Sinn gestanden hatte. Die Ansprache an Herrn von W. – ungewohnt und anmaßend vorlaut, außerdem sinnlos, ein Tropfen auf den heißen Stein, obwohl auch geradeheraus und wahrheitsgemäß. Der Gang in die Bar – hochgradig unprofessionell von vorne bis hinten, praktisch verboten und doch ein schönes, ja aufregendes Erlebnis. Alles falsch und doch wieder nicht, hatte doch in der Bar etwas Freundschaftliches in der Luft gelegen. Ja, versuchte sie sich zu beruhigen, dieser Umgang miteinander war der falsche. Aber wie falsch genau? Wirklich so falsch? Wie menschlich durfte sie als Ärztin empfinden? Sie durfte, ja sie musste sogar menschlich empfinden, wollte sie die Menschen verstehen, aber sie musste dabei Distanz wahren. Marie gegenüber war sie jedoch nicht mehr distanziert genug. Sie fing an, sie wirklich zu mögen, interessierte sich für sie, verstand sie auch – nicht als Ärztin, vielmehr als Frau.

Wieso musste das schwerfällige Schicksal ihr Marie auch als Patientin schicken. Sie hätten sich doch irgendwo kennenlernen können – bei einem Konzert, in der Stadt, über die Kinder. Wahrscheinlich hätten sie sich dann keines Blickes gewürdigt. Aber wenn doch: Dann hätten sie so etwas wie Freundinnen oder wenigstens gute Bekannte werden können. Gemeinsamkeiten gab es. Die Musik, die Kinder, auch die Verachtung für Plüschtiere. Helene verstand diese Patientin ganz undistanziert, und es drängte sie mehr und mehr, auch von ihr verstanden zu werden. Ihre Laune besserte sich, wenn sie an Marie dachte, und das musste sich ganz schnell ändern, oder sie würde in Teufels Küche kommen.

Sie kochte sich einen Tee, ging hinüber in die Praxis und beschäftigte sich geistesabwesend mit ihrer Abrechnung, worüber sie nach ein, zwei Zahlendrehern und fünf Minuten am Tisch einnickte.

Am nächsten Morgen, als Marie aufwachte, war Martins Bett leer. Das war an sich nicht ungewöhnlich, denn meistens stand Martin morgens auf und kümmerte sich um die Kinder. Aber heute wusste Marie: Er war bereits weg. Weg, um mit seiner Freundin durch den ›Ring‹ zu springen. Das, dachte Marie, ist Dostojewskijs Seelen- und Geistesfreiheit. Und: Ich liebe ihn, soll er springen. Eine Träne rann ihr in die Ohrmuschel. Sie stand auf, um sich einen Kaffee zu kochen und den Frühstückstisch zu decken.

Auf dem Weg in die Küche fischte sie zielsicher eine CD aus dem Regal. Sie versuchte zu ermitteln, in welchen Müll Mozarts ›Requiem‹ gehörte. Die Antwort lag auf der Hand: wenn überhaupt, dann in den Sondermüll, für den jedoch in ihrer Küche kein Behältnis vorgesehen war. Vielleicht würde sie irgendwann doch in der Lage sein, die schönste aller Musiken einfach so zu hören und zu genießen. Nein, gab sie sich prompt zur Antwort, das wird nie der Fall sein. Die Musik muss weg.

Marie zerbrach die CD über dem Restmülleimer und warf die Kaffeemaschine an. Die Kinder tobten bereits im Garten herum, wer weiß, wie lange schon. Und wer weiß, wie lange noch. Es war toll, ein überdimensioniertes Haus mit Garten und den See vor der Nase zu haben. Aber das war vorbei. Marie musste dringend eine neue Wohnung finden. Vielleicht in der Innenstadt. Die war zwar laut, aber lebendig. Die Straßenbahn würde wahrscheinlich direkt durch die Wohnung fahren und der ADAC-Hubschrauber wegen der Nähe zum Städtischen Krankenhaus permanent über dem Balkon stehen. Aber sie würden es gut haben, besser sogar. Andere Leute schafften das doch auch.

Der Schmuck war weg, kein ›Requiem‹ mehr, ja, Marie würde sich bessern. Sie musste aufhören zu suchen. Ob es ihr gelingen würde – wer wollte das wissen? Oft schon hatte sie vor diesem kleinen Leben resigniert und wie ein allein gelassenes Entenküken flatternd weitergesucht, niedlich anzusehen und jedermanns Beschützerinstinkte weckend, eine leichte Beute für alle möglichen Beschützer, die viel zu spät bemerkten, dass sie selbst die Beute waren und sich das falsche Entenküken ausgesucht hatten, eines, das sich in eine überteuerte Luxusjacht verwandelte, die in fremden Ehehäfen ankerte.

Ja, sie würde anfangen mit einem eigenen Leben. Möglich, dass es nach hinten losging. Möglich aber auch, dass sie schnurstracks einen Weg geradeaus fand, wenn sie nur cool genug blieb. Angefangen hatte sie doch gerade schon. Endlich finden, was direkt vor ihr lag, sich endlich denjenigen zuwenden, die jetzt lebten und täglich hoffend und harrend an ihre Tür klopften. Und es spielte ja gar keine Rolle, ob der Versuch von Erfolg gekrönt war oder nicht. Vielleicht war das der Weg, den alle glücklichen Menschen gingen: nicht zu suchen, sondern zu finden; nicht zu fragen, sondern einfach zu antworten. Und irgendwann, wenn man gar nicht damit rechnete, saß man halt wie Siddharta am Fluss und war irgendwie glücklich.

Gute Sache, fand Marie und nippte an ihrem Kaffee.

19

Marie denkt trotz des katastrophalen Umstandes, dass ihre zu Besuch weilende Mutter zuvor Leber für alle gebraten hat, an Adam und fast all ihre Lieben

Als es klingelte und Maries Mutter vor der Tür stand, war es zwölf durch.

»Hat Martin dir gesagt, du sollst herkommen?«

»Ach, iwo, gar nichts hat er gesagt, nur, dass er so eine Art Urlaub macht und du vielleicht ein bisschen Hilfe gebrauchen könntest. Und weil ich sowieso hier in die Ausstellung wollte und euch ja schon so lange nicht gesehen habe, dachte ich, ich setz mich in den Zug und gucke mal nach dem Rechten. Ich war schon auf dem Markt und habe uns frische Leber zum Mittag gekauft. Hm, die sah so gut aus, die mache ich uns jetzt mit Äpfeln und Zwiebeln und Kartoffelbrei. Wo sind denn meine beiden Kleinen?«

Marie traute ihren Ohren nicht und verzog angewidert das Gesicht. »Du willst jetzt hier Leber braten? Na toll ... Wir haben gerade gefrühstückt, und ich habe auch keine Putzfrau mehr. Ist jetzt irgendwie ganz schlecht mit Leberbraten hier. Ich meine, können wir die Leber nicht einfrieren, und du nimmst sie morgen oder so wieder mit?«

Nachmittags, als die Kinder mit Oma zum Eisessen verschwunden waren, zog sich Marie die Gummihandschuhe an und brachte alles wieder in Ordnung. Sie stellte die halb volle Spülmaschine auf »Intensiv«, desinfizierte die Granitarbeitsplatte und wischte den Boden. Nun roch es nicht mehr nach Leber, sondern wohlig nach Großflughafentoilette, in der jemand unlängst Leber gebraten hatte. Nachdem sie auch die Zeitung, die ihre Mutter kurz in der Hand gehabt hatte, wieder auf ein verträgliches Außenmaß gefaltet und so auf den Tisch gelegt hatte, dass die Seiten ihres Rechteckes mit den Fensterrahmen harmonierten, setzte sie sich an den Flügel und spielte den »Hummelflug«.

Sie patzte einige Male an Stellen, die nicht die schwersten im Stück waren, und schlug wütend den Deckel zu. Warum patzte sie ausgerechnet da, wo man es eigentlich leicht hatte? Das war es, und es zog sich wie ein roter Faden durch ihr Leben: Über die leichtesten Stellen kam sie nicht hinweg. Warum hatte sie mit Adam am liebsten Kunstflug gemacht, war trudelnd auf den Erdboden zugeschossen und hatte Loopings trainiert, bei denen sich ihr der Magen umgedreht hatte, war aber bei einem harmlosen zweistündigen Überlandflug ängstlich geworden? Und warum bellte sie den Leuten immer ins Gesicht, beleidigte sie mit einem Wisch, anstatt mit ihnen zu reden, vielleicht länger und ruhiger, geradlinig, selbstbewusst?

Weil sie es nicht war. Aber warum eigentlich nicht? Sie konnte mit etwas mehr Selbstreflexion doch selbstbewusster werden, wenn sie diese Therapiesache richtig verstand, und unter Umständen sogar diese elende Selbstüberschätzung in den Griff bekommen. Und die Wahrheit musste sie sagen, sie durfte nicht mehr alle Leute belügen, nicht mehr heucheln. Schade zwar irgendwie, aber eine Psychiaterin wird schon wissen, was sie sagt, wenn sie einem rät, ehrlich zu sich und anderen zu sein.

Dann war also ihre Angst vor Adam und seiner Schnalle entstanden, weil sie ständig Mitgefühl heuchelte, wo keines war, und äußerlich ungerührt blieb, wenn es sie innerlich zerfetzte. Immer schön dasjenige Gefühl darbieten, das dem jeweiligen Rahmen entspricht – das war ein Großteil des

Pfeffers, in dem der Hase lag. Eine ausgezeichnete Erkenntnis, dachte Marie, ging zu ihren Büchern und angelte Seneca heraus.

Es dauerte eine ganze Weile – sie las sich fest –, bis sie die Stelle hatte, nach der sie suchte. »... denn mit fremdem Leid sich abzuquälen, ist ewiges Unheil ... sowie es eine nutzlose Menschenfreundlichkeit ist, zu weinen, weil irgendeiner seinen Sohn begräbt, und darüber eine Trauermiene anzunehmen ... So tief hat sich diese Unsitte, diese Abhängigkeit von fremder Meinung eingewurzelt, dass auch die selbstverständlichste Sache, der Schmerz, der Heuchelei verfällt.« Ausgezeichnete Stelle, fand Marie, man sollte diesen Satz auf Bannern über Beerdigungen flattern lassen, besonders wenn Politiker zugegen waren, um Soldatenwitwen ihr Mitgefühl auszudrücken.

Tjaja, das war es wohl: Marie hatte geheuchelt. Sie war unaufrichtig und zu feige gewesen, ihm zu sagen: Rede mit mir, ich erkläre dir, was ich meine, und du mir. Stattdessen war sie mit dem Baby im Arm gegangen, hatte Adam jählings vor vollendete Tatsachen gestellt, keine Erklärung, nichts. Nur Tränen auf der Autobahn, wo sie längst außer Sichtweite gewesen war.

Drei Wochen später hatte sie eiskalt die Transporteure zu Adam geschickt. Was ihm geblieben war von seinem großen Glück, waren ein paar Steinway-Dellen im Parkett. Dann Pasis leere Babybettchen, eines oben, eines unten, ein leerer Kleiderschrank, der bestimmt immer noch nach Parfüm roch, ein fast leeres Bücherregal und ein beachtlicher monatlicher Dauerauftrag mehr. Er musste ja gelitten haben. War es ein Wunder, dass er sich irgendwann diese dumme Person ausgesucht hatte? Dumm, ordinär, aber wahrscheinlich verlässlich. Hässliches Verlässliches. Adam hatte mit Sicherheit nie Gernhardt gelesen, sondern sich aus einem kleinbürgerlichen Sicherheitsbedürfnis heraus instinktiv für Hässliches Verlässliches entschieden. Jawohl, als Verlässlichkeit in Person musste sie sich geriert haben! Weil es ihre ganz große Chance gewesen war aufzusteigen. So eine Chance bekommt man nur einmal im Leben. Liebte sie Adam denn? Und er sie? Das hätte Marie sich gewünscht, um endlich Ruhe zu haben vor ihrem Gewissen. Doch so war es nicht. Diese Frau quälte Adam, auch das sehr verlässlich. Man erfuhr es aus mehreren Quellen, sogar von Adam selbst. Er litt. Verlässlich! Da war keine Liebe, das spürte man selbst in fünfhundert Kilometer Entfernung. Jetzt, da Adam todkrank war, schlug die große Stunde dieses Weibes. Endgültige Macht war in greifbarer Nähe. Und wahrscheinlich würde sie die auch kriegen. Die Heirat hatte sie ihm ja bereits abgeluchst. Wie sollte er jetzt noch eine Hundertachtzig-Grad-Kurve hinbekommen, seine Freunde zurückholen, die allesamt Hausverbot hatten, seit SIE dort wohnte, sein Kind wieder annehmen, seiner Schwester wieder wie einer Schwester begegnen, gegen die Krankheit kämpfen und dieses Weib aus dem Fenster werfen? Er war schwach und würde es nicht mehr schaffen, nicht einmal im Angesicht des Todes.

Wie er wohl jetzt aussah? Marie hatte ihn so lange nicht gesehen. Ob er sehr gezeichnet war von Chemotherapie und Bestrahlung? Er hatte mal ausgesehen wie ein Hollywoodstar. Auf dem Rodeo Drive hatten sich die Mädchen von ihm vorsichtshalber Autogramme geben lassen. Marie hatte amüsiert daneben gestanden. Die hübschesten Frauen hatten sich an ihn herangemacht, aber er hatte immer nur Augen für Marie gehabt, sie bewundert, viel zu sehr für eine glückliche Beziehung. Alle seine Freunde hatten seine Treue gerühmt: Adam könne man mit Penelope Cruz ein halbes Jahr auf eine Insel schicken – nicht einmal ansehen würde er sie. Diese Schlichtheit, auch sein einfacher, aber dafür immer präsenter

Humor, seine Lust an gutem Essen und überhaupt gutem Leben hatten Marie erst gefallen, dann angewidert.

Schon nach ein paar Wochen Ehe hatte sie gemerkt, dass der Preis für Bewunderung, schönes Leben und Treue ihre stets pünktliche Nacktheit gewesen war. Später hatte sie sich regelrecht geekelt, ihm aber jahrelang mit keiner Silbe etwas davon gesagt. Es hatte sich alles so hohl angefühlt, sie hatte es nicht ertragen können, aber weitergemacht aus Angst, nie zum Ziel zu kommen. Zu welchem Ziel überhaupt? Jahrelang geheuchelt hatte sie, und nun war sie erst richtig da, die Angst. Davor, genau so ein Nichts zu sein wie diese elende Person.

Marie fiel in den Sessel neben dem Bücherregal und trocknete sich mit dem Saum ihres Kleides das Gesicht. Ihr Blick richtete sich auf die Antlitze in den Silberrahmen. Ihre Mutter saß im weißen Kittel an einem Tisch »ihrer« Pathologie und lachte seitlich ins Bild. Eine schöne Frau. Gar nicht geschminkt, nur leicht gebräunt, was sich vor den weißen Kacheln besonders gut ausnahm. Eine Frau, die lachen konnte, die sich verpflichtet fühlte, das Leben schön zu finden. Hatte sie nicht Krieg, Verzweiflung, Schmerz, Vergewaltigung, Diktaturen, Hunger und Tod erfahren? Als Kind den Vater begraben, mit nicht einmal vierzig Jahren den Mann. Immer alles gegeben und immer alles verloren. Doch gesprungen war sie nicht, sondern hatte darauf gewartet, dass sich die Sonne wieder blicken ließ. Tapfer, tapfer ... Und ihr Lachen behalten. Wenn sie Mozart hörte, wollte sie nicht sterben, sondern ihr wuchsen Flügel. Das Gefühl kannte Marie, nur trugen sie diese Flügel immer direkt in den Orkus.

Marie war ihrer Mutter plötzlich dankbar für alles. Dafür, dass sie mit den Kindern Eis essen ging, dass sie kam, wenn sie das Gefühl hatte, gebraucht zu werden, und nicht wie andere Mütter, die auftauchten, wenn sie das Bedürfnis hatten, mal wieder gebraucht zu werden. Sie war ihr nun sogar dankbar dafür, dass sie Leber für alle briet, weil sie wusste, den Kindern würde es einfach schmecken. Maries Ordnungszwang belustigte sie, weder heuchelte sie Verständnis dafür, noch hatte sie ihr einen ernsthaften Vorwurf deswegen gemacht. Freilich hatte sie auch nie gefragt, woher dieser Zwang gekommen sein mochte. Oder hatte es nicht ansprechen wollen. Ahnte sie etwas von Maries innerer Unordnung, die nach krankhafter äußerer Ordnung und Sauberkeit verlangte? Eigentlich war es egal, ob sie es ahnte oder nicht. Entscheidend war, dass sie Mittagessen kochte, ins Bild lachte, dass sie Knöpfe annähte, wo Knöpfe fehlten, und nicht den Drang verspürte, darüber Bücher zu schreiben. Vielleicht musste man mit Müttern gar nicht immer über alles reden. Konnte man nicht der Mutter und sich selbst die Intimsphäre lassen und trotzdem von einem guten Verhältnis sprechen?

Ich werd noch blöd vor lauter Erkenntnissen heute, dachte Marie, ging in die Küche und schlug die Zeitung wieder so auf, wie ihre Mutter sie zurückgelassen hatte. Zweite Seite Feuilleton, so hatte sie da gelegen. Ihre Arme zuckten widerstrebend, aber sie behielt die Oberhand. Sie klappte sogar die Lesebrille ihrer Mutter wieder auf und ging zurück zum Büchersessel. Nein, sie ging nicht, sie schwebte förmlich vor lauter Seelenheil. Nun wollte sie auch die anderen mit ihrer Liebe bedenken und sehen, was daraus entstünde.

Professor Lilie, der Bildhauer, auch er lachte in Schwarz-Weiß aus einem Silberrahmen, daneben Maries Vater, der ernst und charakterstark auf irgendwas herabschaute. Es war kein privates Foto von ihrem Vater, sondern eine Autogrammkarte, ebenfalls schwarz-weiß und so gut fotografiert, dass man den Blick kaum abwenden mochte. Beste Freunde in Schwarz-Weiß.

Sie musste Lilie wieder mal besuchen auf seinem Hof, wo er immer noch unermüdlich Marmor und edles Holz bearbeitete, gegen Kreissägenkünstler wetterte und seine große Familie mal mit Schnaps, dann wieder mit Liebe überschwemmte. Damals, als sie als Kinder den Sommer dort verbracht hatten, hatte ein Sohn der Familie einen Pilz gefunden, der ihm unglücklicherweise auf dem allzu hastig zurückgelegten Weg zum Hof zerbrochen war. Lilie hatte die Arbeit an einer Skulptur ruhen lassen und zusammen mit dem Kind den Pilz repariert. Wirklich hervorragend. Ob er eine Ahnung hatte, wie wichtig er für Marie immer gewesen war, dass er ein Ersatzvater für sie war, wie sehr sie ihn liebte? Lilie hatte damals den Grabstein für Maries Vater hauen wollen. Den Stein hatte er irgendwann auf dem Hof gehabt, aber bis heute, dreiunddreißig Jahre später, hatte er es nicht über sich gebracht, den Namen einzuarbeiten.

Es war etliche Jahre her, dass sie Lilie gesehen hatte. Damals war sie allein dort gewesen, ohne Familie. Zunächst hatte sie im Tiefflug ein paar Runden über dem Hof gedreht und Luftaufnahmen gemacht, was gar nicht ungefährlich gewesen war, da die kleine Cessna keinen Autopiloten gehabt hatte. Lilie hatte gerade ein paar Meisterstudenten auf dem Hof gehabt, um vierzehn Tage lang mit ihnen zu arbeiten. Abends hatte er allein in seiner Werkstatt gesessen, Marie draußen mit einigen Studenten am Feuer. Dann war er herausgetreten und hatte ausgerechnet nach Marie gerufen. Sie solle ihm mal ein Glas Roten bringen, dabei könne er besser arbeiten. Und als sie es ihm gebracht hatte, da hatte er gesagt, sie möge sich doch setzen und ihm ein bisschen Gesellschaft leisten. Dabei hatte er sie mit seinen freundlichen dunklen Marderaugen angesehen und erwähnt, sie sehe haargenau aus wie ihre Mutter früher. Und ihre Mutter habe ihm übrigens damals Modell gesessen, als sie alle noch studierten und Marlene sich Geld verdienen wollte. Maries Vater war ja selbst noch Student gewesen und hatte – wie alle – kein Geld gehabt. Aber das Leben begossen hatten sie trotzdem, praktisch jede Nacht … Marie wusste noch, wie sich ein Kloß in ihrer Kehle gebildet hatte, sie mit etwas herausrücken wollte, es aber nicht konnte.

In den Sommerferien also, jawohl, würde sie ihn zusammen mit Brütti, Pasi und Martin, der bis dahin hoffentlich den ›Ring‹ gesehen hatte, besuchen, das war jetzt beschlossen. Sie mussten ihn endlich kennenlernen, und sie wollte ihn sehen, leibhaftig. Viel zu selten besuchte sie ihn, weil sie Angst hatte vor diesen Tantalusqualen, auch vor dem Neid auf seine Familie, die einen solchen Mann in ihrer Mitte hatte. Marie wollte sterben, am liebsten gleich hier im Sessel. Aber sie war zu jung dazu und hatte außerdem die geeignete Begleitmusik zerbrochen.

Auf einmal stand Pasi in der Tür, behängt und beringt mit Perlen, Diamanten und Aquamarinen. »Mama, Oma sagt, Wildschweine müssen nachts die Mülltonnen umgeworfen haben. Und weißt du, was da lag?«

Sie bot einen unglaublich süßen, herzerwärmenden Anblick, den Marie, obwohl sie nicht abergläubisch war, als Aufforderung nahm, ihren Schmuck wieder einzusammeln. Ihre Mutter half ihr dabei, ohne mit der Wimper zu zucken oder gar eine Frage zu stellen.

20

Marie möchte nicht zum Kotzen werden, verhilft Herrn Herzog zu seinem Glück, säuft nicht und stellt trotzdem fest, dass Vögel nicht glücklich zu nennen sind

Die letzte Schul- und für Helene die letzte Arbeitswoche vor den Sommerferien war angebrochen. Helene hatte für sich und die Jungs eine dreiwöchige Last-Minute-Reise nach Portugal gebucht. Der Club an der Algarve versprach auf seiner Homepage, über alles zu verfügen, was kleine Jungs und deren Eltern sich wünschten. Wieso sie auf einen Cluburlaub gekommen war, konnte Helene nicht mehr sagen. Sie hasste Aufenthalte in Ferienanlagen. Vielleicht hatte sie genau das gebucht, damit sich der Abstand zu ihrem normalen Leben und zu ihren jüngsten Verstrickungen möglichst groß gestaltete. Sie wollte Abstand zu Marie, an die sie viel zu häufig dachte und deren letzte Sitzung vor den Ferien noch stattzufinden hatte, und zu Olaf, den sie sich mittlerweile regelrecht ersehnte. Abstand zu »Lass Waxxen«.

Es war ein herrlicher Sommertag, der Marie frühmorgens an die Insel hatte denken lassen, auf der sie seit der Trennung von Adam nicht gewesen war. Scheißinsel, dachte sie, eine einzige große Champagnerbar mit Flugplatz, von Wasser umspült, nichts weiter. Das heutige Wetter aber war daran unschuldig, dass sie diese Insel als Scheißinsel in Erinnerung hatte, und sie beschloss, es heute, da sie auf keiner Scheißinsel schöntun musste, gut zu finden.

Wie bestellt, zogen bei 28 Grad im Schatten und leichter

Brise allerliebste Altocumuli über das Bürgerfest. Der Mann auf der kleinen, dilettantisch zusammengezimmerten Bühne mochte um die vierzig sein. Auf dem Kopf trug er eine idiotische Baseballkappe. Er spielte Querflöte, und zwar grottenschlecht, wie Marie nach den ersten Sekunden seines Auftrittes feststellte. Als sie sich umsah, machte sie ganz vorne Herrn Herzog aus, der im Gras vor der Bühne saß und die Augen nicht von dem Flötisten abwenden konnte. Marie schlich sich von hinten bis auf wenige Meter an ihn heran, um ihn besser in Augenschein nehmen zu können.

Er hatte sich fein gemacht. Ein tadelloses weißes Hemd war ordentlich in eine gebügelte Jeans gesteckt worden, die Ärmel hatte Herr Herzog sogar ganz locker etwas angekrempelt, und – was ihr sofort auffiel – er trug schwarze statt weiße Socken. Marie dachte: Eigentlich sieht er gar nicht mal übel aus, wenn er weder am Klavier sitzt noch einen Fahrradhelm trägt.

Der grauenhafte Vortrag dauerte etwa eine Viertelstunde. Marie stellte sich hinter einen Kunstgewerbestand und beobachtete, wohin der Flötist und Herr Herzog sich nach dem lauen Applaus begaben. Letzterer bummelte scheinbar ziellos über das Bürgerfest; der Flötenspieler nahm seinen Flötenkoffer und ein Männerhandtäschchen und ging auf eine Theke namens »Vitalchen« zu, wo es frisch gepresste Säfte zu kaufen gab. Jetzt muss es sein, entschied Marie und gesellte sich zu ihm.

»Hallo«, sprach sie ihn an, nachdem auch sie sich einen Vitamincocktail hatte zusammenstellen lassen, »Sie haben wunderbar gespielt.« In diesem Fall sollte Heucheln doch erlaubt sein.

»Oh, hallo, ja, schön, dass es Ihnen gefallen hat. Ich spiele hier jedes Jahr beim Bürgerfest. Eigentlich spiele ich nur so hobbymäßig, ist aber mal ganz schön, so aufzutreten.«

»Hmhm«, stammelte Marie, etwas unschlüssig, wie sie fortfahren sollte. »Ja, ja ... kenn ich. Ich spiele Klavier, wissen Sie. Aber ›so auftreten‹ ist nicht gerade meine Sache.«

»Hui! Klavier, das wollte ich schon immer gern spielen, aber nun ist es die Flöte geworden – auch schön. Stößchen!«

Marie schüttelte sich innerlich, gleichwohl erwiderte sie höflich mit »Stößchen!«. Sie bekam etwas Flötistenvitaminsaft auf ihr Kleid geschüttet, machte aber kein großes Gewese darum.

»Wissen Sie, dass Sie einen großen Fan hier haben? Ich meine, keinen gewöhnlichen, sondern einen, der es wirklich beurteilen kann, wie jemand spielt. Ist nämlich zufällig ein Klavierschüler von mir, deswegen kann wiederum ich das beurteilen. Er hat mich eingeladen, mal zum Bürgerfest zu kommen, weil ich mir unbedingt diesen tollen Flötisten anhören sollte! Ja! Im Ernst! Deswegen! Na ja, und da dachte ich, also wenn der das sagt, dann wird wohl was dran sein, da wird es sich schon lohnen, mal hierherzufahren. Nun bin ich hier – und siehe da: Ich bin begeistert! Toll! Wo ist er eigentlich hin?«

»Oh. Ehrlich? Ein Fan? Oh.« Auf den Wangen des Musikanten zeigten sich rote Flecken, die allerdings gar nicht uncharmant waren. »Und der ist Ihr Klavierschüler?«

»Hm«, bekräftigte Marie und nickte eifrig, »mein talentiertester. Er hat gerade erst angefangen, aber man sieht schon ganz genau, wo die Reise hingeht. Das ist oft so: Die gebildeten und wirklich kultivierten Leute, die lernen dann auch noch als Erwachsene Klavier. Unglaublich! – Wo ist er nur? Ich würde ihn Ihnen ja zu gerne mal vorstellen. Ach, ich bin übrigens Marie.«

»Angenehm. Ich bin der Dieter.«

»Oha. Na, macht ja nichts. Warten Sie, ich suche ihn mal kurz, laufen Sie nicht weg!«

Marie brauchte nicht lange zu suchen, denn Herr Herzog hockte hinter der Vitaminbude, an die Bretter gelehnt, und hatte gelauscht. Wütend sah sie auf ihn hinab.

»Herr Herzog, Sie elende Memme! Jetzt atmen Sie mal ganz ruhig aus, ja, so wie neulich, als Sie auf den See geglotzt und mir dann fast ohne Stotterer gesagt haben, dass Sie auf mich scheißen. Jetzt scheißen Sie mal auf Ihre rote Birne und versuchen, ein charmantes Gespräch mit der Schwuchtel da zu führen, ja? Ich glaube, die kann es kaum erwarten, ihrem größten Fan zu begegnen. Mann! Ich habe Sie in den höchsten Tönen gelobt! Aber das haben Sie ja alles gehört – können also jetzt getrost einen auf bescheiden machen, das liegt Ihnen ja sowieso. Und mal zu Ihrer Information: Der Typ spielt rattenschlecht, schlechter als Sie auf dem Klavier, und damit sind Sie sich voll ebenbürtig, ach, was sage ich, Sie sind ihm haushoch überlegen! Tja, noch dazu sehen Sie super aus heute – nichts wie ran an den Dieter!«

Herr Herzog erhob sich und machte große Augen. In aller Bescheidenheit folgte er Marie um die Ecke zu dem Objekt seiner Sehnsucht.

Nach zwei Minuten gemeinsamen Smalltalks verabschiedete sich Marie höflich und entschwand mit der problematischen Aufgabenstellung, dieses sonderbar luftige Pfadfindergefühl irgendwo einordnen zu müssen.

Marie schlug die Augen auf und sah auf den Wecker. Fünf Uhr, eindeutig zu früh für alles. Sie war kurz nach Mitternacht im Bett gewesen und hatte abends auf Wein verzichtet. Es tat ihr gut; allmählich merkte sie, dass sich die Katze fortwährend in den Schwanz biss, wenn sie versuchte, Stimmungen mit Wein wegzuschwemmen. Wenn allerdings das Ergebnis ihrer Abstinenz bedeutete, dass sie nun jeden Morgen um diese Stunde aufwachte, holte sie lieber gleich wieder den Korkenzieher aus der Schublade. Heute würde sie zum letzten Mal vor den Sommerferien zur Therapie gehen, und es wurde ihr etwas wehmütig zumute.

Acht Wochen ohne, das war lang. Hatte sie sich nach so kurzer Zeit bereits daran gewöhnt, war diese wöchentliche Psychonummer am Ende doch sinnvoll? Sie war sich nicht sicher. Einerseits konnte man nicht leugnen, dass sie neuerdings im Begriff war, ihr Inneres mit ihrer äußeren Erscheinung halbwegs in Einklang zu bringen, was sicher ein positives Zeichen war. Vielleicht schon ein Ansatz, zu einer gewissen Ruhe zu finden. Dass sie auf das schlechte Gewissen Herrn Herzog gegenüber eine ernsthafte und ziemlich gute Tat hatte folgen lassen, ja, das war etwas Wahrhaftiges, das sie freier gemacht hatte. Ausnahmsweise hatte sie den Fokus nicht auf sich selbst gerichtet, und falls doch – das konnte sie nicht abschließend klären –, dann immerhin mit einem nicht nur für sie guten Ergebnis. Dass es überhaupt zu einem Ergebnis gekommen war, das war im Grunde das entscheidende Novum. Und zum ersten Mal seit etlichen Jahren war sie nicht weit nach Mitternacht betrunken ins Bett gefallen. Rappelte sie sich auf? War sie dabei, sich zu besinnen und ins Leben zurückzukehren, vielmehr einzukehren?

Marie starrte an die Schlafzimmerdecke, vergegenwärtigte sich mit aller Gewalt ihre Erfolge – und war trotzdem traurig. Sie war fast vierzig und lebte seit dreiunddreißig Jahren um diese Sehnsucht herum, oft himmelhochjauchzend, meistens aber dem Wunsch nachhängend, fort von dieser Welt zu sein. Aber fort wohin? An ein Leben nach dem Tod und damit die Erfüllung ihrer einzigen großen Liebe glaubte sie nicht, wenngleich sie darauf zusteuerte, als glaubte sie felsenfest daran. Seelenwanderung? Sehr unwahrscheinlich. Also was war die Alternative? Konnte diese Therapie ihr den ernsthaften Willen vermitteln, mit der Sonne zu leben und einmal dankbar für alles zu sein, dessen sie sich nach Herzenslust bedienen konnte, wenn sie es nur zuließ? Das wäre das Ideal.

Ja, sie liebte ihre Kinder. Ach, die beiden, sie waren das Größte und Schönste. Aber sie liebte sie so sehr, dass sie wünschte, sie hätte sie nie bekommen. Oft, wenn sie mit Pasi und Brütti zusammen war, lähmte sie die Angst, die beiden könnten ihr genommen werden. Das Schicksal konnte jeden Moment erbarmungslos zuschlagen und einem nehmen, was man am meisten liebte. War es da nicht besser, man bot ihm erst gar keine Angriffsfläche? Aber wie sollten die beiden das jemals verstehen? Mami kann keine Sandburg mit dir bauen, weil sie traurig in deinen zauberhaften Anblick versunken ist, während du allein eine Sandburg baust. Und dich kann sie nicht in den Schlaf streicheln, weil sie Angst hat, du könntest ihr unter den Händen wegsterben, während du schlecht einschläfst, weil dich deine Mutter nicht in den Schlaf streichelt. Es war alles abstrus.

Diese Trauer auf Kosten der anderen sollte ein Ende haben. Das wünschte sich Marie in jenem Moment aufrichtig. Nur ein klein wenig Eigentrauer wollte sie behalten. Würde man sie ihr aber lassen, ihre Resttrauer, nicht versuchen, sie ihr ganz auszutreiben? Würde sie die Fähigkeit einbüßen, zu spielen und damit sich zu schützen, wenn es angebracht war? Wenn sie sich nun – therapeutisch angezeigt – ständig selbst beobachtete und sich um irgendwas bemühte, führte das nicht erst recht zu einer Entstellung der Persönlichkeit? Und würde sie nach erfolgreicher Therapie, wie immer das aussehen mochte, genau wie jene grauenhaft erfolgreich Psychotherapierten herumlaufen, die immer selbstherrlich sagten, was sie gerade dachten? Immer ehrlich, immer ganz bei sich, immer die Mimik auf das Empfinden abgestimmt, immer in Harmonie, immer zum Kotzen?

Marie ging in die Küche, um sich Kaffee zu kochen. Die Wohnung war still, roch angenehm nach Schlaf. Sie trat auf die Terrasse und beobachtete eine Weile das bereits sehr muntere Treiben in den Baumkronen. Ja, ihr, dachte sie, ihr seid frei von Furcht und Traurigkeit, aber seid ihr glücklich? Nein, seid ihr natürlich nicht. Doof seid ihr. Ihr könnt nämlich nicht Seneca lesen. Sonst würdet ihr wissen, dass ihr nicht glücklich zu nennen seid, »... denn auch das Felsgestein ist frei von Furcht und Traurigkeit und ebenso das Vieh; doch wird sie niemand glücklich nennen, sie, denen jedes Bewusstsein des Glückes fehlt«.

»Ätsch!«, blaffte Marie nach oben und meinte glatt, eine freche Antwort gehört zu haben.

21

In Maries letzter Sitzung vor den Sommerferien lernt sie etwas Grundlegendes über andere Frauen, und auch ihre Spinnenphobie kommt zum Tragen

Helene war fest entschlossen, diese letzte frühsommerliche Sitzung wieder auf professionelle Beine zu stellen. Nichts Privates mehr von ihrer Seite.

Marie dagegen war sehr familiär gestimmt, wollte sich fallen lassen, an die Atmosphäre in der Bar anknüpfen und ehrlich sein. Weder psychotisch noch chaotisch oder neogotisch – nur ganz, ganz normal.

»Na?«, fragte Marie, während sie sich in den Sessel setzte.

Helene lachte, wenngleich psychotherapeutengemäß zurückgenommen, setzte sich ebenfalls und fragte zurück:

»Na? Was heißt das eigentlich, wenn man ›Na?‹ sagt?«

»Schön, Sie wiederzusehen, und wie ist es Ihnen ergangen, und war das nicht merkwürdig, dass wir zusammen in einer Bar waren, und wie hat sich die Reflexion darüber gestaltet, und wie sieht es jetzt so allgemein aus? Und überhaupt! Das heißt in diesem Fall ›Na?‹, tippe ich mal. – Na?«

Helenes Vorsatz plumpste wie ein Stein ins trübe Wasser und ward nicht mehr gesehen. Sie gab sich Mühe, ihn wieder hochzutauchen.

»Tja, nun sitzen wir wieder hier. – Kein Schmuck heute?«

»Ha! Ich habe meinen gesamten Schmuck in die Mülltonne geworfen. Und wissen Sie, was passiert ist? Die Wildschweine haben die Tonne umgeworfen, und Pasi hat den Schmuck gefunden. Er ist zu mir zurückgekommen! Ein Zeichen! Ist das nicht ein Zeichen?«

»Gott sei Dank! Sie haben Ihren schönen Schmuck in die Mülltonne geworfen? Warum? Sie sollen nichts wegwerfen, überhaupt nichts. Ich wollte nicht, dass Sie auf so eine Idee kommen. Ich möchte nur, dass Sie bewusst mit dem umgehen, was Ihnen zur Verfügung steht. Dazu gehört auch Ihr Schmuck. Sie sollen ihn nicht benutzen, um sich zu verstecken, sich unter ihm zu vergraben, sondern um sich zu schmücken! Und, gut, machen Sie mal eine Schmuckpause. Aber werfen Sie ihn nicht wieder weg. Behalten Sie ihn, er ist schön und besitzt doch sicher auch einen ideellen Wert.«

»Ja, natürlich. Es war ein Einkaräter von Adam dabei. Ist das zu fassen – ich wollte einen Einkaräter wegwerfen! Nun ist er ja wieder da. – Soll ich ihn anrufen? Ich muss ihn anrufen. Ich muss es noch mal versuchen, oder? Ich habe schon tausendmal geschrieben, gebeten und gebettelt, dass er wieder ein Wort mit uns spricht, dass er wenigstens Pasi zum Geburtstag anruft. Wissen Sie, ich habe alles zugegeben, alle Schuld auf mich genommen, mich entschuldigt, sogar für Dinge, von denen ich überhaupt nichts weiß! Keine Antwort. Nur einmal eine kurze E-Mail: ›Lass mich in Ruhe.‹ Ich muss anrufen. Aber ich habe so eine gottserbärmliche Angst davor …«

»Die Angst vergeht in dem Moment, in dem Sie es tun. Und sie wächst, je länger Sie es vor sich herschieben. – Aber noch mal einen Schritt zurück: Können Sie sich vorstellen, damit zu leben, ihn in Ruhe zu lassen – und das auch mit Pasi zu besprechen?«

»Nein. Auf keinen Fall. Ich muss versuchen, für Pasi noch eine letzte gute Erinnerung an ihren Vater herzuzaubern. Das ist das Mindeste, das man besitzen sollte, wenn man schon keinen Vater besitzt ... eine schöne Erinnerung.«

»Ja, der Wunsch ist verständlich und richtig. – Also, dann rufen Sie ihn an, und versuchen Sie es erneut. Aber bevor Sie dies tun – wenn Sie es tun –, nehmen Sie unbedingt diese geballte Ladung Schuld von Ihren Schultern. Das müssen Sie, um überhaupt zu einem vernünftigen Gespräch in der Lage zu sein.«

In jenem Moment fühlte Marie bereits, wie ein winziger Teil ihrer Schuld verdunstete und einer Andeutung von Stärke Platz machte. Ein kleiner Partikel nur – aber wahrscheinlich der bedeutsamste. Diese Frau hatte sie gestärkt. Irgendwie. Womit? Komisch, dachte Marie. War sie doch ein Gothic, der jemanden zum Quatschen brauchte?

»Meine Mutter ist übrigens gerade zu Besuch. Und Martin ist weg. Er hat wohl so eine Art Freundin, mit der er sich den ›Ring‹ ansieht. Eine Freundin, die Opern liebt. Nicht Wagner oder den ›Ring‹, sie liebt Opern! Na ja ... Er macht quasi auch eine Schmuckpause. Hat er gesagt: Er braucht mal Pause.«

»Hmhm. Und, wie geht es Ihnen? Verstehen Sie seine Pause?«

»Klar verstehe ich die. Soll er Pause machen. Ist schon gut so. Er funktioniert immer wie ein Schweizer Uhrwerk, geht nie nach oder vor oder bleibt stehen. Man kann sich auf ihn verlassen, ja, allerdings. Obwohl ich ihm ständig von hinten in die Kniekehlen haue, funktioniert er. Und nun braucht er eben eine Pause. Es nicht zu verstehen wäre ziemlich blöd. Und ich glaube, ich will nicht mehr so grottenblöd sein. Sie haben mir das irgendwie versaut. Ich meine, ich will zwar auch nicht werden wie Sie, aber ...«

»Was meinen Sie mit ›wie Sie‹?«

»Naja – wie soll ich es sagen? Ich will – auch wenn Sie oder irgendein Psychoanalytiker mich dazu bringen, mit mir ... hm ... ins Reine zu kommen – trotzdem keinen Kuschelsex. Ich will auch nicht vor lauter Glück fett werden oder nur noch Gesundkost zu mir nehmen und die purste Friedfertigkeit ausstrahlen.«

»Aha, vielen Dank. Glauben Sie denn – ich will Kuschelsex?«

»Quatsch. Keine Frau will Kuschelsex. Aber manche sind so in ihren Endorphinen gefangen – weiß der Geier, woher die die immer nehmen –, dass sie sich einbilden, kuscheln zu wollen. Die können gar nicht mehr anders. Und irgendwas sagt mir, dass Sie dazugehören. Vielleicht Ihre unrasierten Beine und Ihre flachen Schuhe. Obwohl – jetzt sind sie ja glatt. Tja, was denn nun? Wollen Sie nun kuscheln oder Sex?«

Nichts Privates, dachte Helene. Und verwarf es als rundweg folgewidrig.

»Ich – hatte – Kuschelsex. Wenn überhaupt. Jawohl, ich habe gekuschelt! Mein Exmann hatte einen ...«

»Ha!«, grätschte Marie dazwischen, »Ihr Exmann? Könnten wir vielleicht, wenn wir hier von ihm sprechen, ihn bei seinem Vornamen nennen? Da wird es Ihnen leichterfallen zu reden. Glauben Sie mir.«

Helene machte das erstaunte bis empörte Gesicht einer Grundschullehrerin, der ein mutiger Knirps anträgt, die Tafel doch selber abzuwischen, wenn es ihr so nicht gut genug sei. Marie befürchtete schon, durch ihren Vorstoß der potenziell reizvollen Information verlustig gegangen zu sein. Sie neigte den Kopf leicht zur Seite und legte ein Maximalmaß an Versöhnung in ihre Augen. Helene sackte von ihrer geraden Haltung ab in die eines Anglers.

Helene nickte ein paarmal, zog die Brauen hoch und hätte beinahe gesagt: Chapeau!

»Na, dann: Herrmann heißt er. Und er hatte ... er hatte – halten Sie sich fest! – einen Plüschhasen im Bett, den ihm seine Oma zum dritten Geburtstag geschenkt hat. Einen Plüschhasen! Sie wissen ja, wovon ich rede. Teddy, Hase ... einerlei. Und jetzt halten Sie sich noch mal fest: Selbst wenn wir auf Reisen gingen, musste dieser Hase mit! Der Hase! Nicht, dass jetzt ein falscher Eindruck von meinem Ex-Herrmann entsteht: Er war kein Kostverächter, eigentlich sogar ein guter Liebhaber, aber nicht lange, und dann war ich die Mutter der Familie. Also auch seine Mutter. Hmhm. Richtig ausgelebt hat er sich woanders. Zu Hause wollte er Kakao, Mutti, die Jungs – und seinen Hasen. Ja, meinen Sie, da wäre ich noch auf die Idee gekommen, mich mal in Schale zu werfen? Für einen Hasen? Nein – und das war mein Fehler –, ich habe mitgemacht und Mutti für alle gespielt, weil ich dachte, das muss so sein. Eine dumme Gans war ich! Andererseits: Vielleicht war es auch das Richtige zu dieser Zeit. Die Kinder waren so klein, und für sie war es sicher nicht schlecht, eine richtige Hausmutti zu haben. Jetzt sind sie ja fast schon selbständig, sogar Moritz. Und wissen Sie was?«

»Was?« Marie hielt gespannt die Luft an.

»Ich habe einen Mann kennengelernt, das heißt, eigentlich kenne ich ihn schon lange, es hat sich nur in letzter Zeit etwas entwickelt – jedenfalls raten Sie, was ich mit dem will!«

»Kuscheln!«

Helene fuhr sich mit den Händen durch die Haare und offenbarte dabei – wie neulich in der Bar – lachend ihre Stirn. Sie sah wunderbar aus.

»Jaaa! Kuscheln! Und hoffentlich bringt er ein paar Steiff-Tiere mit!«, rief sie voller Verzückung.

Marie und Helene gackerten wie zwei alte Jungfern, die sich nebenberuflich als Puffmütter betätigen.

»Na und? Was wollen Sie mit dem?«, hakte Marie nach.

»Ich will ... ich will mit ihm ins Bett! Oder auf den Küchentisch, den Kronleuchter oder das Trampolin! Es ist mir egal. Ich will ihn einfach haben. Ich will, dass er sieht, was ich für Wäsche trage, und er soll nicht seine Mutter in mir wiedererkennen. – Übrigens: Täuschen Sie sich nicht, wenn Sie versuchen, die Frauen um sich herum einzuschätzen. Die wenigsten von ihnen wollen Kuschelsex, auch wenn ihre Beinbehaarung noch so ... so ... haarsträubend ist. Und flache Schuhe – was sagt das schon? Genauso wenig wie hohe Schuhe. Glauben Sie bloß nicht, dass die Verkäuferin im Bioladen, nur weil sie Körner verkauft und in Birkenstocks arbeitet, nicht auch die beste Kundin bei Renate Uhse sein kann.«

»Beate«, verbesserte Marie.

»Was?«

»Beate Uhse, nicht Renate.«

»Ach so. Egal. Sie sollen mich nicht immer verbessern!«

»Bitteschön – also Renate.«

»Was ich sagen wollte: Die Reduzierung auf Äußerlichkeiten ist anmaßend und, vor allem, dumm. Und zwar in jede Richtung. Als ich Sie zum ersten Mal sah, war ich genauso anmaßend und dumm. – Wichtig ist, was innen drin ist und worauf man sich selbst reduziert.«

Die Stimmung wurde wieder etwas ernsthafter. Helene nahm Haltung an und räusperte sich. Es war ihr ein wenig peinlich, sich so aufgetan zu haben.

Marie sah auf das Fenster und den Ahorn.

»Wahrscheinlich haben Sie recht. Ich glaube, ich habe alle Frauen in meinem Leben – bis auf meine Mutter und meine Schwester vielleicht – herablassend behandelt, mich selbst eingeschlossen. Das haben Sie mir auch verdorben. Beziehungsweise: Sie sind dabei, es mir zu verderben. Hoffentlich schaffen Sie das nicht vollständig ... Denn manche haben es doch wirklich nicht anders verdient, oder? Für manche will ich einfach kein Verständnis haben, und das möchte ich mir eigentlich erhalten.«

Wieder in ihrem Job angekommen, sah Helene forschend zu Marie hinüber. »Verdient? Welche Frauen haben es denn verdient, von Ihnen herablassend behandelt zu werden?«

»Jaja – nun haben Sie mir gleich wieder den Wind aus den Segeln genommen. Von wegen! Ich tue mal so, als hätten Sie das eben nicht gesagt. Also – welcher Typ Frau ist so richtig abscheulich: Der Typ Frau, der durchdrungen ist von Pflichterfüllung gegenüber Familie und Arbeitgeber und Ehemann und Hund und Übertöpfen und sich überhaupt nichts anderes mehr vorstellen kann ... der genau seine Rechte kennt und die auch immer vehement durchsetzt, der wegen einer Verabredung zum Essen am liebsten einen notariellen Vertrag abschließen würde, der in Wertpapierkategorien denkt, der alles platt macht, was auch nur einen Tick anders leben möchte, der Typ Übermutter, der spitzpassaufmäßig sich kreischend das Maul darüber zerreißt, wie die Nachbarin ihre Kinder erzieht, Angst vor Ausländern hat und selbst so fantasielos und geistesarm ist, dass es einen nur so graust. Brrr, schrecklich! – Ich glaube, das trifft es in etwa. Und jetzt sagen Sie mir nicht, das seien auch nur Menschen!«

»Sage ich aber. Ich sage Ihnen: Behandeln Sie sie nicht herablassend. Meiden Sie sie einfach. Der Typ Frau, den Sie beschrieben haben, ist eine Plage für den Geist, da bin ich vollkommen d'accord mit Ihnen. Unbedingt meiden! Aber Herablassung – nein. Die schadet Ihnen selbst am meisten.«

Helene machte eine Pause und sah Marie streng in die Augen.

Beiden schien es, dass sie an einem Punkt angekommen waren, der einen Hauch von Glück bedeuten konnte. Sie verstanden sich.

Was Marie eigentlich in den Ferien vorhabe, fragte Helene.

»Nicht viel. Obwohl. Eigentlich sehr viel, was ganz Großes, könnte man sagen. Ich will jemanden besuchen. Jemanden, den ich bis jetzt viel zu sehr gemieden habe. Und die Kinder und Martin sollen auch mitkommen, die sollen ihn endlich kennenlernen. Ja, Martin auch. So lange geht ja selbst der ›Ring‹ nicht, bis dahin wird er wieder da sein.«

»Warum haben Sie ihn gemieden?«

»Den ›Ring‹?«

»Nein, diesen Jemand.«

»Tja ... schön blöd ... Weil ich ihn viel zu sehr ... vermisse. Sagt Ihnen das was?«

»Ich bin nicht ganz sicher ... Sie sehnen sich nach ihm, und deswegen meiden Sie ihn?«

»Hm. Ja. Er ist nicht ... meiner ...«

»Ihrer?«

»... mein ...«

»Vater?«

»Hm.«

»Sie haben Angst, damit konfrontiert zu werden?«

»Ja. – Irgendwie habe ich dann das Gefühl, noch verlassener zu sein als vorher. Ist doch alles bescheuert. Aber es muss einen Weg geben, oder? Es gibt doch immer eine goldene Mitte. Jedenfalls bin ich fest entschlossen, die mal auszuprobieren, indem man sich schlichtweg sieht. Das mache ich: sozusagen eine Visibility-Studie. Vielleicht ... wenn ich es probiere ... vielleicht geht es ja irgendwie doch.«

»Gute Idee. Auch, dass Sie Ihre Familie, vor allem Ihre Kinder mitnehmen wollen. Sie werden quasi wie eine kleine, von Ihnen selbst aufgestellte Armee hinter Ihnen stehen. Das ist gut. Und Sie sind Bestandteil dieses kleinen, schönen Bollwerkes. – Es klingt alles gut, was Sie sagen.«

»Echt?«

»Ja! Ich sehe, dass Sie sich auf einen bestimmten Weg machen. Der ist schmal, gar nicht komfortabel, aber im Vergleich zu Ihrem bisherigen Drahtseilakt ein amerikanischer Highway! – Was Sie sehr gefangen hält, ist Ihre Angst vor dem Verlassenwerden. Sie lesen sogar Bücher rückwärts, weil Sie es nicht ertragen können, dass sie ein Ende haben. Es ist so schwer für Sie, eine gesunde Bindung zu einem Menschen aufzubauen – selbst zu Ihren eigenen Kindern halten Sie Abstand. Und am meisten zu sich selbst! Sie verharren mit Gewalt in Ihrer Kindheit, manchmal sprechen Sie sogar wie ein Kind. Sie wollen etwas festhalten, was längst zum Schluss gekommen ist. Und damit verbauen Sie sich viele Möglichkeiten, die Ihnen das Leben als erwachsene Frau bietet. – Verlassen zu werden geht fast immer mit Trauer einher. Trauer gehört zu unserem Menschsein. Sie lässt uns nicht nur traurig sein, sie lässt uns auch wachsen, reifen, ermöglicht uns, Glück zu empfinden. Aber zu einem Trauma muss Trauer nicht werden. – Es gehört Ordnung gemacht. Nicht auf dem Küchentisch. In Ihrer Seele! Und keine Angst: Ihre Seele bleibt Ihre Seele, daran werden weder ich noch ein Psychoanalytiker etwas ändern, Gott sei Dank. – Ich möchte Sie etwas fragen: Werden Sie nach den Sommerferien mit der Psychoanalyse beginnen?«

Es versetzte Marie einen Stich, dass Helene versuchte, sie abzuschieben. »Was machen Sie im Sommer?«

»Ich? Im Sommer?«

»Ja, Sie im Sommer. Hollywood?«

»Tja. Das habe ich abgesagt. Ich habe jetzt einen Cluburlaub für mich und die Jungs an der Algarve gebucht.«

»Oh. Klingt irgendwie nach weniger schön.«

»Ist es auch. Wissen Sie was: Ich glaube, in manchen Dingen sind Sie mir weit voraus. Ich ruhe schon ziemlich in mir und habe keine nennenswerten Probleme mit meiner Persönlichkeit. Aber in ... in Männerfragen bin ich nicht so versiert, das muss ich zugeben. Da ist es auf einmal vorbei mit der Gelassenheit und der Selbstsicherheit. Nun ja ... und weil ich mir nicht ganz sicher war, dass das Trampolin wirklich für mich aufgestellt sein würde ... habe ich das Springen abgesagt.«

»Schade.«

Urplötzlich sprang Marie von ihrem Sessel auf und versuchte panisch und hektisch nach Luft ringend, mit den Händen an ihren Rücken zu gelangen. Die nackte Angst sprach aus ihrem Gesicht, sie hatte die Augen weit aufgerissen, als würde sie gefoltert. Helene stand ebenfalls auf und fragte besorgt, was denn um Himmels willen los sei. Sie glaube, schrie Marie vollkommen hysterisch, da sei eine Spinne an ihrem Rücken. Helene fackelte nicht lange. Sie trat hinter Marie, öffnete blitzschnell den Reißverschluss ihres Kleides und suchte mit beiden Händen gründlich Maries Rücken ab. Da war nichts. Marie wurde schwarz vor Augen. Sie sank in den Sessel und atmete hastig. »Atmen Sie aus, und halten Sie die Luft an, ganz ruhig«, sagte Helene, zog den Reißverschluss wieder zu und legte für einige Sekunden ihre rechte Hand in Maries Nacken. »So, und jetzt atmen Sie ganz ruhig weiter, nur ganz wenig einatmen, das reicht. Vor allem ausatmen. Da ist nichts auf Ihrem Rücken. Ich habe in diesem Zimmer noch nie eine Spinne gesehen – hier gibt es keine. Alles gut.«

Marie atmete wieder in normalem Tempo, legte ihr Gesicht in die Hände und saß eine Weile so da. Dann sagte sie: »Diese Spinnenphobie bringt mich noch ins Grab. Aber dass diese Biester jetzt sogar schon an mir hochkrabbeln, wenn sie gar nicht wirklich da sind ... Ist wahrscheinlich die Müdigkeit. Ich bin heute um fünf aufgewacht. Na ja, vielleicht, weil ich gestern nacht nichts getrunken habe außer Tee. – Oh, Gott, wo gerate ich nur hin! Und Sie sagen, es klingt alles gut?«

»Ja, das tut es. Besser jedenfalls als am Anfang. – Werden Sie nach den Sommerferien mit der Psychoanalyse beginnen?«

»Nein.«

»Okay.«

»Ja, gut, dann eben doch.«

Helene umfasste mit beiden Händen Maries Rechte, so wie es Bürgermeister tun, wenn sie einem hundertjährigen Jubilar alles erdenklich Gute und ein langes Leben wünschen. »Ich wünsche Ihnen einen guten Sommer und freue mich darauf, Sie in acht Wochen wiederzusehen. Vor allem wünsche ich Ihnen, dass Sie für sich und Pasi etwas mit Adam erreichen. Und sehr gespannt bin ich auf die Schilderung Ihres Besuches bei dem, der Ihnen so viel bedeutet. Sie machen das richtig. Aber erwarten Sie nicht zu viel von sich fürs Erste. Versuchen Sie nicht, Ihre Trauer mit Gewalt zu bekämpfen. Gehen Sie kleine, aber überlegte Schritte.«

»Ich wünsche Ihnen auch einen schönen Sommer mit Ihren Jungs – mehr wird ja wohl nicht herausspringen. Obwohl – so Clubs können auch ganz lustig sein. Sind die reinsten Kontaktbörsen.«

»Danke. Sie werden es erfahren. – Was machen Sie jetzt? Gehen Sie nach Hause?«

»Genau dorthin. Vorher aber esse ich zwei Donuts in der Fußgängerzone. Ich liebe Donuts. Aber nur die glasierten und die mit dunklem Schokoladenüberzug. Und dann rufe ich Adam an.«

»Viel Erfolg, wirklich.«

»Ach, das wird schon – die Donuts sind ja immer gleich.«

»Ich meinte nicht die Donuts, sondern ...«

»Jaja ... bis September dann, tschüss«, sagte Marie schnell, bevor sie es nicht mehr würde verhindern können, Helene zum Abschied zu umarmen, setzte sich noch im Sprechzimmer die Sonnenbrille auf und verließ Helene. »Ach übrigens«, sie drehte sich noch einmal um, »wenn Sie so auch Herrmanns Hände gehalten haben, dann ist es kein Wunder, dass Sie Mutti waren.«

22

Marie bekommt eine rote Rose geschenkt, während eines Fluges über Rapsfelder ein paar gute Gedanken sowie einen Schmerz

Marie schlenderte durch die Fußgängerzone nach Hause. In Gedanken war sie bereits bei Lilie auf dem Bauernhof. Die Kinder ritten auf den Schafen wie sie früher. Martin war auch dabei. Was Martin jetzt wohl machte? Würde er dabei sein, wenn sie Lilie besuchten? Er sollte dabei sein. Ihr fiel auf, dass sie Wert darauf legte und ihn nicht nur als Mann, sondern auch als vertraute Person vermisste. Am besten ginge es gleich am ersten Ferientag los. Die Tage waren lang, wie geschaffen für den Hof. Vorher, heute noch würde sie Adam anrufen und irgendetwas Gutes bewerkstelligen. Adam war kein Dummkopf, er würde es sich überlegen, wieder einlenken. Natürlich. Alles andere wäre nicht angemessen. Marie kaufte sich zwei Donuts – einen glasierten und einen mit Schokoladenüberzug – und setzte sich auf eine Bank. Der Sommer würde nicht dunkel werden. Und sie liebte Donuts.

Ebenso liebte sie, was ihr plötzlich, während sie in den glasierten biss, vor die Füße fiel: langstielige rote Rosen. Dreißig Stück mochten es wohl sein. Der Mann mittleren Alters, der behände vom Boden aufsprang und nicht wusste, ob er lachen oder schreien sollte, klopfte sich seinen nunmehr zwar schmutzigen, aber akkurat sitzenden Anzug ab. Nach einem kurzen Blick auf Marie, die keine zwei Meter von ihm entfernt dem Dramolett folgte, machte er sich daran, die Rosen einzusammeln.

Als er sich Maries Beinen auf einen knappen halben Meter genähert hatte, schlug sie sie übereinander und wippte leicht mit dem rechten Fuß, der in einer schwarzweiß gepunkteten flachen Pantolette steckte. Sie kannte die Wirkung ihrer Beine auf Männer, und die Auskostung dieses Effektes nur ein einziges Mal sausen zu lassen, wäre ihr im Traum nicht eingefallen. Es kam denn auch wie vorhergesehen.

»Schöne Beine.«

»Schöne Rosen. – Sind Sie auf dem Weg zu einem Heiratsantrag?«

Der Mann hatte die Rosen wieder irgendwie in das Papier eingeschlagen und setzte sich in gebührendem Abstand zu Marie auf die Bank. Er sah einfach fantastisch aus. Sein weißes Hemd war auch nach dem Sturz noch tadellos, der dunkelblaue Anzug glänzte, abgesehen von dem Straßenschmutz, dezent und passte hervorragend zu seinem gebräunten Gesicht und den hellblauen Augen. Sein Haar war schon etwas schütter; er hatte hohe Geheimratsecken, die ihm gut standen.

»Nicht direkt. – Guten Appetit.«

»›Guten Appetit‹ sagen nur Spießer. – Oh, wollen Sie einen Donut auf den Schock? Ich hätte da noch einen mit Schokoladenüberzug.«

Er überlegte kurz und nahm dankend an, was Marie eine willkommene Überleitung zu weiterem Geplänkel bot.

»Sie essen Donuts mit Schokoladenüberzug? Das ist in höchstem Grade unmännlich, wissen Sie. Männer, die Schokolade essen, sind wirklich das Letzte.«

Er unterbrach kurz das Kauen und sah Marie kritisch an. »Wirklich? Das Letzte? Nicht etwa das Allerletzte?«

»Aber hallo.«

»Aha – aber hallo!«, äffte er Marie nach und schluckte runter. »Was macht denn einen Mann männlich?«

»Na, Schokolade jedenfalls nicht.«

»Hm. Aber macht sie ihn gleich ›in höchstem Grade‹ unmännlich und zum Letzten? Das ist doch, mit Verlaub, völlig verspannter Unsinn.«

»Woher wollen Sie das denn wissen? Sie als Mann können ja wohl kaum einschätzen, was einen Mann männlich und was ihn zum Allerletzten macht.«

Er schüttelte lässig-gelangweilt den Kopf. »Wissen Sie, was Frauen sind, die unwillkürlich mit den Füßen wippen, wenn sich ein Mann in der Nähe befindet, und erklären, Männer, die Schokolade essen, seien unmännlich und das Letzte?«

»Jaha, sehr vernünftig!«

»Neihein! Sie mögen zwar auf eine gewisse, oberflächliche Art reizend sein, aber erstens sind sie leichte Beute und zweitens wahrscheinlich therapiebedürftig. Aber wissen Sie was?«, und damit erhob er sich, »Weil Sie so schöne Beine haben, schenke ich Ihnen jetzt eine Rose und wünsche Ihnen einen schönen Tag hier auf der Bank. Und viel Erfolg noch!«

Er legte eine Rose zu Maries Füßen, blinzelte ihr zu und ging seiner Wege. Ja, er sah fantastisch aus.

Na, klasse, dachte Marie. Quälte sie sich eigentlich mit der richtigen Therapie herum, wenn ihr ein hergelaufener Beau innerhalb von fünf Minuten bescheinigte, reif für eine Therapie zu sein? So ein Arsch.

Sie hob die Rose auf und drehte sie in der Hand. Genau solche hatte Adam ihr in die Klinik gebracht, als Pasi geboren worden war. Achtunddreißig Stunden hatte es gedauert. Dass sie das überlebt hatte. Dass man von so vielem nicht stirbt, spricht eigentlich dafür, es gutzuheißen, dass man nicht stirbt. Und stets an ihrer Seite Adam, dem selbst im unerträglichsten Augenblick nicht übel geworden war. Nicht einmal Durst oder Hunger hatte er gehabt, die ganze lange Zeit über. Alles, woran ihm gelegen war, waren

Maries Gesundheit, dass man die Schmerzen irgendwie linderte und dass sein Kind schnell und gesund auf die Welt käme. Wenn sie sich recht erinnerte, hatte sie, gelinde gesagt, nicht sehr vorteilhaft ausgesehen. Aber er hatte sie schön gefunden. Und Pasi erst. Pasi, die drei Wochen später als geplant auf die Welt kam – mit weichen, wilden Locken und einem Claviculabruch. Na ja, Grünspan nur, aber immerhin. Sich beim Aufdieweltkommen etwas zu brechen ... Ob es so schwer gewesen war, oder wollte das Ungeborene sich gegen etwas stemmen? Ach, Pasi, wolltest du weiter da in der warmen Dunkelheit bleiben und Mozart von mir vorgespielt bekommen? Hast du was geahnt?

Die Rose in Maries Hand drehte und drehte sich, während ihre Besitzerin auf den Bürgersteig starrte und alles sah, nur nicht den Bürgersteig und die über ihn hastenden Füße ... Und ich, wollte ich dich vielleicht gar nicht herauslassen? Du warst kein Wunschkind, bist es erst in deinen ersten zehn Sekunden geworden ...

Unterbrochen von einem Motorengeräusch, sah Marie nach oben und verfolgte mit den Augen eine Beech, die ein paar Runden über Innenstadt und Schloss drehte.

Adam, ich gehe jetzt und rufe dich an, und ich erinnere dich daran, wie schön du Pasi mal gefunden hast und wie vorsichtig du mit ihrer Clavicula warst und wie du ihr Fahrradfahren beigebracht hast und wie du sie vermisst und wie sie dich vermisst.

Die Rose war auf der Bank gut aufgehoben. Maries Beine lenkten sie direkt zum Auto, das sie scheinbar eigenmotiviert zum Flugplatz fuhr.

War sie lange nicht mehr in der Luft gewesen! Auf dem Rollfeld war ihr mulmig geworden; die waren verrückt, ihr das Ding anzuvertrauen. Aber beim Start schon kam die Befreiung: Sie hatte es noch drauf – wie Fahrradfahren. Alles verlief automatisch. Startgeschwindigkeit, Klappen, Steigwinkel, Mixture, Umdrehungen. Sie meldete sich ordnungsgemäß über Funk ab und zog los, das Land zu besichtigen.

Die Nachmittagssonne bescherte dem Blick eine wahre Sommermärchenwelt aus Raps- und Sonnenblumenfeldern, sattgrünen Waldstücken, gut besuchten Spaßbädern, Schlössern, Kirchen und Städtchen, deren Namen ihr nichts sagten. Wenn sie jetzt dem GPS bedeuten würde, sie bequem zu dem Lilie'schen Hof zu führen, was würde sie dann sehen? Würden sie unter einem Apfelbaum sitzen und Blechkuchen essen? Oder gerade Tiere füttern, ein Dach ausbessern, ein Auto reparieren oder einen Pilz? Eine halbe Stunde, und sie wäre dort, genau über ihnen.

Was, wusste sie nicht, aber irgendetwas veranlasste sie, auf Gegenkurs zu gehen und heute nicht nachzusehen, was auf dem Hof los war. Stattdessen näherte sie sich einem für diesen Landstrich ungewöhnlich großen Mischwald, über dessen Gipfeln eine dichterische Ruhe herrschte. Wann war denn nun der Wald am schönsten? Im Sommer eigentlich nicht, fand sie. Im Herbst, ganz klar. Waren Dinge am schönsten, wenn sie kurz vor ihrem Exitus standen? Wie alte Diven, deren Schönheit man desto höher preist, je älter sie sind? Schon möglich, dass sie sich gerade jetzt so dringend mit Adam versöhnen wollte, weil er dem Tode geweiht war. Man konnte keinem Gefühl trauen. Aber wenn man einem einzigen nicht traute, war es dann nicht genauso gut, als Konsequenz daraus allen zu trauen? Vielleicht besser als gar keinem.

Ein Hubschrauber kam ihr entgegen, der buhlerisch in der Sonne glänzte. Ein Traum von Blech.

Als auf dem Copilotensitz Maries Handy klingelte, nahm sie das Gespräch nicht an. Es war Nike, Adams Schwester. Ihr Blick haftete länger als gewöhnlich auf dem Display, wanderte langsam hinauf zum Cockpit, von da auf die Windschutzscheibe und saugte sich endlich an einem Funkturm am Horizont fest. Sie wusste es, vielleicht schon den ganzen Tag lang. Adam war tot.

Wie war das gleich, wie kam man aus dem Trudeln wieder heraus? Seitenruder entgegen oder in Drehrichtung? Und erst Seiten-, dann Höhenruder oder umgekehrt? Logisch, Seitenruder entgegen, memorierte sie, und dann Höhenruder ab nach vorne. Schwachsinn, alles egozentrischer Blödsinn. Nein, sie sollte nicht trudeln. Wenn sie es doch nicht wieder ausleiten konnte – die Kinder würden lange Gesichter machen. Was würde Pasi sagen? Und, vor allem, wer würde es ihr sagen?

Marie nahm Kurs auf den Flugplatz. Man stellte ihr anheim, auf 25 oder 07 zu landen, denn es wehte kein Hauch. Die Sonne im Gesicht, setzte sie die Maschine feenhaft sanft mit Minimalfahrt genau auf die Mitte des ersten Bahndrittels. Das hätte Adam gefallen, und sie sah sein Gesicht, das lachte, und seinen Blick, der vergeblich versuchte, glücklich zu machen, und hörte seine verliebte Stimme sagen, viel besser hätte auch er es nicht hinbekommen.

23

Olaf überrascht Helene, was unter anderem den Tod zweier Fleißiger Lieschen zur Folge hat

Die Koffer, die Helene aus dem Keller holte, waren mächtig verstaubt. Sie sollte sich Kofferschoner zulegen, dachte sie, war andererseits aber schon immer eine Kofferschonergegnerin gewesen. Leute mit Kofferschonern beschafften sich auch noch Kofferschonerschoner. Also rüstete sie sich wie jedes Jahr mit einer Küchenrolle aus und machte sich an die Arbeit, während die Jungs draußen auf dem leeren Marktplatzgelände Fußball spielten.

Fabian spielte so schlecht, wie er konnte, um Moritz die Chance zu geben, so gut zu spielen, wie es ihm möglich war. Sie bemerkten den Mann nicht, der am Rand stand und ihnen zusah. Er wäre auch nicht stehen geblieben, wenn nicht Fabian und Moritz gerade, als er vorübergehen wollte, sich mit Namen angebrüllt hätten. Die Namen kannte er. Eine kleine Weile stand er so, und ihm gefiel, was er sah: Prachtjungs – ein Wunder der Natur, dass dieser Herrmann die gezeugt hatte. Wie erfreulich, dass sie offenbar einen Großteil ihrer Gene der mütterlichen Seite zu verdanken hatten.

Olaf knüllte das Blumenpapier zusammen, warf es in den nächsten öffentlichen Mülleimer und ging über die Straße zu dem Haus, das er noch nie betreten hatte. Ob er zu einem Heiratsantrag unterwegs sei, hatte die Frau auf der Bank vorhin gefragt. Gar keine schlechte Idee. Wenn er Helene nun augenblicklich einen Heiratsantrag machte? Na, das wäre vielleicht etwas viel fürs Erste, konstatierte er und klingelte.

Es war wie immer, wenn man jemandem wider Erwarten begegnete, für den man sich normalerweise eine Stunde lang im Bad und dann noch eine weitere vor dem Kleiderschrank aufgehalten hätte, selbst wenn man eine Frau wie Helene war, die ohne Abendpantoletten und Make-up auskam. Sie hatte weder Bad noch Kleiderschrank frequentiert und stand nun da – zwar irgendwie angezogen, aber praktisch entblößt und ganz sicher in einem anderen Zustand als dem erwünschten. Helene wurde, nachdem sie begriffen hatte, dass Olaf vor ihr stand, knallrot und gedachte sofort ihres dusseligen Lügenbriefes. Sie verwünschte sich selbst und diesen Brief und dass er sie nun daran hinderte, sich zu freuen.

Olaf ließ ihr einige Sekunden Zeit, bevor er die Rosen in Brusthöhe beförderte und den ersten Schritt tat: »Die passen im Moment farblich ganz exzellent zu dir.«

Helene wurde noch wärmer; sie erwiderte das Intelligenteste, was ihr zum jetzigen Zeitpunkt möglich war: ein leises »Puh«. Allein die Rosen boten ihr einen willkommenen Ausweg aus der Situation. Sie stahl sich ins Wohnzimmer, um sofort eine Vase zu besorgen. Bis sie die in der Küche mit Wasser gefüllt, die Rosen angeschnitten und hineingestellt hätte, würde sie sich beruhigt haben, hoffte sie. Während das Wasser in die große Glasvase lief, fächelte sie sich Luft zu und verspürte, nunmehr unbeobachtet, Freude.

Olaf erspähte die Koffer im Flur, enthielt sich aber vorerst einer Äußerung. Auf Befragen der nicht mehr roten, aber immer noch hinreißend echauffierten, nunmehr gefleckten Helene erbat er sich einen Kaffee, schwarz ohne Zucker. Ein Mann, schoss es Helene durch den Kopf, kein Kakao, sondern Kaffee schwarz ohne Zucker. Sie beschloss, die selbstsichere Frau zu bleiben, die sie immer gewesen war, und nicht panisch im Bad zu verschwinden, um irgendetwas zu unternehmen, was jetzt sowieso keinen Sinn mehr hatte. Olaf war hier. Warum? Ohne Anmeldung. Was wollte er?

Helene brachte Kaffee für zwei und setzte sich Olaf gegenüber, der auf dem kleinen, heute zufällig von Post befreiten Sofa Platz genommen hatte.

»Tja. Schön, dich zu sehen. Wie kommt's?«

»Schön, dich zu sehen, Heli. Du siehst hervorragend aus.«

»Hm.«

»Ach, weißt du, ich war nur gerade zufällig in der Nähe und dachte ...« Olaf sah in Helenes gespanntes Gesicht und stockte. »Nein, ich will gar nicht um den Brei herumreden, Zeit ist kostbar, oder? Also von vorn: Zugegeben, ich war zwar in der Nähe, um eine alte Tante zu besuchen – meine Erbtante, die wahrscheinlich aus purer Nickeligkeit gestern siebenundneunzig geworden ist –, aber ich ... ich wäre nicht zu diesem Geburtstag gefahren, wenn meine Erbtante nicht zufällig in deiner Nähe wohnen würde. Ihr Haus lag praktisch auf dem Weg, nicht deines. So herum ist es richtig.«

»Hm.«

»Ja, es ist so: Seit diesem letzten Kongress willst du mir einfach nicht aus dem Kopf. Irgendetwas war da mit dir. Oder mit mir, ich weiß es nicht so genau. Auf jeden Fall war es anders als sonst. Vielleicht, weil wir älter geworden sind. Alt? Ich ein bisschen, du nicht. Du wirst immer jünger, scheint mir.«

Helene lief zu Hochform auf und sprach: »Hmhm.«

»Du warst – zauberhaft, und ich frage mich seitdem, ob du schon immer so zauberhaft warst. Ob du eigentlich schon immer, nun ja, zauberhaft auf dem Weg gelegen hast – entschuldige die Formulierung – und ich mein Lebtag an dir vorbeigefahren bin, weil ich zu blind war, einmal auszusteigen.

Und viel zu beschäftigt natürlich. Damit, Kunstblumen zu pflücken, die zwar nie welken, aber dafür auch nie blühen oder duften. Noch mal Entschuldigung – ich habe auf der Fahrt hierher Barockgedichte gehört.«

»Hm.«

»Auf diesem Kongress, glaube ich, habe ich dich zum ersten Mal richtig gesehen, obwohl wir uns schon ... wie lange kennen?«

»Hm?«

»Fünfundzwanzig Jahre fast, oder? – Hast du eigentlich schon immer so ausgesehen wie jetzt?«

Helene zog die Brauen hoch.

»Jedenfalls, Helene ... ich weiß es nicht mehr, wie du früher ausgesehen hast, nur noch, dass wir uns immer verstanden haben, was ich Trottel allerdings erst jetzt verstanden habe. Die letzte Zeit war für mich wie ... wie ... eine Auferstehung! Als sei ich von einem Brett vor dem Kopf befreit worden! Ich habe mich mein Leben lang – du kannst es ja bezeugen – mit gerade mal so eben volljährigen Geschöpfen herumgedrückt, deren einziges Glückskriterium eine gute Figur ist. Nicht, dass ich davon nicht auch profitiert hätte, und nicht, dass ich eine gute Figur nicht zu schätzen wü...«

»Hm!«

»Ach, komm. Ich rede mich um Kopf und Kragen. Und dabei wollte ich dir doch irgendwie vermitteln, tja, dass ich dich und deine Jungs für den Sommer eingeladen habe, um einmal eine Frau mit Verstand in meinem Haus zu sehen, optimalerweise ...«

»Ja?« Da war sie wieder, die gute alte deutsche Sprache.

»... in meinem Schlafzimmer.«

»Hmhm.«

»Seit ein paar Wochen beschäftigt mich eine diffuse Illusion, die immer dann konkret wird, wenn ich uns beide auf diesem Kongress sehe. Weißt du, vorhin, auf dem Weg hierher, bin ich einer Frau praktisch vor die Füße gefallen. Ich habe mich kurz zu ihr auf die Bank gesetzt, sie bot mir einen Donut mit Schokoladenüberzug an, und als ich ihn annahm, da sagte sie: ›Männer, die Schokolade essen, sind das Letzte.‹«

»Ach.«

»Sie war eines jener Geschöpfe, die ich leid bin. Sie machen auf großartig und kokett und sind doch so klein und haben Spatzenhirne. Kleistern sich zu, dass man kein Gesicht mehr erkennen kann, sind von oben bis unten rasiert, haben eine Haut wie Kinder, eigentlich doch grauenhaft, sind so dünn, dass sie ins Handschuhfach passen, und wenn sie den Mund aufmachen, möchte man wegrennen. Wobei: Diese Person auf der Bank war gar nicht so ärgerlich, wenigstens war sie nicht blondiert, und volljährig war sie auch längst, aber sie gehörte für mein Gefühl trotzdem in diese Kategorie.«

»Aber hübsch war sie schon, oder?«

»Ja, bestimmt, ich nehme es an. Aber schwierig, anstrengend, vielleicht hohl, auf jeden Fall affektiert, unecht.«

»Vielleicht ist sie echter, als du denkst.«

»Du meinst, sie ist so echt, dass ich sie berufsbedingt schon wieder für unecht halte? Und dich im Umkehrschluss für echt, weil du in Wahrheit so unecht bist? Heli, ich bitte dich! Na, mag sein. Ich habe ihr zu einer Therapie geraten.«

»Gut gemacht.«

»Aber, um mal wieder zum Kern meines Besuches zu kommen: Es spielt auch keine Rolle, was ich nicht mehr will. Eine Rolle spielt, was ich will. Und natürlich, was du willst.«

»Ach, doch?«

»Ich möchte, dass ihr den Sommer mit mir am Bodensee verbringt. Als ich deinen Brief las, wusste ich, dass irgendetwas faul an ihm war. Deswegen bin ich hier. Du hast die Anrede vergessen. Das ist nicht deine Art. Du vergisst keine Anrede.«

»Oh.« Tatsächlich. Sie hatte sie vor lauter Nachgrübeln darüber vergessen.

»Nun sehe ich allerdings Koffer im Flur. Wollt ihr verreisen?«

»Portugal.«

»Hm. Hast du deine schweren Fälle doch noch schnell in den Griff bekommen. Alle Achtung. Und sag mal, die Jungs, die da draußen Fußball spielen und sich Moritz und Fabian nennen, sind nicht zufällig deine? Also, wenn es deine sind, wovon ich wohl ausgehen kann, denn es werden ja nicht alle Jungs hier Moritz und Fabian heißen, dann habt ihr hervorragende Ärzte hier – von Angina oder einem verstauchten Fuß ist jedenfalls nichts mehr zu sehen. – Du siehst, Helene, es stimmte eben etwas an deinem Brief nicht.«

»Lieber Pierre.«

»Bitte?«

Helene stand auf und ging zum offen stehenden Balkon. Sie knibbelte zwei Fleißige-Lieschen-Blüten ab, drehte sich wieder zu Olaf und begann, die Blüten mit den Fingern zerfleischend, im Zimmer auf und ab zu gehen.

»Ich wollte dich mit ›Lieber Pierre‹ anreden.«

»Aha. Hat dir das dein Psychiater geraten? Guter Mann.« Auch Olaf stand auf.

»Ich wusste nicht, wie ich dich anreden sollte. Wie beginnt man einen Brief, der von vorn bis hinten gelogen ist? Ich habe keine passende Anrede gefunden. Du heißt nun einmal, wie du heißt – was soll ich sagen? Ich wollte sie später eintragen, habe es aber offenbar vergessen. So. Natürlich, du hast es gemerkt, bist ja vom Fach. Und nun bist du hier und versuchst mir mit umständlichen Worten zu erklären, dass du eine Frau suchst, die keine gute Figur zu haben und auch nicht besonders schön zu sein braucht, jung muss sie auch nicht mehr sein, aber drei und vier sollte sie zusammenzählen können. Am besten noch mit Kindern und unrasierten Beinen. Und dabei hast du an mich gedacht. Das ist sehr schmeichelhaft!«

»Nein! Nein! Um Himmels willen! Du hast mich völlig falsch verstanden. Oder vielleicht habe ich Idiot mich auch falsch ausgedrückt. Ich wollte sagen, dass du die Frau bist, die alles hat! Schönheit und Geist. UND, nicht ODER! Du bist die schönste Frau unter der Sonne!«

Helene rollte die Augen nach oben und deutete ein Pfeifen an.

»Diese Frau auf der Bank hat mich angesichts der Rosen gefragt, ob ich zu einem Heiratsantrag unterwegs sei. Und ob du es glaubst oder nicht: Ich fand es nicht so abwegig ... Ich bin verliebt in dich, Helene, und ich möchte nie wieder lose mit dir befreundet sein. Du hast mich in deiner schönen schmalen Hand.«

Helenes zwischenzeitlich kurz aufgeblitzte Lockerheit war dahin. Es war ernst, und das fühlte sich gut an. Sie konnte sich nicht erinnern, jemals so hofiert worden zu sein, und überlegte, was nun zu tun sei. Am besten wäre es wohl, sich zunächst ein bisschen zu zieren, doch wieder einmal musste sie damit leben, für derlei nicht gemacht zu sein.

»Ich sag dir was«, sie strich sich die Haare aus der Stirn und hielt sie auf dem Scheitel fest. »Seit Wochen habe ich so eine Fantasie, die immer dann konkret wird, wenn ich uns beide sehe – komischerweise Rosé trinkend auf deiner Terrasse, obwohl ich die ja gar nicht kenne. Und eigentlich trinke ich auch keinen Alkohol.« Sie guckte auf ihre Füße, die bar auf dem Parkett standen, und ließ die Reste der Fleißigen Lieschen hinunterrieseln.

»Mein Weinkeller steht zu deiner uneingeschränkten Verfügung.«

»In welchem Hotel wohnst du eigentlich?«

»Im Hyatt.«

»Typisch. Ist es gut?«

»Ausreichend.«

»Gibt es da Rosé?«

»Ich wette, ja.«

»Acht Uhr?«

»Warte, lass mich überlegen … Doch, da hätte ich noch einen Termin frei.«

Einfach perfekt, dachte sie, als Olaf gegangen war. Es war Helene beinahe unheimlich, in welch professionelle Sprödigkeit sie ihre Liebesbekundung eingelagert hatte. Jubilierend machte sie sich auf die Suche nach der Wäscheboutique-Tüte, die unangetastet irgendwo in ihrem Schrank herumliegen musste. Ein schrecklicher Gedanke ließ sie zusammenfahren, doch als sie ihr Kleid anhob, stellte sie erleichtert fest, dass die Waxxpickel gewichen waren.

24

Marie erfährt, dass Adam heute nicht der Einzige war

Ihre Mutter saß mit roten Augen in der Küche, die Kinder sahen »Madita«, als Marie nach Hause kam. Sie richtete die Stores an den großen Küchenfenstern und schob die Kaffeemaschine an ihren Platz. Einen Sicherheitsabstand von einem Meter zwischen sich und ihr frei lassend, setzte Marie sich neben ihre Mutter. Man war sich nie in die Arme gefallen, weder vor Freude noch vor Trauer. So sollte es bitteschön auch jetzt bleiben.

Es war unangenehm, etwas sagen zu müssen. »Tja. Nun ist er tot.«

Auch Maries Mutter gehörte zu denjenigen, die eine Peinlichkeit dabei empfinden, über emotionale Attacken zu reden. »Ja. Nun ist er tot. – Woher weißt du das?«

»Keine Ahnung.«

»Ich habe gerade erst den Anruf bekommen. Gestern Abend haben sie noch gefeiert, bei bester Gesundheit, und heute Morgen um fünf hat Liesel bemerkt, dass er nicht mehr atmet. Das war wohl nicht ungewöhnlich, hat sie gesagt. Sie hat ihn immer angeschuckelt, wenn er diese Aussetzer hatte, und dann hat er weitergeatmet. Aber dieses Mal«, Maries Mutter putzte sich die Nase, »dieses Mal nicht.«

Liesel ... gestern noch gefeiert ... dieses Mal nicht ... Die Worte fuhren Achterbahn unter Maries Schädeldecke. Warum sprach ihre Mutter von Liesel, Lilies Frau? Wieso gestern noch gefeiert? Adam hat gestern bestimmt nicht gefeiert. Und wenn, dann nicht mit Liesel. Lilie. Den fuhr sie doch im Sommer besuchen. Wieso denn Lilie? Marie wünschte, ihre Hand auf den gebräunten, faltigen Unterarm ihrer Mutter legen zu können, hätte dazu aber an sie heranrücken müssen. Und dann wäre die heilige, peinliche Starre unter Stühlegerücke zerborsten. »Was redest du da? Was hat das mit Lilie zu tun?«

»Ich kann es auch nicht glauben. Jetzt ist er weg. – Gerade heute. Gestern war Papas Geburtstag, morgen ist sein Todestag. Und heute Lilie. Einfach weg.«

Marie verstand. Lilie also. Lilie repariert nun keine Pilze mehr. Heute früh um fünf war sie aufgewacht. So war es halt – der eine wird wach, der andere schläft einfach weiter. Sie stierte auf das Gewürzregal und schluckte. Schnell die Starre beenden, nur nicht wahnsinnig werden, dachte Marie. »Ich muss Nike anrufen.« Marie goss sich ein Glas Weißwein ein, ging mit dem Telefon auf die Terrasse und setzte sich auf die Treppe unter der Linde, durch deren Zweige sich in dunklem Orange ein paar letzte Sonnenstrahlen quälten.

Nike war ganz gefasst und teilte Marie die Einzelheiten mit, die sie in Erfahrung gebracht hatte. Adam sei zu Hause im Bett um zehn Uhr vierzig gestorben. Seine Ehefrau und der Arzt seien bei ihm gewesen, und er habe keine Schmerzen gehabt. Der Arzt habe es keinem sagen sollen, da er aber Nike vom Studium her kenne, habe er sie sofort angerufen und ihr auch anvertraut, wie froh er sei, diese Frau jetzt nie wieder sehen zu müssen.

Zehn Uhr vierzig, dachte Marie, eine imaginäre Spinne.

25

Da sieht man mal wieder, wie schnell man in der Brunftzeit alle seine Grundsätze vergisst

Moritz und Fabian kamen erstmalig in ihrem Leben in den Genuss, eine Harry-Potter-DVD, Chips und Kakao nach ihren eigenen Mengenangaben konsumieren und einen ganzen Abend ohne den Kontrolletti in Gestalt ihrer Mutter verbringen zu dürfen. Die Nachbarin hatte einen Schlüssel. Sie war angehalten, stündlich nachzusehen, ob die Sturmfreiheit den Kindern bekomme, und sie zu gegebener Zeit zur Nachtruhe zu bewegen.

So schnell also, fuhr es Helene durch den Kopf, als sie die Tür hinter sich ins Schloss fallen ließ, wird man zur Lügenschlampe, die ihre Kinder vernachlässigt und nur noch an das Eine denkt. Das Eine – wieso sagte man eigentlich zu dem Einen »das Eine«? Einerlei. Sie gehe zu einem Abendessen mit Kollegen, hatte sie gesagt und sich ganz mies dabei gefühlt. Aber bereits, als sie an dem ersten Schaufenster vorbeiging und unauffällig ihre Silhouette prüfte, schickte sich die Zerknirschung an zu verfliegen.

Am späten Nachmittag hatte Helene schwarze Lack-Peeptoes mit halbhohem Absatz und ein rot-schwarzes Etuikleid mit Reißverschluss am Rücken erstanden, wofür sie extra in die dreißig Kilometer entfernte Schlossallee gefahren war, um sicherzugehen, beim Einkauf unentdeckt zu bleiben. Die Verkäuferin hatte ihr zu rotem Nagellack auf den Zehen und zu einem passenden Armreif geraten. Beides hatte sie abgelehnt. Was zu viel war, war zu viel. Stattdessen hatte sie ihre Zehennägel farblos lackiert und, um den Glamour auf die Spitze zu treiben, farbloses Lipgloss aufgetragen. Anschließend hatte sie festgestellt, dass sie keine Handtasche besaß, die infrage käme, und hin und her überlegt, ob man wohl ohne gehen könne oder schnell noch eine besorgen solle – bis ihr die bahnbrechende Idee gekommen war, in den Kisten ihrer Mutter nachzusehen. Ein guter Gedanke: Die passende schwarze Unterarmtasche ihrer Mutter wollte getragen werden. Keine Frage – Helene war ein Vamp.

Das Taxi fuhr nur zehn Minuten und hielt direkt vor dem edlen Eingang des Hotels. Helene versagten beim Aussteigen die Knie. Sie fühlte sich unsicher, unpassend gekleidet, wenngleich sie sehr passend gekleidet war, und stakste hölzern in die Lobby. Dort saß Olaf und tat so, als lese er in einem Magazin. Er hatte sich umgezogen und sah, lässig in einen braunen Clubsessel geschmiegt, noch besser aus als vorhin. Besser auch als auf dem Kongress, besser als vor zwanzig Jahren. Ob Olaf immer besser wurde?

Als Helene, alle Kräfte bündelnd, auf ihn zuging, musste Olaf zweimal hinsehen. Ich kenne sie ein halbes Leben lang, dachte er, und doch ist sie neu. Sie wurde immer besser.

Helene eröffnete das Gespräch, als ginge sie das hier alles gar nichts an: »Na? Was liest du?«

»Nichts Weltbewegendes. Nur ein paar Terrorwarnungen für Deutschland.«

»Ah, na das geht ja noch.« Sie sah sich in der Hotellobby um, als suche sie jemanden, und nickte – ich will mit ihm ins Bett, sofort!

»Hast du Hunger?«, fragte Olaf. »Dieses Restaurant hier

hat eine sehr einladende Terrasse und ist wahrscheinlich gar nicht schlecht. Französisch. Magst du Französisch?«

Das konnte Helene nur noch krächzend bestätigen, wobei sie abermals eine sehr gesunde Gesichtsfarbe annahm. Keine Frage – ein Vamp war etwas anderes.

In der Tat wurden einige wirklich delikate Kleinigkeiten gereicht, die Olaf auf Helenes Bitte hin nach seinem Gusto für beide bestellt hatte. Er wollte Champagner dazu ordern, doch Helene bestand darauf, nun auch fantasiegemäß Rosé zu trinken. Also bestellte er Rosé-Champagner – ein Kompromiss, mit dem es sich bestens leben ließ.

Nach dem zweiten Glas mischte sich schließlich die alte, entkrampfte Vertrautheit in die Unterhaltung. Helene ging es gut. Lediglich der reizvolle Gedanke, wie gut es ihr, wenn alles gut ginge, in einer halben Stunde erst ginge, konnte das Wohlgefühl toppen. Doch anstatt endlich die Weichen für eine gigantische Nacht zu stellen, fragte Olaf, ob sie einen Espresso haben wolle. Espresso klang nach Abschluss. Sollte sie etwa die Kurve bekommen und sich selbst einladen? Das wäre ja noch schöner, empörte sie sich, hörte sich aber gleichwohl jene Kurve ansteuern: »Wie sind eigentlich die Zimmer hier? Schön?«

Olaf machte keine Miene, die verraten hätte, dass er sich seit seiner Ankunft in der Stadt vorstellte, wie es wäre, Helene sein Zimmer zu zeigen. »Praktisch ohne Beanstandungen. Was sehr angenehm auffällt, ist das Fehlen von Matisse-Drucken. Das solltest du unbedingt auf dich wirken lassen.« Sprach's und erbat die Rechnung.

Stocksteif stand Helene im Fahrstuhl und zählte die Zehntelsekunden, während Olafs Augen gelassen auf ihrem Gesicht ruhten.

Das Betreten des Zimmers stellte sich als entsetzlichster Moment des Abends heraus. In jenem Augenblick dachte Helene an all die Mädchen, die halb oder ganz professionell Hotelzimmer betraten – auch Marie kam ihr in den Sinn. Hätte Olaf nicht sofort und sagenhaft beiläufig auf die geschmackvoll weiß-braun gestreiften, bilderlosen Wände hingewiesen, hätte sie auf dem Absatz kehrtgemacht.

Sie tat es nicht und war schon ein paar Minuten später, als sich der Reißverschluss ihres Kleides wie von Zauberhand öffnete, dankbar für ihre Kühnheit. Olaf war ein Naturtalent, ein Künstler, der seine eigenen Wünsche dem Gesamtgefüge so unterzuordnen verstand, als gebe es sie nicht. Er brachte es fertig, dass Helene sich wie eine Sirene fühlte, die zu nichts anderem auf der Welt war, als die fähigsten Männer des Reiches zu betören. Olaf kannte alle Regeln und servierte sie Helene auf einem goldenen Tablett. Die schönste dieser Regeln war: Es gibt keine Regeln. Gefolgt von derjenigen, dass man für den Austausch von Galanterien und Liebesbekundungen besser vollständig angezogen war. In die jetzige Situation gehörten nichts als klare Worte. Worte, für die Helene normalerweise Ohrfeigen verteilt hätte.

Gerade wollte sie sich irgendwie auflösen und auf die Existenz von Gott schwören, als in der Unterarmtasche ihrer verstorbenen Mutter ihr Handy klingelte. Am Klingelton, den Helene aus weiter Ferne wahrnahm, erkannte sie, dass der Anrufer ein Patient sein musste. Einige Sekunden lang kämpften in ihrem förmlich abgeschalteten Hirn die Jas und Neins gegeneinander, bis Olaf, dem dieser Kampf nicht entging, schnaufend einen langen Arm machte und ihr die Tasche reichte.

»Gut, Gauguin-Bar, ich bin in zwanzig Minuten bei Ihnen«, war das Vorletzte, was Olaf in jener Nacht von Helene hörte. Das Letzte, Helene stand derangiert und debilen Blickes in der offenen Zimmertür, klang da schon besser: »Wenn das Angebot noch steht, hihi, dann, dann kommen wir mit an den Bodensee.«

Es stand.

26

Der mit Leere angefüllten Marie tut es nicht leid, Helenes beste Nacht seit Jahren unterbrochen zu haben, Martin kommt zurück, und Pasi hat eine Mutter

Obwohl sie heute Nacht weniger gut besucht war als normalerweise, war die Gauguin-Bar verqualmt. Ein paar übrig gebliebene russische Mädchen, eigentlich hübsch, aber bis zur Unkenntlichkeit verschminkt und verkleidet, hockten da mit Anhang, der vermuten ließ, dass er erst in den letzten Stunden angehängt worden war. Dann einige, die wahrscheinlich irgendwas mit bildenden Künsten zu tun hatten – jedenfalls schnappte Marie das Wort »Neorauch« auf –, zwei ältere Pärchen – was machten die um diese Stunde hier? – und diverse ganz Einsame, die allein vor ihren Gläsern saßen und so taten, als sei es ihnen nur recht, dass der Einzige, der sie ab und zu ansprach, der Barkeeper war. Das, dachte Marie, müssen wohl die sein, denen man als Kinder Schweinekoteletts um die Ohren gehängt hat, damit wenigstens die Hunde mit ihnen spielten. Wer hier jetzt allein war, der blieb es für den Rest seines Lebens.

Marie hatte die Kinder ins Bett gebracht, der noch nichts ahnenden Pasi eine halbe Stunde lang den Kopf gestreichelt und Brütti sogar mehrere Schlaflieder gesungen. Morgen früh, wenn Gott will ... Ihre Mutter war zeitig zu Bett gegangen, nachdem sie mal pietätvoll, mal traurig mit den wichtigsten Verwandten und Freunden telefoniert hatte. Nachts, als alles ruhig war, hatte Marie sich eine distinguierte schwarze Hose und einen schwarzen Sommerrolli angezogen, dazu die Perlen, die Adam ihr gekauft hatte, angelegt und dann die Wohnung verlassen.

Sie bestellte sich einen Kir und eine Packung Zigaretten. Warum, überlegte sie, schliefen Kinder gut ein, wenn man ihnen vorsang, dass das schwarze Schaf komme und sie beiße, wenn sie nicht schlafen wollten, und ob sie Helene wohl geweckt habe und weshalb sie zwanzig Minuten brauchte, um zur Gauguin-Bar zu kommen.

Vorhin hatte Marie gedacht, sie müsse mit jemand Neutralem reden, der Adam nicht kannte, Lilie ebenfalls nicht und auch sie, Marie, praktisch nicht. Jetzt, da sie ihren ersten Kir bereits ausgetrunken hatte, regten sich Zweifel, ob ausgerechnet eine Psychotherapeutin neutral sein konnte. Es war doch ihr Job zu bewerkstelligen, dass ihre Kundschaft sich besser fühlte, da lag es ja auf der Hand, sozusagen zwangsweise immer parteiisch zu sein.

Was sollte sie auch sagen, wenn man sich Vorwürfe wegen irgendwas machte. Jaja, machen Sie sich mal brav Vorwürfe, das ist schon richtig, denn das, was Sie getan haben, war ja wohl das Letzte! Und, ja, Ihr schlechtes Gewissen, das behalten Sie mal schön, geschieht Ihnen ganz recht! Haha, da hätte sie nicht viel Kundschaft, was? Stattdessen wurde alles schön weichgespült, patientengerecht aufgearbeitet und vorgekaut serviert: Es war Ihr gutes Recht, Sie trifft keine Schuld, neinnein, Sie haben alles so getan, wie Sie es tun konnten, Ihr Bestes gegeben, und das kann ja gar nicht falsch sein. Logisch. Man tut ja nur das, was man tun muss. Dann mal her mit der Generalamnestie für Kapitalverbrecher, haben sie ja nicht so gemeint, die Armen, haben ihr Bestes gegeben, jap! Ganz klare Sache. Ihn betrogen, ihn verlassen, von Knall auf Fall mit Baby im Arm fünfhundert Kilometer weit weggezogen – na und? War doch auch eine Chance für ihn. Sicher. Super Chance. Sie müssen sich wirklich gar keinen Vorwurf machen. Sind ja auch nur ein Mensch. Klar. Hitler, der war auch nur ein Mensch. Krebs? Damit haben Sie nichts zu tun. Er. Aber Sie nicht. Alles allein seine Sache.

Na dann ist es ja gut, alles roger, dachte Marie, bezahlte und stand auf, um zu gehen, erst jetzt bemerkend, dass Helene neben ihr stand.

»Sie bestellen mich nachts hierher, und jetzt wollen Sie gehen?«

»Sieht so aus.«

»Ich stehe hier bestimmt seit zwei Minuten und beobachte Sie. Sie haben mich überhaupt nicht registriert, als ich reinkam, obwohl Dima mich sehr laut begrüßt hat. Als ich zu Ihnen gehen wollte, da musste ich stehen bleiben. Ich bin gar nicht weitergekommen, weil da eine große Glocke um Sie herum war. Sie haben auf den Tisch gestarrt, und ... und Sie sahen unbeschreiblich traurig aus.«

»Na, das täuscht, bin müde.«

Helene bestellte eine große Flasche Wasser und bedeutete Marie, sich mit ihr zu setzen, woraufhin diese sich eine Zigarette ansteckte und einen zweiten Kir orderte.

»Sie sind falsch. Und ich bin auch falsch.«

»Was ist passiert?«

»Nichts.«

Helene nickte. Sie schaute Marie ernst und bereit zuzuhören an.

»Dieses Kopfnicken. Sie nicken so verständnisvoll mit dem Kopf, wenn ich sage, dass nichts passiert ist. Wieso nicken Sie, wenn ich ›nichts‹ sage? Wie ein Fernsehdoktor, wissen Sie? Wenn ihm jemand sagt, er habe manchmal beim Auftreten Schmerzen im linken Fuß, dann nickt der Doktor wissend in sich hinein, so wie Sie gerade, und der Zuschauer weiß schon: inoperabler Hirntumor.«

»Ist was passiert?«

»Nein, wirklich, nichts.«

»Und warum haben Sie mich angerufen?«

»Tja, das ist so eine Sache.« Marie guckte zur Decke und versuchte, Ringe aus Rauch zu blasen. »Ich glaube, ich wollte mal sehen, ob ich Sie im Notfall auch nachts einfach anrufen kann. Und ob Sie dann kämen. Und wie Sie dann aussähen. Ob Sie ein adrettes Kleid anhätten oder ein langes Nachthemd. Und wo Sie überhaupt herkämen.«

»Ist das Ihr Ernst?«

»Weiß ich doch nicht.« Marie stocherte mit ihrer Zigarette im Aschenbecher herum und drehte ihre Linke in die Perlenkette ein. Sie benahm sich wie ein bockiges Kind, was ihr selbst nicht entging, nur fand sie keinen Weg, irgendwie sinnvoll aus dieser Nummer herauszukommen. Ihre Kapazitäten, alle Sicherheitspuffer schienen aufgebraucht. Sie nahm Helenes Glas und schüttete das Wasser in den Aschenbecher. »Jetzt haben wir eine Riesensauerei auf dem Tisch. Gerolsteiner Asche.«

Dima und Helene wechselten einen schnellen Blick.

Ein Kellner kam und wischte wortlos den Tisch sauber.

»Sie sehen sehr traurig aus. Sprechen Sie es aus, was immer es ist. Reden hilft.«

Marie versuchte sich im gewohnten, jahrzehntelang trainierten Kunstlachen, brachte es aber gerade mal zu einem Grinsen. Bloß nichts fühlen, und schon gar nicht hier, und erst recht nicht als Therapieform. Das wollte sie: nichts. War sie nicht auch eine Kunstfigur, ihre Psychotherapeutin? Eine echte Frau, die, um etwas Bestimmtes zu erreichen, in eine Rolle schlüpfte, wodurch sie unecht wurde?

Was war denn überhaupt echt außer der Geburt und dem Tod. Und wenn ihre Psychotherapeutin doch echt war, war dann nicht auch Maries Kunststrahlen immer echt gewesen? Dann brauchte man es nicht wegzutherapieren. Es würde lediglich abgelöst von einem vermeintlich echten, in Wahrheit aber noch weniger echten, quasi impotenten Therapielachen. Marie wusste nur eines: Der Tod war echt und holte sie ein, würde sie ihr Leben lang einholen, man konnte nicht vor ihm flüchten. Aber vor einer Therapie konnte man flüchten und am Ende vielleicht doch vor sich selbst. Vor seinen Kindern auch, die ganz sicher unbeschwerter spielten, säße ihnen nicht eine starräugige sogenannte Mutter gegenüber, und die leichtherzig aufwachen konnten, wenn sie sie morgens nicht auf dem Küchenfußboden vermuten mussten. Ihre Mutter, die mit sich selbst einen nicht zu gewinnenden Kampf ausfocht, anstatt Frühstück zu machen.

Sie trank in einem Zug aus und stand auf. »Es tut mir echt leid, wenn ich Sie bei einem netten Abend gestört habe. Sie sind genauso unecht wie ich. Es gibt entweder nur Echtes oder gar nichts. Ich mag Sie, warum, weiß ich aber nicht so genau. Sie sind vor lauter Authentizität erst recht ein Plagiat. Ein gutes aber. Ich bin jetzt geheilt, wissen Sie. Adam ist tot und Lilie auch. Von dem habe ich Ihnen gar nicht viel erzählt, macht aber auch nichts. Ganz schön viele Tote heute, was? Relativ zur Weltbevölkerung natürlich ganz schön wenige. Tja. Ich werde weder zu der einen noch zu der anderen Beerdigung gehen. – Jetzt gucken Sie nicht so. Ich fühle nichts und will mich durch Sie auch nicht dazu verleiten lassen. Aber es ist gut, Sie müssen mir jetzt nicht panisch hinterherrennen. Ich gehe brav nach Hause und sehe mir einen hochtrabenden Film an. ›Sissi‹, Teil drei, genau. Wissen Sie, den, in dem sie so krank wird und sich im Süden auskurieren muss. Jedes Mal hoffe ich, sie fängt doch noch vorher in Ungarn eine Liebesbeziehung mit dem Grafen Andrássy an. Ist so schön weit weg von Wien, da könnte sie sich diese eine

Liaison doch mal leisten, oder? Und wie die böse Schwiegermama immer empört die Hände vor der Brust zusammenschlägt und zu ihrem Sohn sagt: ›Ja, aber Frrrranz!‹ Super ist das. Die Erzherzogin Sophie, wissen Sie. So eine fiese Schnalle! Erst nimmt sie Sissi das Kind weg, und als Sissi todkrank ist, sagt sie dem Franzl, er solle sich schon mal nach einer neuen Frau umsehen. Ich meine, praktisch war sie ja schon. Aber Franzl verbittet sich natürlich diese Impertinenz. Und dann klatscht sie wieder in die Hände und ruft: ›Ja, aber Frrrranz!‹ Zu schön.«

Marie ging zur Bar und sagte Dima, mit dem Kopf Richtung Helene zeigend, die Dame zahle bestimmt für sie mit.

Helene sah noch einige Zeit auf die schwere Tür, die hinter Marie wieder ins Schloss gefallen war, und bestellte sich einen Kir. Sie wusste, sie war nicht mehr die Richtige für Marie. Sie mochte sie, hätte sie gerne in den Arm genommen, doch das durfte sie nicht. Auf Dimas Frage, was los sei, antwortete sie: »Nichts.«

Als Marie nach Hause kam – es war zwei Uhr morgens –, saß Martin auf der Recamiere im großen Flur. »Deine Mutter hat mich angerufen. Ich dachte, ich schau mal nach, wie es dir geht.«

»So, dachtest du. Wie war der ›Ring‹?«

»Bin eingeschlafen, wie du es vorausgesehen hast.«

Marie lachte und setzte sich zu ihm. Er legte den Arm um sie. Sie wollte nicht, fing aber trotzdem einfach an zu heulen.

Beide bemerkten Maries Mutter nicht, die leise hereinkam. Sie stand da im Nachthemd und fing nun auch an, in ihr Taschentuch zu schnäuzen. Als Martin sie bemerkte, rückte er etwas zur Seite, um Platz für sie zu machen, wobei er Marie mit seiner Hüfte ebenfalls weiterschob.

»Wann willst du es Pasi sagen?«, fragte Maries Mutter.

»Meinst du, ich muss es ihr überhaupt sagen? Vielleicht hat sie sich einfach daran gewöhnt, dass er sich nicht meldet. Könnte man es nicht dabei belassen?«

»Nein«, sagte Martin, »du musst es ihr sagen. Sie muss es wissen und damit umgehen lernen.«

»Ist das schwer«, seufzte Marie. Sie sah auf den Fußboden und hoffte, sie würde es schaffen, so wie man das Meiste schaffte, von dem man gedacht hatte, man schaffe es nicht.

»Ja, das ist schwer«, sagte ihre Mutter und versuchte, sich das Weinen zu verkneifen. Sie wusste, wovon sie sprach, genau wie ihre Mutter es damals gewusst hatte.

Noch ein Nachthemd betrat den Flur, es war Pasi, die nicht schlafen konnte. Marie, ihre Mutter und Martin rückten abermals, um Platz zu schaffen. Es war wie mit dem guten Pilz, der erst nur einem und dann, weil er wächst, ganz vielen Tieren Schutz vor dem Regen bietet. Pasi sah erst verschlafen, dann wach werdend und fragend auf ihre drei traurig dreinschauenden Vertrauten. Dass sich Pasi einen Platz neben Oma aussuchte anstatt neben ihrer Mutter, fand Marie unangemessen, was sie aber im selben Moment als unangemessen egomanisch und sowieso hausgemacht entlarvte. Komm her, mein kleines Lockenbaby, dachte sie, stand auf, strich Pasi über die Wange und zog sich mit ihr in deren Schlafzimmer zurück, wo sie bis zum Morgengrauen Locken streichelte, Kindertränen laufen ließ, wieder abwischte und wieder laufen ließ, bis keine mehr kamen.

27

Torten und Dixie sind besser als Retorten und Schlager

Zwei lange Holztische bogen sich unter selbst gebackenen Torten, Kuchen, unter Gratins, Salaten, Suppen und Chilies, rosa Cremes und angeschlagenem Geschirr. Am Kopfende war ein lustig-bunter mexikanischer Altar aufgebaut, was Flipp, der Sohn des Hauses, mit einer Mexikanerin verheiratet, arrangiert hatte. Daneben stapelten sich Hunderte von Plastikpinnchen. Alle Gäste sollten von dem schwarz gebrannten Obstler probieren. Und alle taten es, selbst Maries Mutter. Man lachte, erzählte Geschichten, hielt inne in der leeren Werkstatt, besann sich, sah zum Himmel, bis jemand mit einer neuen Geschichte kam, und lachte wieder. Vor einer Stunde hatten sie Lilie zu Grabe getragen.

Es war der sonnigste Tag, den das Jahr bisher zu bieten hatte. Jedenfalls kam es Marie so vor. Der Himmel war hellblau, ganz weit weg standen ein paar Schäfchenwölkchen, die sich nicht aufbäumen würden, um dieses fidele, erhabene Fest zu stören.

Einen derartigen Menschenauflauf dürfte das verschlafene Dorf nie zuvor verzeichnet haben; viele waren gekommen, ihren Freund auf dem letzten Weg zu begleiten. Die Kirche war brechend voll, man drängte sich auf den Bänken und stand in den Gängen. Marie saß am Gang – selbst hier hatte sie sich nicht überwinden können, einen Mittelplatz ohne direkte

Fluchtmöglichkeit zu wählen –, neben ihr ihre Geschwister, dann ihre Mutter und Martin mit den Kindern. Ganz vorn saß Maries »Kindheit«: Lilies Kinder, mit denen sie Schafwettrennen veranstaltet und mitten im Sommer im Wald Lagerfeuer entfacht hatte und erwischt worden war, mit denen sie jahrelang Pilze, insbesondere Stinkmorcheln, suchen gewesen war. Die, mit denen zusammen sie häufig Lilies Zorn auf sich gezogen hatte. Einmal hatten sie zusammen Prinzessinnenbilder aus Märchenbüchern abgepaust, sie dann stolz Lilie, dem Künstler, präsentiert, der davon wenig gehalten hatte und seiner gespannt erwarteten Meinung mit dem Wort »Scheiße« Ausdruck verliehen hatte. »Kuck dir doch mal deine Scheiße an!«, hatte Pauli ihn geistesgegenwärtig angebellt. (Da hatte Lilie gerade einen großen Kunstpreis bekommen.)

Die Dixie-Kapelle setzte ein. Liesel war inzwischen weißhaarig. Sie sah schön aus, wie immer, ein bisschen krumm von der Hofarbeit, aber schön. Vor der Kirche hatte sie erzählt, dass sie – es war gerade zwei Wochen her – mit Lilie Dixie-Musik im Radio gehört hatte, und Lilie, der sich so gut wie nie zu Musik geäußert hatte, gesagt habe, solche Musik wolle er in ferner Zeit auf seiner Beerdigung hören. Es war ein Kraftakt gewesen, aber die Kinder hatten es geschafft, das auf die Schnelle zu organisieren. So schnell.

Lilies Sarg war gleichzeitig der schlichteste und schönste, den man sich denken konnte – schmal, nicht sehr groß, aus Kiefernholz gezimmert und von den Enkeln kunterbunt mit Blumen, Pilzen, Bäumen, Flugzeugen, Wolken und Engeln bemalt. Ja, dachte Marie, wenn Lilie schon auf diese Reise geht, dann nur so. Im Vollbesitz seiner geistigen und körperlichen Kräfte eine Fete feiern, der Lebendigkeit zuprosten, um irgendwann weinselig und glücklich ins Bett zu fallen und nicht mehr aufzuwachen. Das war wünschenswert und nicht zu toppen. Wahrscheinlich hatte er sich diesen vortrefflichen Abgang im Laufe seines Lebens verdient.

Nach der Zeremonie schritten die Musizierenden voran, dahinter gingen Flipp und drei Studenten mit dem Sarg auf den Schultern, Liesel, die Familie, gefolgt von all den anderen, die diesen Tag nicht wahrhaben wollten. Der Weg zum Friedhof war lang und schön. Marie gab der weißen Rose, die sie in der Hand hielt, einen Kuss.

Lilie hatte es gut getroffen, sein Grab befand sich nicht weit von einer Birke entfernt, ganz ruhig gelegen. Ein trefflicher Platz, um ewig zu schweigen.

Als sie nach Hause fuhren, Marie saß hinten im Wagen, ertastete sie in ihrer Handtasche die kleine Feile, die sie in der Werkstatt vom Arbeitstisch genommen hatte. Sie fühlte sich an, als sei sie noch handwarm.

Zwei Tage später, im Hunsrück, war der Himmel grau. Die frisch gebackene junge Witwe eilte gramgebeugt, rechts und links gestützt auf ihre tätowierten und gepiercten Gleichgesinnten, ohne aufzusehen – denn sie konnte nichts sehen, weil sie Richtung Boden schluchzen musste und außerdem eine schwarze Sonnenbrille auf der Nase hatte – durch den kalten Nieselregen auf den Eingang der Aussegnungshalle zu. Eben noch traurig, erstarrten die Gesichter der Trauergäste, die ein etwa zwanzig Meter langes Spalier bildeten, beim Anblick des kleinen, grausigen Geschwaders. Einige wendeten die Köpfe ab, um sich den Abschied von ihrem Freund nicht vermiesen zu lassen, andere sahen wacker hin, wütend entschlossen, das nun auch noch mitzunehmen. Zu Letzteren gehörte Marie, und auch Pasi sah nicht weg. Sie sahen in ein Gesicht, dessen Gewaltbereitschaft Maries Ahnungen der letzten Jahre weit übertraf und das Pasi, Marie schwor es sich, nie wieder zu sehen bekommen sollte.

Was jetzt geschah, schien einem schlechten Drehbuch entnommen: Die Trauerhalle blieb – abgesehen von der Witwe samt Begleitgruppe, Maries Familie sowie Adams engstem Familienkreis – leer. Keiner der Freunde, Weggefährten und Fliegerkameraden machte Anstalten, den Schirm zusammenzuklappen und sich hineinzubegeben. In heiligem Hass zog man es vor, draußen den zu erwartenden verlogenen Peinlichkeiten zu entgehen. Auch Marie wäre gerne im freundlichen Regen stehen geblieben, allein Pasi war ein solch komplizierter Affront nicht zuzumuten. Als sie drinnen Platz genommen hatten, Pasi sich zwischen Oma und Mutter presste und es nicht mehr wagte, in Richtung Witwe zu sehen, fragte Marie sich, ob dies nicht die größere Zumutung sei als die Beerdigung.

Gestern Abend noch, als sie ganz für sich allein eine halbe Stunde lang vor dem Aufgebahrten in dieser Halle gesessen hatten, um in Ruhe einem innigen Gedanken an ihn nachzuhängen, war Pasi nur traurig gewesen, ungestört von Menschen, die ihre kleine Seele misshandelten. Nachts hatte sie einen Brief geschrieben, der nun – die Witwe hatte es nicht mehr verhindern und ihn selbst durch die riesigen, aus roten Rosen geformten Herzen nicht verdecken können – an den Sarg gelehnt war und mit ihm versenkt werden würde. Jetzt hatte Pasi Angst, sie zitterte angesichts der mit tiefer Stimme schluchzenden Frau, die es fertiggebracht hatte, sie und ihren Vater mit aller Niedertracht zu entzweien. Sie konnte noch nicht wissen, dass ihr Vater bis zum Schluss Herr seiner Sinne gewesen war und es selbst in der Hand gehabt hätte, das Schiff wieder Richtung Hafen zu lenken.

Er hatte es versäumt, und deshalb musste er sich jetzt, ausgelöst durch einen Knopfdruck auf den Ghettoblaster, einen deutschen Schlager anhören, von einem Stern handelnd, der ab sofort angeblich seinen Namen trägt und – Achtung,

Reim! – alle Zeiten überlebt, der noch dazu geschenkt heut Nacht über die Liebe wacht. Es war kaum zu ertragen. Marie und ihre Mutter sahen betreten zu Boden und flehten inständig, es möge schnell vorbeigehen, dieses sorgsam ausgewählte Stück würdevoller Abschiedsmusik.

Unvermeidlich wurde auf der Elektroorgel »Air« gespielt, natürlich, es passte ja so wunderbar zu jemandem, dessen Leben die Fliegerei gewesen war, und auch um Reinhard Meys Wolkenlied – eigentlich ein gutes, dachte Marie, aber hier irgendwie zur Armseligkeit verdammt – kam man nicht herum. Nachdem der Pfarrer unter dem fortwährenden lauten Klagen der Witwe den Verblichenen schwuppdiwupp wieder in den Schoß der katholischen Kirche aufgenommen hatte – was vielleicht nicht schaden konnte, mutmaßte Marie, ihr aber angesichts Adams sehr wohl mutwilligen Austrittes vor einigen Jahren doch etwas vermessen vorkam –, war es an der Zeit, Adam der Erde zurückzugeben.

Marie ließ Pasi mit Tante Nike direkt hinter der Haupttrauernden antreten und reihte sich selbst mit ihrer Mutter gebührend weit hinten ein. Die Grabstelle von der Größe einer Wohnküche war Marie nicht unbekannt. Sie war ihren Schwiegervater, den sie zu ihrem ehrlichen Bedauern nie kennengelernt hatte, häufig besuchen gegangen. Später, als Pasi dann auf der Welt gewesen war, hatte sie ganz oft den Kinderwagen dort vorbeigeschoben und freundlich gegrüßt – der Opa möge doch ein Auge auf seine glucksende Enkelin haben. Heute lag der Grabstein, der an einen Findling erinnerte und dessen Aufschrift – bis jetzt jedenfalls – sehr schlicht gehalten war, abseits.

Das schlechte Drehbuch nahm seinen Fortgang, als die Haupterbin am offenen Grab weinend zusammenbrechen wollte und der Pfarrer ihr zu verstehen gab, es sei angemessen, sich nun einmal zusammenzunehmen. Bald war auch

Marie an der Reihe, einen letzten Blick auf den pompösen, in kunstvoller Drechselarbeit verzierten Sarg zu werfen. Sie gab der weißen Rose in ihrer Hand einen zärtlichen, ehrlichen Kuss und ließ sie auf den Sarg fallen. Und als Marie dachte, nun könne es wirklich nicht mehr peinlicher kommen, da wurde es erst richtig unangenehm. Kondoliert wurde Pasi und Nike, die unweit des Grabes standen – und sonst niemandem. Sich dessen blitzschnell bewusst werdend, rauschten die Nackentattoos so ungestüm, wie sie gekommen waren, von dannen, und wer genau hinhörte, konnte wahrnehmen, wie die Vögel wieder zu zwitschern begannen und ein erleichtertes Stöhnen durch die Menge ging. Auch der Stern, der den schlichten Namen Sonne trägt, traute sich, wenngleich aufgrund der Diesigkeit etwas larmoyant anmutend, wieder heraus.

Pasi stand aufrecht in ihrem schwarzen Kleidchen, weinte sehr, ließ sich aber standhaft wohl einhundert Mal über den Kopf streicheln und vernahm vieles über ihren Vater, das sie niemals an einen schlechten Gedanken verraten würde. Selbst Marie wurde von einigen in den Arm genommen, was sie wunderte, ja fast genierte, da sie so lange nicht hier gewesen war und sich – wie damals – in Feindesland fühlte. Ausgerechnet diejenigen sprachen auch ihr eine gewisse Anteilnahme aus, die sie vor neun Jahren, als sie gegangen war, als vollkommen verrückt und undankbar verfemt, kein Wort mehr mit ihr gewechselt, sie sogar als geldgierig hingestellt hatten.

Letzteres verstand Marie bis heute nicht. Undankbar ja, wenn man bedachte, wie sehr Adam sich materiell um Marie bemüht hatte, vorausgesetzt, sie hatte stets pünktlich ihre Ware abgeliefert. Verrückt sicher auch, war es doch tatsächlich verrückt, eine so blendende Situiertheit einfach so ins Blaue hinein aufzugeben. Aber geldgierig? Wieso gilt man als geldgierig, wenn man Geld verlässt? Es war einfach nicht einleuchtend und nur mit dem Wunsch der Leute nach schnell abhakbaren Erklärungen zu begründen, woher auch immer man diese holte. Lange knabberte Marie schon an dieser Frage herum. Heute wollte sie sie nicht klären müssen und ließ die täuschend echten Liebkosungen entgegenkommend geschehen.

Wie unterschiedlich Beerdigungen sind, dachte Marie, als sie sich am Nachmittag, kurz vor ihrer Abreise, noch einmal allein auf den Weg zu Adam machte. Schon rein optisch: Dort, wo kein Fell ist, wird es versoffen, wie es sich gehört. Und hier, wo das Fell nicht dicker sein könnte, herrscht eine Eiseskälte, und alle flüchten wie bei einer umgekehrten Sternfahrt so schnell wie möglich in verschiedene Richtungen.

Die Friedhofsgräber hatten ihre Arbeit bereits vollbracht. Das Grab war zugeschüttet und sah nun mit all den teuren, großen Gestecken aus aller Welt sehr festlich aus. Sogar eine Ordnung war erfreulicherweise zu erkennen.

28

Adam und Marie finden endlich zu einem Dialog, in dessen Verlauf es zu Tränen, aber auch zur Aussprache kommt

Nun liegst du hier, dachte Marie und versuchte stumm und verzweifelt, ein letztes Mal mit Adam zu kommunizieren, als sei aufgrund der Frische der Erde die Möglichkeit dazu noch gegeben. Warum liegst du hier? Und warum stehe ich hier? Ich verstehe es nicht. Vielleicht ist es gar nicht wahr. Lach nicht. Du bist ein Schnelldenker, ein Realist, und findest es sicher selten dämlich, wie man vor einem Grab stehen und sich fragen kann, wieso. Typisch Frau, was? Na und. Wenn Frauen nicht typisch Frauen wären, dann würdet ihr Männer sie nicht mögen. Ich wollte übrigens nicht kommen. Ich hatte Angst und war vollkommen kopflos. Aber meine Mutter hat mir zugeredet – Pasi müsse sich auf jeden Fall von dir verabschieden können, und ich müsse selbstverständlich an ihrer Seite sein. Recht hatte sie. Kopflos bin ich nun nicht mehr. Dafür fassungslos.

Jetzt musst du nicht mehr kämpfen. Einen schlimmen Kampf hast du ausgetragen. Jeder weiß, wie sinnlos es ist, ausgerechnet gegen Bauchspeicheldrüsenkrebs zu kämpfen. Du wusstest es sicher auch und hast dich trotzdem drauf eingelassen. Ist auch richtig so. Immerhin hattest du etwas Gutes zu verteidigen, dein Leben, oder? Dich. – Und gut warst du schon, ziemlich gut sogar. Was? Ich soll jetzt nicht sentimental werden und mir was vormachen? Keine Angst, werde ich nicht. Ich meine, du warst auch blöd, ein Idiot manchmal.

Manchmal? Phh, die ganzen letzten Jahre! Wenn ich daran denke, wie du Pasi behandelt hast ... Nein, damit will ich dir jetzt nicht kommen, ich will jetzt nicht streiten, nicht wütend werden. Und ich glaube auch, dass du getan hast, wozu du in der Lage warst. Du warst emotional verkümmert, unterbewusst auf Muttersuche und leicht manipulierbar. Peng. Mehr war einfach nicht drin. Da brauchst du jetzt nicht mit den Augen zu rollen. Das war so, wie sonst hättest du dich so vereinnahmen lassen können. So was Bescheuertes – du auf Mutter- und ich auf Vatersuche. Das konnte nichts werden. Aber das wusste ich damals noch nicht, konnte also auch nicht damit umgehen. Ich weiß es erst jetzt. Und jetzt bin ich schon ganz schön alt geworden darüber. Guck nicht so, im Ernst, ich kriege langsam Falten. Gut, Fältchen, aber immerhin. Und Henryk hat sogar graue Haare bei mir gefunden.

Du sahst übrigens klasse aus so grau meliert, als ich dich das letzte Mal sah. Als du mit Pasi nach Prag geflogen bist, weißt du? Da hattest du Chemotherapie und Bestrahlungen noch und nöcher hinter dir – und sahst trotzdem so unverschämt gut aus. Ich habe damals Fotos von euch gemacht. Mir war klar, es würde das letzte Mal sein, dass ich dich abfliegen sehe. Ein Foto beim Start, dann noch eines und noch eines, bis ihr nur noch ein kleiner Punkt am Horizont wart. Später werde ich die Fotos mal Pasi geben. Jetzt noch nicht, später. Damals auf dem Turm, als ich euch nachgesehen habe, da habe ich richtig geheult, was mir seit zehn Tagen nicht gelingt. Damals habe ich mich auch daran erinnert, wie ich dich das erste Mal habe abfliegen sehen. Du hattest mich in Berlin besucht, und nach unserem Wochenende war klar: Wir sind's. Mit der Aerostar warst du da, nicht ganz leicht zu fliegen, aber für dich kein Problem. Und zum Abschied, als du gerade gestartet warst, hast du mit den Flächen gewinkt. Dieser Anblick, dieses Hochgefühl, diese Extraportion Glück werden immer meine erste Erinnerung an dich bleiben, ich schwör's dir.

Jaja, ich weiß, dass du das alles weißt und nicht mehr hören willst, aber du hörst jetzt zu, du gehst jetzt nicht ins Nebenzimmer, du hörst dir jetzt an, was wichtig war. Vielleicht begreifst du dann, *dass* es wichtig war – und nicht, dass ich dich verlassen habe. Ich sag es noch mal: Diese erste Erinnerung, die ist wichtig, und die hast du auch, kannst du ruhig zugeben. Dann hast du, hat gar nicht lang gedauert, meine Mutter kennengelernt. Mir sagtest du danach, man müsse sich die Mutter genau ansehen, dann wisse man, ob man die Tochter heiraten kann. Es war also ein ganz schön großes Kompliment, als du feststelltest, eine Ehe mit mir – deine erste, so spät, nach etlichen Freundinnen! – komme absolut infrage. Ist es nicht erschütternd, was aus so viel Vertrauen und Glückseligkeit wird, wenn man nicht aufpasst? Dass sich beide Beteiligten nach kurzer Zeit wie entwertete Fahrscheine fühlen, ungültig gemacht, nicht mehr zu gebrauchen, das wirft doch eine Menge Fragen auf. Meinst du, wir hätten, wenn wir uns jetzt erst kennengelernt hätten, miteinander wie Erwachsene umgehen können? Ehrlich, mit Respekt voreinander? Die Vorstellung, dass es heute geklappt hätte, der Zug aber nun abgefahren ist, bringt mich schier um den Verstand, weißt du.

Das hübsche Kind, das du damals kennengelernt hast und als das ich dich verlassen habe, bin ich ja längst nicht mehr. Ich bin heute eher in der Lage, mal zu reden, mich um mich selbst zu kümmern und nicht von einem anderen zu erwarten, dass er mich pausenlos beschützt. Glaube ich jedenfalls. Na, zumindest bin ich auf dem Weg dorthin. Ach, komm, spar dir deinen Kommentar ... Und ich bin auch eher in der Lage, jemandem zuzuhören, auf ihn einzugehen. Also, wie gesagt, auf jeden Fall bemühe ich mich. Und du – wärst du heute auch mal in der Lage, ein paar Antennen auszufahren, anstatt drei Tage am Stück zu schmollen, wenn ich lieber spazieren gehen wollte als zu bumsen? Jetzt schaust du mich wieder mit deinem glasigen Rehaugenblick an und fühlst dich ungerecht behandelt, jaja. Na, vielleicht mache ich mir gerade doch was vor. Aber schön ist die Vorstellung halt. Gib zu, wie schön sie ist: Wir beide ganz wie früher, aber zusätzlich mit unserem jetzigen Verstand ausgestattet. Abgefahren, hm? Nur liegst du jetzt da unten im Kalten, was ich nicht begreife, und somit wird es bei der Vorstellung bleiben.

Ich glaube, ich fange doch noch an zu heulen. Konsequent wäre es, denn ich glaube, ich bin todtraurig über deinen Tod. Ich will dich so gerne retten aus dieser Kiste, in die man dich gelegt hat, aber das vermag ich nicht. Ich stelle mir manchmal dein Gesicht vor, als du erfuhrst, warum du plötzlich so gelb warst. Du dachtest, mal eben mit einer Gelbsucht ins Krankenhaus zu gehen. Und dann das. Du kanntest die Prognose, zwei deiner Freunde, na, sagen wir, Geschäftspartner, hatten noch drei Monate ab Diagnose gehabt. Drei Monate. Oder waren's vier? Was wird dir durch den Kopf gegangen sein? Kam Pasi auch mal vor? Wenn du wüsstest, wie sie dich liebt und an dir hängt. Ach, weißt du, sie wird ihr Leben lang an dir hängen wie eine Klette. Jetzt erst recht.

Sag mal, das musst du mir aber schon erklären: Wie um alles in der Welt hast du ihr eigentlich so eine Jauche einpflanzen können? Von wegen, einzig und allein ihre Mutter sei schuld an deiner Krankheit. Mann, Adam! Das war wirklich idiotisch. Hat dir das diese Frau eingeredet? Antworte doch mal! Brauchtest du in deiner Hoffnungslosigkeit einen Schuldigen? Das könnte ich verstehen, man hört ja oft von Krebspatienten, dass sie krampfhaft nach Ursachen forschen. Bei dir hätte die familiäre Disposition als Ursache mehr als ausreichen können, aber nein, ich war dir aus irgendeinem Grund lieber. Du warst verletzt, immer noch. Und dann haben sich die Eifersucht und spießige Machtgeilheit dieser Frau deine Verletztheit zur Verbündeten gemacht. Gut, das ist nicht mehr zu ändern. Ich bin dir eigentlich nicht gram deswegen. Klar, enttäuscht schon. Auch darüber, dass du nicht begriffen hast, warum deine neue Frau so aggressiv ist – nicht aus Liebe zu dir, Adam, sondern als Ausdruck ihrer Unterlegenheit. Die hat sie – denn so blöd ist sie nicht – erkannt. Warum wohl sonst hat sie so vehement alles untergraben, was ihr hätte gefährlich werden können? Ja, sie wusste es: Wenn deine Freunde bei dir geblieben wären und du ein anständiges Verhältnis zu Tochter und sogar Exfrau gepflegt hättest, dann hätte sie bald gehen müssen. Sie hat es erkannt, du nicht. Aber wer kann schon von sich sagen, nicht auf alles scheinbar Fassbare anzuspringen, wenn man den nahen Tod vor Augen hat? Ich will mich dazu nicht aufschwingen, aber enttäuschend war es trotzdem. Also nein, damit kannst du mich nicht wütend machen. Aber dass du zugelassen hast, dass Pasi diese seltsame Version von Schuld aufgetischt bekommt. Dass du deinen ganzen Hass auch auf sie projiziert hast, die nun wirklich unschuldig ist und alles für dich getan hätte ... Na, ich wollte dir ja damit heute nicht kommen. Ich hör schon auf.

Aber dein sogenannter Hass, der treibt mich schon um. Wenn du älter geworden wärst, irgendwann vielleicht weise, mit achtzig oder neunzig – hättest du dann immer noch von Hass gesprochen? Das frage ich mich. Oder hättest du dann eingesehen, dass es natürlich kein Hass war, sondern genau das Gegenteil. Du warst einfach stinksauer und verletzt, und dir hat nie jemand beigebracht, wie man damit umgeht. Mann, hast du mich miesgemacht! Aber lass mal, ich dich auch – da nehmen wir uns nichts. Nur gegenüber Pasi habe ich nie ein schlechtes Wort über dich fallen lassen.

Und das werde ich auch niemals. Du sollst der Gute bleiben. Das Leben wird es sie schon lehren – hat meine Oma immer gesagt. Und das wird es. Irgendwann wird sie verstehen, dass jemand nicht böse ist, weil er sich zum Geburtstag oder zu Weihnachten nicht meldet, dass die Ursachen dafür viel komplexer sind. Und bis es so weit ist, werde ich dein Andenken nicht mit Schmutz bewerfen. Zumal ich sowieso keine schlechten Worte mehr für dich finde, sosehr ich mich manchmal auch bemühe. Es gelingt mir einfach nicht mehr, wütend auf dich zu sein und dich als erwachsenen Mann in die Pflicht zu nehmen. Spätestens seit dieser Diagnose sehe ich dir alles nach. Ach, eigentlich habe ich das schon viel früher getan, so aus schlechtem Gewissen, weißt du, was ja auch blödsinnig ist und einen nicht weiterbringt.

Willst du wissen, wo ich seit einiger Zeit einmal wöchentlich ganz diszipliniert hingehe? Zur ... nein, das sage ich dir nicht, ätsch. Obwohl es durchaus mit dir und mir zu tun hat. Ich habe nämlich genauso intensiv an dir zu nagen gehabt wie du an mir, anders halt, aber nicht weniger. Es ist nämlich nicht einfacher, der Verlasser zu sein als der Verlassene, was Verlassene und ihre Freunde natürlich nicht glauben können. Verlasser wiederum können es nicht zugeben, selbst zu leiden, aus Angst, diese dümmliche Möchtegernwahrheit ›Hättest ja bleiben können!‹ vor den Bug geknallt zu bekommen. Ja, da guckst du angewidert, schon klar. Ist aber so, daran ändern weder du noch ich etwas. Meinst du, für den Verlasser ist es ganz prima, das bisschen, was vielleicht noch heile ist, nun auch noch zu zertöppern? Nein, das ist großer Mist. Man muss sich dafür rechtfertigen, ist der Buhmann. Selbst wenn es nur noch eine einzige Tasse vom ganzen Service war – wer diese letzte zerschlägt, wird fürs Ganze verantwortlich gemacht. Nicht nur von anderen, nein! Man erklärt sich selbst zum Schuldigen, kann nicht mehr in den Spiegel sehen, sucht nach Bestrafung, während der Verlassene sich ausdauernd seinem Leid hingeben, sich trösten lassen und nach Gutdünken Recht sprechen darf. Dabei hat der Verlassene den, der jetzt als verächtlicher Verlasser dasteht, vielleicht schon viel früher verlassen. Hat nur niemand gemerkt außer dem Verlasserverlasser. Hm? Schön doof, oder? Hättest mal ab und zu einen guten Woody Allen gucken sollen. Oder mit mir reden!

Warum liegst du jetzt eigentlich da unten, und warum sprichst du nicht mit mir? Du hast mich verlassen, bevor ich dich verließ. Aber das wusstest du nicht, du hast es nicht gemerkt, und ich mache dir daraus auch keinen Vorwurf. Nur jetzt: Musstest du mich denn so gründlich verlassen? Sollst du wirklich für immer aus meinem Leben getilgt sein? Wenn du geahnt hättest, wie wenig ich das wollte. Du hinterlässt mich grau in grau. Ich bin nicht verzweifelt über deinen Tod, denke nicht, wie soll mein Leben jetzt bloß ohne dich weitergehen. Dazu hänge ich selbst viel zu wenig an meinem Leben. Aber es wird nun doch öder für mich, weiter auszuharren.

Verzweifeln lassen mich allerdings die Umstände, die dich da unten hineingezwungen haben, die Hoffnungslosigkeit, die ausgerechnet dann, wenn sie am größten und am meisten berechtigt ist, die größte und am wenigsten berechtigte Hoffnung gebiert. Dass du dem ausgesetzt warst, das lässt mich den Mut verlieren, an meinem eigenen Glück zu arbeiten. Ich muss es trotzdem tun, bin dazu verpflichtet. Was sollen sonst die Kinder sagen? Wenn ich es nicht für sie versuche, dürften sie es mir berechtigterweise ankreiden.

Jaja, die Kinder, die sind schon gold. Pasi hat sich kürzlich die »Ballade pour Adeline« selbst beigebracht, dieses grausige Stück. Aber sie spielt es toll, doppelt so schnell wie Richard Clayderman damals, mit ihren unverschämt flinken Fingern.

Sie ist noch nicht so weit, Chopin zu lieben, aber ich bleibe dran. Und irgendwann soll sie Beethovens »Pathétique« für dich spielen, wie deine Mutter sie für dich gespielt hat, als du ein Kind warst.

Weißt du, wenn du von deiner Mutter gesprochen hast und davon, wie sie Klavier spielte, dann veränderte sich dein Gesicht, es wurde ganz unkaufmännisch, richtig selig. Ich glaube, das waren die einzigen Augenblicke, in denen du ganz bei dir warst, glücklich sogar. Eine Erinnerung kann einen für einen Moment glücklich machen, oder? Für Täuschungsmanöver ist sie aber auch gut. War es diese Erinnerung, die du mit Liebe zu mir verwechselt hast, als du mich zum ersten Mal am Klavier sahst? Da muss ich wohl ein Versprechen abgegeben haben, das zu halten ich nicht imstande war. Ebenso wenig, wie du deines halten konntest, als du zunächst einmal der starke, potente, fast doppelt so alte Beschützer warst. Vor meinem ersten Alleinflug, als mir die Knie zitterten, da habe ich nicht mich, sondern dich gefragt, ob ich das auch wirklich könne. ›Natürlich kannst du das‹, hast du mit einer Selbstverständlichkeit geantwortet, ›meinst du, sonst würde ich dich fliegen lassen?‹ Wer bei dir Fliegen gelernt habe, der könne es auch. Da verging dann das Kniezittern wieder, und ich hob ab mit dem sicheren Gefühl, dass du keine halben Sachen machst. Du hast unten auf dem Flugplatz gestanden, hast mich dann vom Turm aus beobachtet. Meine Lebensversicherung warst du in dem Moment. Es war ein Fehler, diesen Eindruck auf unser gesamtes Leben übertragen zu wollen. Du als Übervater, das war eine Zumutung. Und ich als Hätschelmutter, die dir Nutella zum Sofa bringt, das war auch eine. Hätten wir doch damals schon gewusst, dass man in der Ehe nicht Opfer seiner verschwommenen Erinnerungen werden darf. Dass man den anderen damit maßlos überfordert, bis nichts mehr übrig ist.

Ich wüsste gerne, wie es in deiner aktuellen Ehe zugegangen ist. Einiges weiß ich ja aus der Zeit, als wir noch miteinander sprachen. Du hast dich sogar bei mir – bei mir! – ausgejammert über sie, wolltest sie hinauswerfen, du hieltest es nicht mehr aus, dieses ständige Gemecker und Auf-dir-Rumgehacke. Einmal – weißt du noch? –, als Brütti gerade geboren war, hast du mich angerufen und mir erzählt, dass Pasis Brief angekommen sei, mit dem sie ein Foto von sich, stolz, und ihrem »neuen Bruder« mitgeschickt hatte. Als deine Frau das sah, hat sie es vom Tisch gefegt und dich angebrüllt, ihr hättet damit nichts zu tun, und sie wolle »so was« hier nicht sehen. Da war für dich Schluss mit lustig, und das wäre auch ganz normal gewesen. Aber du hast sie nicht hinausgeworfen. Wieso eigentlich nicht? Das wird uns allen immer ein Rätsel bleiben. Und dann hast du ihr auch noch deinen Namen gegeben. Das wiederum ist leicht zu verstehen, denn du hattest gerade Schwarz auf Weiß bekommen, was dein Ende sein würde. Da hattest du Angst, wolltest nicht allein sein, das verstehe ich. Das war übrigens auch der Zeitpunkt, an dem ich dachte: Gut, wenn er sie heiratet, dann werden wir sie jetzt auch in vollem Umfang akzeptieren, egal, was sie sich bereits alles an Frechheiten und Geschmacklosigkeiten geleistet hat.

Kennst du diese Geschichte von Goethe und seiner schlichten Christiane? Nun bist du nicht gerade Goethe, und deine Frau ist auch nicht Christiane, denn die soll ja sehr gutherzig gewesen sein, trotzdem erinnert mich diese Geschichte an euch. Man hat sich das Maul über Christiane zerrissen, sie von der Gesellschaft ausgeschlossen, sich nicht zu ihr herabgelassen. Erst, als er sie geheiratet hat, wurde man etwas milder. Frau Schopenhauer soll gesagt haben: »Ich denke, wenn Goethe ihr seinen Namen gibt, können wir ihr wohl eine Tasse Tee geben.« Na, deine Frau jedenfalls wollte keinen Tee, und irgendwann war ich auch nicht mehr kräftig genug, ihr mit ausgestrecktem Arm das Tablett hinzuhalten. Komischerweise bin ich bei aller Wut auch ihr gegenüber immer noch lauwarm gestimmt. Ich will ihr nie wieder begegnen – das war furchtbar heute –, aber ich habe auch nichts dagegen, dass sie nun dank eines veritablen Erbes mit ihren drei Kindern ein anständiges Leben führen kann. Immerhin hat sie dich gepflegt und war, hoffe ich, bei dir, als du deinen letzten Atemzug getan hast. Und wer weiß, vielleicht habt ihr ja wirklich zusammen immer eng umschlungen dieses Lied gehört, wie es der Pfarrer vorhin gesagt hat. Ein Stern, der deinen Namen trägt ... Meine Güte, wahrhaben will ich es ja nicht, aber wenn es danach ginge, wäre kaum etwas wahr.

Marie hatte bis jetzt nicht bemerkt, wie sie weinte und weinte. Doch nun lief ihr die Nase. Sie hatte kein Taschentuch mehr, weil sie alle Pasi geopfert hatte. Kurz erwog sie, die Trauerschleife eines Gesteckes zweckzuentfremden, entschied sich aber dann ungeheuerlicherweise für ihren Ärmel.

Tja, Adam, wir waren wohl ein Irrtum. Ich werde es nie verschmerzen, dass wir nicht mehr miteinander gesprochen haben, aber versuchen, das in meinem Hirn als deinen unverfälschten Willen zu fixieren. Vielleicht kann ich dann mal wieder auf dich wütend sein. Und jetzt ist mein Ärmel voller Schnodder, deinetwegen, und davon kann ich irgendwann stolz meiner ... Dingsda berichten. Mit vollgeschnoddertem Ärmel stehe ich hier und behalte trotzdem meinen Blazer an, alle Achtung.

Ich gehe jetzt. Muss Pasi und meine Mutter nach Hause fahren. Du und dein Vater – habt ihr ab jetzt ein Auge auf Pasi? Sie wird es brauchen können, schätze ich. Und sollte Pasi mal eine Tochter zur Welt bringen, dann legt doch bitte ein gutes Wort dafür ein, dass sie nicht schon als Mädchen ihren Vater begraben muss, ja? Meine Mutter, ich, Pasi – das reicht wohl, sagt das denen da oben. Wo immer du bist, leb wohl. Und, Adam, guck nicht so rehäugig, das ist nicht auszuhalten.

Epilog

Herr Herzog und Dieter wurden ein glückliches Paar. Sie eröffneten in ihrem grauen Städtchen das CKMH, ein Café für kulturinteressierte männliche Homosexuelle, das sie jedoch alsbald wegen Mangels an kulturinteressierten männlichen Homosexuellen wieder schließen mussten, da ihnen, als sie zwecks Belebung des Geschäfts einen Darkroom einrichten wollten, die Fördermittel endgültig gestrichen wurden.

Nach einem gemeinsamen Jahr in Südindien betreiben sie nunmehr in Berlin die VHMK, eine Vitaminbar für homosexuelle Männer mit Kulturinteresse, die ganz gut läuft – auch dank Marie und ihren Freundinnen, die dazu übergegangen sind, sich dort anstatt in Gärten zu treffen. Herr Herzog hat das Klavierspielen aufgegeben und verwendet sein musikalisches Talent nun ganz auf das Spiel der Nageshwaram.

Pasi fand nichts dabei, sich mit beginnender Pubertät dem Typ Männlich-weit-über-fünfzig an den dicken Hals zu werfen. Allein ihre Mutter wurde argwöhnisch und schickte das schöne Kind zur Psychotherapie, wo es allmählich begriff, dass auch Kerle Anfang fünfzehn nicht zu jung sind. Mit dem Klavierspiel hörte sie auf, weil sie entschieden zu faul war, sich die »Pathétique« anzueignen.

Maries beziehungsweise Pasis Anwalt, von dem hier noch kurz die Rede sein muss, verdiente sich eine goldene Nase damit, Adams Testament, in dem er seiner Tochter selbst ihren Pflichtteil vorenthalten wollte, umzubiegen. Nach vielem Hin und Her, in dessen Verlauf selbst Adams Witwe eine gewisse Sittenwidrigkeit nicht mehr abstreiten konnte, zahlte diese an Pasi freiwillig einen Betrag, der allen Beteiligten angemessen erschien. Pasi erfuhr von diesen Streitigkeiten nie etwas – nur davon, wie großzügig ihr Vater sie bedacht hatte.

Maries Mutter heiratete einen ihr seit sechsundvierzig Jahren bekannten Mann, von dem sie behauptete, er sei immer ihre große Liebe gewesen. Marie fand dies erst etwas befremdlich, arrangierte sich jedoch mit dem Gedanken, ihr Vater sei lediglich Nummer zwei gewesen. Auch half ihr das Geständnis ihrer Mutter, zu begreifen, dass selbst Väter – und seien sie noch so gestorben – auf einer Prioritätenliste nicht immer ganz oben zu stehen hatten.

Brütti wurde, weil er bei der Einschulungsuntersuchung weder einen Menschen malen noch auf einem Bein hüpfen wollte und außerdem trotzig kundtat, Delfine lebten im deutschen Wald, als entwicklungsverzögert eingestuft. Ein Jahr später wurde bei ihm Hochbegabung diagnostiziert, weshalb die entwicklungsverzögerte Ärztin dringend psychologische Betreuung empfahl, was dank Brüttis Oma jedoch ungehört verhallte.

Lilies Grab umgab ein berückender Duft von frischen Kräutern, weil diese dicht an dicht darauf wuchsen. So konnte Liesel, die ihren Mann sehr vermisste, sich zumindest während der warmen Jahreszeit an ihnen gütlich tun und gemeinsam mit Lilie die herrlichsten Suppen kochen. Adams Grab hingegen war von einem hochpreisigen Grabstellendesigner aus dem Hunsrück mit praktischen grauen Kieselsteinen bedeckt worden.

Marie beschloss, sich auf eine Art Jakobsweg zu begeben. Da sie vor sich und dem Himmel geschworen hatte, doch noch eine akzeptable Mutter zu werden und sich von nun an mehr einzubringen, entschied sie, ihre Kinder mitzunehmen, die einer Wanderung von Flensburg nach Hof maulend zustimmten. Brütti musste nach eineinhalb Tagen wegen ungezählter Blasen an den Füßen von Martin abgeholt werden, Pasi drei Tage später. Den Rest der Wanderung bestritt Marie allein. Was ihr begegnete, war so etwas wie der Siddharta in ihr. Dachte sie da jedenfalls noch. (In Wirklichkeit war es ein Fötus.)

Martin nutzte sein berufliches Fiasko, um das zu machen, was er eigentlich schon immer tun wollte: Er mietete sich in eine Künstlerbaracke ein und fing an zu malen. Der Erfolg blieb aus, bis Martin eines Tages zusammen mit Brütti eine Folge »Shaun das Schaf« sah, die ihm die Augen öffnete. Ab sofort klatschte Brütti für Martin die Farben auf die großformatigen Leinwände, und bald überboten sich die Mitglieder der Hautevolée, dass einem Hören und Sehen verging.

Martin und Marie blieben ein Paar und waren stolz darauf, die einzige auch offiziell sogenannte Zweckehe zu führen. Sie konnten sie führen, weil ihr eine Tendenz zur überstandenen Liebe innewohnte. Ab und zu zog Martin aus, den ›Ring‹ zu sehen. Als Marie jedoch hochschwanger war, strichen sie »Zweck-« wieder aus ihrem Wortschatz und lebten mindestens drei Monate lang in Glück und Frieden.

Helene hatte am Bodensee den Sex ihres Lebens und war schon fast entschlossen, bis ans Ende ihrer Tage mit Olaf Trampolin zu springen, als er sie eines Abends darum bat, sich die Beinbehaarung bitte stehen zu lassen, seine Mutter habe auch schwarze Haare an den Beinen gehabt.

Als Helene – ein lachendes, ein weinendes Auge – mit ihren Jungs wieder zu Hause ankam, fand sie eine Karte aus Hof vor, mit der eine gewisse Marie ihr die Freundschaft bei gleichzeitiger Aufgabe der Therapie anbot. Es passte.

Ende